ENZO FILENO CARABBA

VITE SOGNATE DEL VASARI

ROMANZO
BOMPIANI

Illustrazione di copertina: © Liza Schiavi
www.lizaschiavi.it

Pubblicato in accordo con MalaTesta Lit. Ag. Milano

www.giunti.it
www.bompiani.it

Via Bolognese 165, 50139 Firenze - Italia
Via G. B. Pirelli 30, 20124 Milano - Italia

ISBN 978-88-301-0074-9

Prima edizione: maggio 2021

NOTA INIZIALE

Questo libro nasce dal matrimonio di studio e invenzione. Assomiglia ai genitori ma non è nessuno dei due. Sarebbe complicato precisare tutti i dettagli. Precisiamone pochissimi. Plautilla viene descritta da Vasari che però non le dedica una vita: la suora pittrice compare in quella di Properzia de' Rossi. Sofonisba Anguissola e Antonia di Paolo di Dono vengono citate da Vasari, che non parla di Nuccio da Sorrettole, forse perché non è mai esistito. Ma sono veri i personaggi che incontra.

INTRODUZIONE
IL SENSO DELLE *VITE*

Le *Vite* di Giorgio Vasari raccontano un fiume di esistenze memorabili che sono alla base della nostra civiltà. Però sono scritte in un italiano che oggi risulta straniero, per cui il fiume si inabissa. Ho scritto dei racconti "tratti dalle" *Vite* vasariane. Li ho scritti nella nostra lingua e ho inventato rispettosamente nuovi episodi che germogliano in modo plausibile (questa sarebbe l'idea) da quelli vecchi, come foglie da un ramo. Chiamerò questo modo di procedere "archeologia narrativa". Infatti, come l'archeologo trovando una scodella rotta deduce una serie di cose sulla vita della comunità di cui si occupa, io, da un accenno presente in Vasari, ho visto episodi rimasti nell'ombra.

Ogni vita indaga uno stato d'animo o uno stato di grazia. Si tratta di vite passate ma di sentimenti presenti, quasi che i singoli esseri umani fossero solo dei portatori che permettono ai sentimenti di vivere e riprodursi. Filippo Lippi e la capacità di farsi amare e perdonare. Verrocchio e i pericoli dello studio eccessivo. Andrea del Castagno e il rancore. Botticelli e la soavità mentale. Leon Battista Alberti e la nostalgia. Perugino e la tendenza alla ripetizione. E così via. Per ogni artista un sentimento dominante.

Questi racconti non sono parafrasi delle *Vite* vasariane: sono appunto racconti "tratti da" e desiderano essere appassionanti per una persona che vive oggi. Dato che ogni racconto aspira a essere plausibile, nasce anche dallo studio e dal confronto con specialisti, in particolare lo storico dell'arte Andrea Di Lorenzo. Prezioso è stato anche l'incoraggiamento del critico d'arte Sergio Risaliti. Ogni racconto, come ho detto, contiene elementi di invenzione. Infatti non è un testo di storia dell'arte ma un'opera narrativa che intrattiene una peculiare relazione con la storia dell'arte come fonte di storie e sentimenti. Faccio tre esempi di elementi quasi inventati. Per quanto riguarda i fratelli Pollaiolo, mi sono immaginato che per dipingere si ispirassero ai combattimenti dei galli e altre emozionanti vicende tra polli che li avevano appassionati quando erano bambini nella bottega del padre (un pollaiolo, appunto). Per quanto riguarda Giotto e Cimabue, mi sono immaginato che fossero appassionati di pesca: questo nelle fonti non c'è, ma tale passione comune è plausibile e spiegherebbe alcuni aneddoti famosi altrimenti poco convincenti. Circa Andrea Mantegna, ho pensato che la sua attrazione per le statue nude – anzi per una particolare statua (non bisogna generalizzare) – fosse davvero una forma di amore. Del resto, non fu né il primo né l'ultimo ad amare una statua. E così via.

In generale, credo nella reincarnazione dei testi e ho cercato di scrivere racconti che amplificassero qualcosa che già era presente nell'originale, detto o non detto, visibile o invisibile, comunque operante in qualche zona del racconto. Buffalmacco fece sul serio tutti quegli scherzi che gli vengono attribuiti? Filippo Lippi ha davvero vissuto tutte le avventure di cui lo immaginiamo protagonista? Chi lo sa. Io no. Ma la leggenda è importante almeno quanto la storia. Del resto, Vasari è uno storico ma anche un creatore di leggende: combinazione affascinante. Molto si documentava, doveva pur sapere che alcuni dei suoi aneddoti erano falsi. Magari dentro di sé diceva: "Lo so bene che Andrea del Castagno non era un assassino, solo che, guarda un po', sento il bisogno di scrivere di un artista omicida. Vada per Andrea del Castagno." Vasari a volte si lasciava guidare dalla verità, altre volte dalla poesia o dalla malizia. Lo stesso valga per noi. La ricerca della verità non deve renderci aridi, ma stimolare la nostra immaginazione.

Il titolo dell'opera di Vasari di cui stiamo parlando è *Le vite* e non *Le opere*. Questo è significativo. Infatti, ogni capitolo copre l'intero arco di un'esistenza umana. Naturalmente, trattandosi di artisti, incappare in qualche opera è inevitabile. Ma la vita rimane il centro del discorso. L'interesse che Vasari mostra per gli altri è enorme, proprio per questo si ritiene in diritto di ritoccarli. È per me istruttivo raccontare le varie vite in un numero sempre uguale di battute. Queste vite, soprattutto quelle dei pittori del Trecento, presentano dei vuoti molto attraenti: nel senso che spesso non si sa cosa sia successo (non lo sapeva neanche Vasari) e le zone d'ombra, a volte enormi, sono un invito all'invenzione. Lo storico dell'arte Andrea Di Lorenzo rappresenta per me un aiuto fondamentale, quasi un santo, e gli chiedo spesso consigli per inventare episodi autentici.

Mentre scrivevo la vita di Cimabue ho fatto un sogno: c'erano dei miei amici che per gioco indossavano una maschera terribile, ma quando se la toglievano il loro volto continuava a essere rigido come una maschera di legno. Questo incubo era troppo ben disegnato per le mie possibilità. Sono convinto che me l'abbia mandato Cimabue per descrivere i suoi rapporti con certi aspetti rigidi della pittura bizantina e allora ho dovuto metterlo nel racconto. Più cercavo di avvicinarmi a Giotto e più rotolava via, un personaggio enorme, inafferrabile: un oggetto misterioso, liscio, troppo tondo. Penso che cercare di farlo smettere di rotolare bloccandolo con degli aneddoti sia stato, da parte di Vasari, un segno di saggezza. Circa Arnolfo di Cambio, documentandomi su di lui e su suo padre (o quello che Vasari descrive come suo padre) trovavo spesso il tema di un edificio che ne ingloba un altro, allora ho pensato che fosse un gioco che facevano quando Arnolfo era bambino, non con edifici veri ma con pietre e legnetti. La scena mi sembrava così commovente (forse perché anche mio padre mi faceva giocare con dei legnetti) che deve essere vera per forza.

Rivivendo le *Vite*, riemergono esistenze a volte stupefacenti, spesso avventurose, sempre appassionanti, che ormai pochi conoscono. Ma le tracce visibili di queste esistenze sono tutte attorno a noi e sono dunque una preziosa risorsa per la nostra gioia quotidiana. È come uscire di casa, camminare in una via che percorri sempre, aprire una porticina e scoprire che ti conduce in un luogo meraviglioso. In questo caso parliamo di centinaia di porticine che possono allietare la tua vita, se solo ne varchi la soglia.

CIMABUE

I tempi erano disastrosi, come sempre o quasi sempre. La misera Italia ancora non esisteva, perlomeno non era una nazione, e già era immersa in un diluvio di mali, era come intontita e respirava male. Anche Cimabue si sentiva poco bene, scosso da uno scalpitio interiore. Dato che era un ragazzo molto sveglio, il padre lo aveva mandato nel convento di Santa Maria Novella (un nuovo edificio sorto dalla smania immobiliare di quei tempi) a studiare le lettere. Lui studiò l'alfabeto a memoria e disse: "Va bene. Ho imparato le lettere. E allora?" Per quanto riguarda le parole, non gli sembrava il caso di studiarle tanto e pietrificarle nelle regole. Non sapeva forse parlare? Era sufficiente. Cominciò a fare disegnini di uomini, cavalli, casamenti e fantasie. Quando non disegnava si sentiva sprecato.

In quei giorni erano a Firenze certi pittori bizantini, Cimabue fuggiva dalle parole pietrificate per andarli a vedere lavorare e alla fine divenne pittore anche lui. Del resto, Cimabue vuol dire testa di bue, era un carattere ostinato e dunque, a volte, difficile: non riusciva a lasciarsi in pace. Si calmava pescando. Lo si poteva vedere, in certe mattine, nei bassifondi dell'Arno, verso Santa Trinita. Divenne molto amico di Gaddo Gaddi, un altro pittore, che lui chiamava Gatto Gatti, perché gli piacevano gli animali anche se non osava dipingerli. Con Gaddo si sentiva tranquillo, si liberava dell'armatura psichica che lo proteggeva e lo imprigionava, parlava serenamente, e l'aria sottile di Firenze soffiava nei loro animi grandi concetti. Una volta che Gaddo Gaddi voleva andar via da Firenze, Cimabue gli procurò una moglie per farlo restare e così nacque Taddeo Gaddi, che poi progettò il Ponte Vecchio.

A proposito di grandi concetti, Cimabue e Gaddo ebbero l'idea di rapire un pittore bizantino che a loro piaceva molto, tale Apollonio, che lavorava a Venezia. Volevano farsi spiegare alcune tecniche, in particolare riguardo all'arte del mosaico. Erano arditi di cervello ma prudenti nell'azione. Così mandarono un altro pittore loro amico, Andrea Tafi, in missione a Venezia. Andrea Tafi fu ritenuto artista divino dai contemporanei, ma diciamoci la verità, quei poveretti non capivano quasi niente, i tempi disastrosi producono cervelli disastrati. A parte questo, Andrea portò Apollonio a Firenze. In verità non fu un rapimento, come avevano fantasticato i tre amici nella loro esaltazione giovanile, semplicemente fece in modo che Apollonio lavorasse a Firenze nel battistero. Ma il risultato per loro fu lo stesso: impararono molte cose e la loro carriera fiorì.

Eppure Cimabue continuava a essere inquieto. Una notte sognò che i suoi amici indossavano una maschera, ma quando si toglievano la maschera non erano più loro, giovani e allegri, ma erano diventati rigidi e inespressivi. Questo sogno gli fece una paura terribile. Da quel sogno in poi, anche le figure dei bizantini, così fisse e pietrificate, lo riempivano di inquietudine. Non è tanto che le trovasse goffe, come dice il Vasari. Altro che goffe: sembravano infallibili, e anche implacabili. Gli facevano proprio paura. Per questo si sforzò di dipingere immagini più umane possibili, e io mi chiedo da dove gli arrivò quel sogno che ha cambiato la storia della pittura. Fece un Cristo, in Santa Croce, che è morto davvero, anche se momentaneamente, ed è così flessuoso e idrodinamico che sembra presagire l'alluvione del 1966, anno in cui verrà sommerso sul serio.

Margaritone d'Arezzo, un pittore radicato nel passato, capace di dipingere un'intera chiesa tutto da solo, quando vide le opere di Cimabue, le trovò così nuove che dichiarò di sentirsi infastidito per aver vissuto tanto e morì. Cimabue per la chiesa di Santa Trinita dipinse la prima Madonna che sorride. Nel frattempo, infatti, era diventato suo allievo Giotto, e insieme avevano capito che le figure sacre possono anche essere simpatiche. Giotto lo esortava a dipingere animali, visto che gli piacevano tanto. Ma il maestro niente, non voleva, qualcosa lo bloccava, così cominciò l'allievo.

Ad Assisi Cimabue lavorò nella chiesa di sotto, più intima, e in quella di sopra, più solenne: due diverse condizioni della mente. Aveva ricominciato a fare sogni inquietanti, ma non erano più volti pietrificati, come prima, erano l'opposto. Così dipinse figure colte nel momento culminante: come la Maddalena urlante. Fece un san Francesco davvero selvatico e allucinato, un santo da strada, mentre quello di Giotto qualche anno più tardi sarà molto più placido e sereno. Nelle opere di Assisi, per un processo di ossidazione, il bianco è diventato nero e questo fenomeno, così drammatico a vedersi, è uguale a uno di quei sogni terribili di Cimabue. Forse l'aveva previsto.

A Pisa, in San Francesco, scrisse alcune parole attorno alla testa di Gesù, che si rivolge a Maria e a san Giovanni, inventando così il fumetto. Poi tornò a Firenze e ritrovò una maggiore pacatezza. Dipinse per Santa Maria Novella la Madonna Rucellai, dice Vasari, anche se a quanto pare invece è di Duccio di Buoninsegna, che comunque era anche lui un allievo di

Cimabue. In ogni caso, il racconto narra che la Madonna fu portata in chiesa al suono delle trombe nell'esultanza generale, quella Madonna trasmetteva una particolare allegria alle persone e, per questo miracolo così lieto, Borgo Allegri si chiama così. Lavorò al cantiere di Santa Maria del Fiore con Arnolfo di Cambio e ai mosaici del battistero, ricordando i segreti che aveva appreso grazie al falso rapimento di Apollonio.

Alcuni dicono che fu arrogante, ma più che altro tendeva a essere insoddisfatto. Se qualcosa non gli tornava nell'opera che stava dipingendo, magari per una critica ricevuta da qualcuno, o da una parte maligna di se stesso, la abbandonava. In certi casi la buttava in Arno. Come abbia fatto Cimabue nato in un secolo così grossolano a salire tanto in alto non lo sa nessuno, anche se a volte i secoli sono meno grossolani di quello che sembra. Giotto e Gaddo Gaddi erano i più abili a ripescare le opere di Cimabue dal fiume. A volte la gente li vedeva in acqua, pensava cercassero pesci invece cercavano di recuperare un quadro del maestro prima che si sciogliesse per sempre.

GIOTTO

Giotto, tondo e inafferrabile come la sua leggenda. Le vite più belle si basano su documentazione discutibile e questo la dice lunga sulla vita e sulla bellezza. Secondo la tradizione Giotto nacque a Vespignano in Mugello. Suo padre era Bondone, un genio dell'arte agricola, che lavorava la terra come un orefice modella l'oro. Gli nacque questo bambino assai sveglio. A dieci anni Giotto fu mandato a badare alle pecore sui monti solitari e intanto imparava dalla Natura. "Questo tramonto è venuto meglio di quello di ieri," si diceva osservando il cielo.

Un giorno il famoso pittore Cimabue capitò da quelle parti. Fin qui la tradizione. Ma probabilmente non fu Cimabue a trovare questo pastorello che disegnava una pecora su una pietra. Fu il pastorello che, dall'alto di un poggio, vide un anziano signore che in Sieve, a Sagginale, con l'acqua fino ai polpacci, volteggiava leggiadro una lenza in una correntina d'acqua. "Signore che fai?" gli chiese. "Va' via brutto bambino," rispose il pescatore: Cimabue aveva un cattivo carattere e Giotto non fu mai bello. "Signore cosa hai messo in cima alla lenza?" chiese il bambino. "Una mosca, e levati di torno," disse Cimabue che il giorno dopo tornò lì: quel bambino lo aveva colpito. Non avrebbe saputo spiegare perché, ma gli trasmetteva un senso di equilibrio. Giotto trovava antichi cocci in quei prati. E quel mattino – questa volta sì – stava disegnando una pecora, ispirandosi un po' alle pecore vere un po' al disegno uscito dalla terra. Cimabue fissò l'immagine, non aveva mai visto una pecora così, più vera di quella viva. Chiese a Bondone se poteva portare il bambino con sé a Firenze, e Giotto divenne pittore. Una volta dipinse una mosca sul naso di una figura realizzata da Cimabue, il maestro provò a scacciarla pensando che fosse vera. Sembrerebbe uno dei tipici aneddoti inventati da Vasari, invece è un riferimento alla pesca con la mosca, che Giotto aveva appreso dal maestro durante quel primo incontro. E comunque i pittori a quel tempo scherzavano molto di più.

Qua non possiamo descrivere tutto quello che ha fatto Giotto perché la pagina si romperebbe. La vera arte era stata sepolta da tanto tempo, tra guerre e ignoranza, eppure lui da solo riuscì a farla tornare alla luce e le dette un nuovo linguaggio. Non più figure mummificate dal vento divino, ma persone vive. Erano secoli che non succedeva. Guardò il Cristo di Cimabue, creatura sinuosa delle profondità abissali, capace di nuotare tranquillamente nella morte, e dipinse il Cristo di Santa Maria Novella, un uomo che ha un peso e che affonda nella sofferenza.

Divenne amico di Dante, che si lamentava perché alle sue letture di poesie andavano poche persone. Parlavano dell'importanza dei dettagli. "Deve piovere dentro la fantasia," gli ripeteva Dante. "Ma perché non le scrivi queste cose?" gli disse Giotto. E fece piovere dettagli che non erano mai stati disegnati: i denti, un mazzo di fiori, una lacrima.

Ad Assisi dipinse di sopra e dipinse di sotto, a più riprese, così tanto che a volte si pensa che alcune immagini non siano opera sua. Non erano più i santi spettrali bizantini, e neanche i santi arrabbiati di Cimabue, ma santi tondi, in particolare san Francesco, che era quasi un contemporaneo. E non solo i santi dovevano essere tondi. "La donna mai troppo magra," consigliava agli allievi, per strapparli alla moda della penuria. Oltre ai dettagli fisici riusciva a trasmettere le sensazioni e le cose che non si vedono: dipinse un assetato e due suoi allievi corsero in cerca di acqua. In quelle figure si vede un ordine, una proporzione, una vivezza, una facilità. Pensare che ha fatto tutto da solo, osservando la Natura e la scultura, merita la venerazione perpetua, tanto per cominciare.

A Padova lavorò alla cappella degli Scrovegni, finanziata da una famiglia che voleva in questo modo evitare la permanenza all'Inferno, visto che era dedita all'usura. Pare che anche Giotto avesse delle attività che alcuni definivano usura. Nella cappella degli Scrovegni creò uno spazio ancora più pieno e profondo, intuendo l'esistenza di altre dimensioni. Colline come quella della *Fuga in Egitto* sono reali eppure simboliche, e alla fine dei tempi gli angeli arrotolano il cielo come fosse una pergamena: cosa c'è dietro? Quale tipo di pioggia può cadere da quella dimensione? Di fronte al terrificante *Giudizio universale* la folla si spaventò, anche se pochi si pentirono. E il bacio tra Gioacchino ed Anna (genitori di Maria) è uno dei più bei baci del mondo: i due hanno avuto problemi di coppia, ma durante quel bacio anche le due aureole si fondono, un'immagine corporea di intesa ultraterrena o viceversa.

Giotto tornò a Firenze, arrivò un inviato del papa che gli chiese un disegno per vedere di cosa era capace. Giotto, cortesissimo ma vivace, mise una mano sul fianco e con l'altra tracciò un cerchio perfetto. "Eccovi il disegno." L'inviato non sapeva di essere dentro una famosa scena forse falsa e si offese, ma il papa capì e così Giotto andò a lavorare a Roma dove fra l'altro realizzò il mosaico della *Navicella*, opera famosissima a quei tempi. Vi si vede anche uno che pesca con una lenza e da come è resa la speranza sul volto del pescatore si capisce che questa passione accomunava Giotto al suo maestro. Arricchì Napoli. Poi tornò a Firenze e riempì di storie Santa Croce. A Ognissanti dipinse il Cristo della sua maturità, che non va a vedere quasi nessuno e che sta sospeso in un azzurro oltremarino che è un colore "nobile, bello, perfettissimo oltre a tutti i colori". Dopo la devastante alluvione del 1333 i fiorentini dissero: "Non ce ne sarà mai un'altra. Prenderemo provvedimenti." Dato che Giotto non era solo pittore lo nominarono *magister* e *gubernator* dell'Opera del duomo, perché sistemasse un po' le cose. Concepì il campanile che porta il suo nome. I fiorentini, sempre simpatici, credevano che sarebbe venuto giù, invece è ancora lì. Negli ultimi anni le sue figure tonde si allungarono un po', ripensava al maestro Cimabue e a quella lenza leggera, bagliore di felicità volteggiante nel sole.

ARNOLFO DI CAMBIO

Per raccontare la vita di Arnolfo di Cambio è meglio prenderla larga e partire da prima della sua nascita. In Italia negli ultimi secoli erano sorti edifici non particolarmente belli o di buon gusto: erano solamente grandissimi e magnifici. Per esempio, il Duomo di Milano, la Certosa di Pavia, San Petronio a Bologna. Gli architetti di molte opere imponenti neanche lasciavano detto il loro nome, e c'è da meravigliarsi per la goffezza e il poco desiderio di gloria di certa gente sbadata. Poi qualcosa cambiò e molti artisti cercarono, se non trovarono, qualcosa di buono. Uno che per l'appunto si faceva chiamare Buono fondò Castel dell'Ovo a Napoli e il campanile di San Marco a Venezia, e qui sistemò così bene i pali che reggono tutto che il campanile non si è mosso di un centimetro (fino al crollo rovinoso del 1902, e alla successiva ricostruzione). Prima di lui da quelle parti gli edifici cascavano come niente. Un po' meno bene fecero Guglielmo e Bonanno a Pisa costruendo il campanile (oggi noto come Torre di Pisa) che pende senza cascare. È fatto come un pozzo vuoto, per questo è difficilissimo che vada giù. Non me la sento di lodare questo edificio per il disegno o per la bella maniera, ma solamente per la stravaganza.

Dopo la morte di san Francesco, ad Assisi si decise di ampliare e rendere meravigliosa la chiesa già cominciata da padre Elia. Dalle nostre parti c'era carenza di buoni architetti e fu chiamato Jacopo Tedesco, che inglobando la vecchia chiesa disegnò una struttura ardita, un vortice di pietra destinato ad attrarre altri artisti e altra bellezza. Fu chiamato a Firenze, dove tutti si sentono furbi e hanno la mania di abbreviare i nomi: ecco perché da Jacopo divenne Lapo. Costruì un paio di ponti, trovò il sistema di far defluire le acque di troppo dalla città, rialzò piazza San Giovanni, inventò il modo di lastricare le strade che prima si mattonavano. Un uomo utilissimo. In tutto questo si portava sempre dietro un bambinetto con gli occhi spalancati, Arnolfo, suo figlio. Che crebbe vedendo crescere edifici. "Il peso deve essere leggero," gli diceva il padre. Arnolfo rispondeva di sì senza capire, per farlo contento, ma molti anni dopo, con dolce meraviglia, si rese conto di aver capito.

Quando Lapo morì Arnolfo aveva trent'anni ed era ritenuto il miglior architetto della Toscana. Avrebbe dovuto chiamarsi Arnolfo di Lapo ma fu chiamato Arnolfo di Cambio, perché ha cambiato tante cose. Aveva imparato la scultura da Nicola Pisano. Era stato anche allievo di Cimabue e aveva creduto di capire il segreto del suo carattere difficile: la sofferenza. La pittura era fragile, bastava che un quadro finisse sott'acqua perché andasse perduto il lavoro di una vita. Lo stesso non si poteva dire degli edifici e delle statue. Così portò il disegno nella scultura, per renderlo più resistente.

A Roma scolpì il primo presepe della storia della scultura. Sempre a Roma realizzò la statua di Carlo I d'Angiò, dicono sia il primo ritratto realistico di un vivente, o perlomeno erano secoli che non se ne facevano. A Firenze eresse la loggia e i pilastri di Orsanmichele, che ancora non era una chiesa ma un deposito per il grano. È dunque l'unico architetto che ha costruito una chiesa senza saperlo. Quando Poggio dei Magnoli franò da Costa San Giorgio in via dei Bardi, consigliò ai fiorentini di non costruire più da quelle parti, altrimenti prima o poi sarebbe successo un disastro. Un grande architetto sa anche quando non costruire. Disegnò Santa Croce, sistemò il battistero. Soprattutto costruì la mai abbastanza lodata cattedrale di Santa Maria del Fiore, incorporando una chiesa precedente, Santa Reparata. Questa di incorporare edifici era una passione di suo padre Lapo: quando Arnolfo era piccolo prendevano pietre e legnetti e giocavano insieme "a un edificio dentro l'altro", cercando il segreto del peso che doveva essere leggero. Era un gioco che li faceva sentire uniti, come se loro stessi si incorporassero. Lasciò la cattedrale senza cupola, scoperta, così che per più di un secolo la chiesa ha accolto sole, pioggia, vento, polline, profumi, e tutta la varietà indescrivibile degli elementi che ancora oggi circolano dentro di lei. Le fondamenta di Santa Maria del Fiore sono così possenti che, quando venne il momento, Brunelleschi poté costruire la sua cupola: perché ciò che c'era sotto era in grado di reggerne il peso. C'è chi dice che Brunelleschi fosse discendente di Arnolfo, e che l'avo gli avesse lasciato le istruzioni segrete per costruire la cupola. Infatti, Brunelleschi ideò una cupola esterna che ingloba una cupola interna, sempre un edificio dentro l'altro. Arnolfo cominciò anche la facciata, la incrostò di marmi, mosaici e statue, lui stesso ne fece alcune. Scolpì una Madonna con gli occhi di vetro che ipnotizzava la gente catturandola con lo sguardo. (Anche per questo sguardo sovrumano, che alcuni trovavano inquietante, la facciata verrà smantellata, nel Cinquecento).

Si arrivò al punto che a Firenze non si faceva niente di importante senza il suo assenso. Disse la sua sull'ultimo cerchio di mura. Fu incaricato di costruire il Palazzo della Signoria e gli tornò in mente il Palazzo di Poppi, in Casentino, costruito da suo padre. Quante volte avevano giocato a "un edificio dentro l'altro" all'ombra di quel palazzo. Decise che ne avrebbe costruito uno uguale. Ma per farlo avrebbe dovuto utilizzare il terreno di una famiglia caduta in disgrazia. E in questo caso neanche l'autorevolezza di Arnolfo poté niente contro la sciocca caparbietà di quelli che ripetevano "Niente di importante deve essere costruito sul terreno degli Uberti" e dire che già gli avevano distrutto le case. Ma era una questione di principio, il tipo peggiore di questione. È per questo motivo che Palazzo Vecchio appare così meravigliosamente storto e fuori di squadra: perché Arnolfo dovette arrangiarsi col terreno disponibile. Del resto, a volte i vincoli esaltano l'ingegno. Anche in questo caso Arnolfo inglobò una torre preesistente, detta Torre della Vacca, dal nome di una vecchia campana. Questo sistema di inglobare era anche una fonte di risparmio. Soprattutto gli sembrava ancora di giocare con suo padre, ma su una scala più grande. Palazzo Vecchio è così leggero nel peso.

BUONAMICO BUFFALMACCO

Buonamico Buffalmacco fu discepolo di Andrea Tafi. Durante le grandi notti invernali Andrea lo svegliava per farlo lavorare. Buonamico non condivideva questa smania produttiva, credeva invece nel valore artistico del riposo. Ma come poteva agevolare il rinsavimento del maestro? Dire le cose direttamente è spesso controproducente. In una volta spazzata male trovò trenta scarafaggi magnifici e sopra ognuno di questi campioni appiccicò una piccola candela. Un lavoro di precisione e delicatezza, per fortuna Andrea gli aveva insegnato anche l'arte del mosaico. Quella notte, giunta l'ora in cui il maestro si svegliava, Buonamico accese le candele e fece entrare gli scarafaggi uno per uno nella stanza di Andrea. Vedendo quella processione di lumini che si muovevano il vecchio, terrorizzato, si infilò tutto sotto le coperte. Sentiva un mormorio maligno che era solo nella sua testa. Ogni volta che sbirciava fuori vedeva il terrificante mosaico vivente che si agitava attorno a lui. Per cui smise di sbirciare e tremò fino al mattino. Buonamico il giorno dopo chiese perché mai non lo aveva chiamato per lavorare. "Lavorare? Sono stato assalito da più di mille demoni." Buonamico ci pensò su e disse che la cosa aveva un senso. "Noi pittori facciamo sempre i demoni bruttissimi." Voleva dire che il diavolo non è così brutto come lo si dipinge. “E invece curiamo l’aspetto di santi e sante. I demoni si vogliono vendicare, perché sono convinti di essere belli. Ma, dato che il loro potere è grande soprattutto la notte, basterà lavorare solo di giorno.” E fu così che in città si sparse la voce che è meglio dipingere di giorno.

Vasari, nell’edizione delle *Vite* del 1550 dice che gli scherzi del burlevole Buffalmacco sono infiniti, e non è il caso di esagerare nel raccontarli. Poi però nell’edizione del 1568, essendo evidentemente maturato nell’animo, ne aggiunge molti, come se non fossero solo aneddoti divertenti ma il cuore profondo di qualcosa. Su quelli descritti da Boccaccio sorvola, eppure ne rimangono così tanti che risulta ammirevole che Buffalmacco, che oltretutto dormiva parecchio, trovasse il tempo di dipingere.

Una volta stava lavorando nel Convento delle Donne di Faenza, che si trovava, a Firenze, dove ora sorge la Fortezza da Basso. Le monache, vedendo che era vestito in modo penoso, pensarono: questo deve essere un garzonaccio di seconda scelta buono a pestare i colori, guardalo là, non può essere il famoso Buffalmacco. Allora mandarono a dire a chi di dovere che loro volevano il maestro, non quel povero disgraziato. Buffalmacco mise un tavolo sopra l’altro, sopra ancora sistemò una brocca, fece sporgere un pennello dalla brocca e coprendo il tutto con un mantello creò una specie di scultura cubista che simulava un pittore al lavoro. Le monache vedendolo di lontano (non potevano avvicinarsi) pensavano fosse l’infaticabile vero maestro al lavoro. Dopo quindici giorni però si dissero che era troppo infaticabile, andarono vicino e scoprirono la verità. Fu così che Buffalmacco, i cui scherzi erano sempre istruttivi (e questo è forse il punto filosofico della questione) insegnò loro la differenza tra un pittore e una brocca e riprese il lavoro. Le monache alla fine rimasero molto soddisfatte perché Buffalmacco quando ci si metteva, il che accadeva raramente, non era inferiore a nessun pittore dell'epoca.

Fu chiamato ad Arezzo dal vescovo Guido che aveva una scimmia, un bertuccione dice Vasari. Alcune parole che usa Vasari sono irresistibili ed è bello usarle anche se un po' decadute. Questo bertuccione mentre Buffalmacco lavorava non gli toglieva mai gli occhi di dosso, era interessatissimo a tutto quello che faceva. Un sabato sera Buffalmacco interruppe l'opera e la domenica mattina il bertuccione si arrampicò sull'impalcatura. Era gravato da un gran rullo di legno che il vescovo gli aveva fatto legare alla caviglia per limitare i movimenti, ma spinto dalla sua passione pittorica riuscì nell'impresa considerevole di raggiungere il posto di lavoro di Buffalmacco. Avrebbe potuto essere soddisfatto della prodezza atletica. Ma pensava solo all'arte. Imitando secondo lui tutto quello che aveva visto fare a Buffalmacco, preparò i colori e ridipinse tutto. Se qualcuno fosse stato lì a filmare la scena! Lunedì mattina Buffalmacco scoprì il disastro (la pittura astratta scimmiesca non era stata ancora inventata) e pensò fosse stato un aretino invidioso. Allora il vescovo gli concesse delle guardie armate con dei falcioni, per fare a pezzi il deturpatore, se fosse tornato. Si appostarono e il deturpatore tornò. Quando il vescovo e Buffalmacco smisero di ridere sistemarono il bertuccione in una gabbia accanto a dove Buffalmacco lavorava. E il bertuccione faceva certi giochi con il muso, con il corpo e con le mani, perché avrebbe voluto essere lui a dipingere. Resta il fatto che il più burlevole degli uomini fu burlato da una scimmia.

Buffalmacco fu un uomo attento agli altri, dolce nell'amicizia, onorando il nome che gli avevano dato. Aiutò il suo amico

Bruno di Giovanni, che aveva lacune nel disegno. Erano tutti e due persone molto piacevoli, come si capisce leggendo le loro avventure in compagnia di Calandrino nel *Decamerone* di Boccaccio. Bruno a Pisa si lamentò con Buffalmacco perché non riusciva a rendere espressive certe figure. Allora Buffalmacco gli suggerì di far uscire alcune parole dalla bocca dei personaggi, come aveva fatto Cimabue. La cosa piacque molto a Bruno, anche se Buffalmacco lo aveva detto per scherzo. Piacque anche agli uomini sciocchi di quei tempi. Nel Camposanto di Pisa Buffalmacco dipinse molte storie, a quanto pare non solo quelle che dice Vasari. Nel *Trionfo della morte* i vecchi saggi, gli anacoreti, i santi sono deformati, grotteschi, ridicoli, inaffidabili. Gente che non ispira l'imitazione. Chi vorrebbe essere come loro? Al contrario i gaudenti, belli grassi, sono figure positive (dice Luciano Bellosi). Anche questo fu uno scherzo istruttivo.

Buffalmacco era un uomo che sapeva divertirsi e lo fece fino alla fine. Questo tipo di uomo non pensa alla vecchiaia e infatti morì povero, ma non si può avere tutto. Uno così la Natura lo assembla raramente e quando ce lo regala dobbiamo dire grazie e tramandare la sua gioia.

NICOLA E GIOVANNI PISANI*

Nicola prima di essere pisano fu pugliese. Lavorava alla corte di Federico II di Svevia. Un giorno Federico lo portò a vedere Castel del Monte, ancora in costruzione. La serenità ottagonale dell'edifico lo avvolse. "Cos'è questo posto? A cosa serve? Non mi sembra un castello come gli altri." Federico non rispose, sorrise, come sorrideva lui non sorrideva nessuno. Su Federico si raccontavano molte storie. Una, eccola: aveva fatto chiudere un uomo in una botte fino alla morte, per verificare se nella botte rimanesse imprigionata l'anima e guardarla. Una storia falsa, speriamo, ma che vuole significare che cercava il lato visibile dell'invisibile. Nel 1247 Federico gli disse: "Andiamo." "Sì," rispose Nicola, che non aveva capito dove andavano. Federico non era un uomo con cui discutere. Lo portò a Pisa, dove Nicola lavorò per lungo tempo. Divenne Nicola Pisano. Sparsi di qua e di là, c'erano molti marmi antichi portati dall'armata dei pisani. Nicola si aggirava stupefatto imparandoli a memoria, fu come aprire una botola nella mente e buttarci dentro quintali di figure. Tutto quello che aveva

* Vasari li chiama Pisani, al plurale, perché erano due. Oggi è più comune chiamarli Pisano. Ci sono finezze che diventano errori. E viceversa.

imparato lo restituì in forma di nuove opere. Innalzò il campanile di San Nicola, pendente come la famosa torre ma meno famoso, fatto in modo che coloro che salgono vedono sempre quelli che restano a terra e viceversa. Un'invenzione capricciosa (in senso buono) che ha base ottagonale, come Castel del Monte.

Le sue sculture cominciavano a essere singoli individui, un'idea che era stata dimenticata. Nicola raccontava che un giorno tornò Federico e gli disse: "Andiamo." "Sì," rispose. Mi riporta in Puglia, pensò. Invece lo portò verso nord e poté vedere da vicino lo stile gotico, che a quel tempo non si chiamava così, perché la parola fu inventata più tardi da Vasari per dire che era robaccia barbara, da goti confusi. A Nicola quelle cattedrali piacquero, aprì la botola della sua mente e ce le buttò dentro a tonnellate. A Saint-Denis, per un gioco di luce, vide una statua ammiccare. Tornato in Italia, a Lucca, sul portale di San Martino scolpì un crocifisso che invece di trionfare sul mondo crolla su se stesso, e Giotto fu ispirato da sculture come questa per dipingere Gesù morente nella gravità terrestre. Nicola fu colto da una passione per i pulpiti, forse per la loro compattezza, che fa pensare a un mondo concluso. Federico era morto. Ricordandosi del suo sorriso quella volta a Castel del Monte, Nicola scolpì pulpiti che sono una combinazione di poligoni. A Pisa, in quello del battistero, alcune figure accennano a scostarsi dallo sfondo di pietra e a muoversi. Per rappresentare la virtù della fortezza tirò fuori un Ercole antico dalla botola della mente, e questa figura poi ispirò Michelangelo per il David. Era lì che lavorava al pulpito quando arrivò in città Bonaventura da Bagnoregio, che gli disse: "Lasciati andare. La gente ha bisogno di pensare ma anche di commuoversi." E poi citò se stesso: "Interroga il desiderio, non l'intelligenza. Lo sposo, non il maestro. L'oscurità, non la chiarezza. Non la luce, ma il fuoco." Non si può dire che nella sua vita Nicola non abbia incontrato formidabili personaggi. "Sì," rispose perplesso. E lo fece. Scolpì la prima Madonna che sviene. Gli artisti di quel tempo non erano uomini soli. Noi diciamo "Nicola" e intendiamo anche altre persone.

Tra i suoi collaboratori c'erano il figlio Giovanni e Arnolfo di Cambio. A Perugia Nicola e Giovanni realizzarono la prima fontana pubblica italiana. Il progetto, di Nicola, prevede la sovrapposizione di poligoni differenti, che intercettano la luce nelle varie sfaccettature, e forse è anche questo un ricordo di Castel del Monte. Giovanni scrisse sul marmo: "Questi sono i nomi degli eccellenti scultori della fontana: Nicola, famoso nell'arte, gradito per tutte le sue opere, fiore degli scultori e gratissimo fra i buoni. Genitore è il primo, figlio carissimo l'altro, che se non vuoi sbagliare dirai chiamarsi Giovanni. Pisani di nascita, a lungo siano sani." Giovanni non ne poteva più dei discorsi del padre sulle sue origini pugliesi. Per questo scrisse che era pisano anche lui.

Negli anni che vennero, riempì le sue opere di iscrizioni per mettere a fuoco la propria identità. Un atteggiamento moderno che può essere fastidioso. D'altra parte, l'idea di mettere a fuoco l'identità l'aveva imparata dal padre, che la applicava alle statue. Giovanni la applicò a se stesso: voleva essere una vera e propria persona autonoma. "Basta con la Puglia e con Castel del Monte. Secondo me non ci sei mai stato! Per non parlare del viaggio in Francia. Sono tutte balle," ebbe il coraggio di urlare al padre. Effettivamente non è sicuro che Nicola sia andato in Francia, e certamente non c'è andato con Federico. Nicola invecchiò di colpo. Giovanni nell'iscrizione del pulpito di Pistoia scrisse che aveva superato il padre. Se lo aveva superato, vuol dire che andavano nella stessa direzione. Rifiutò di fare un viaggio con lui in Puglia alla ricerca delle origini. Lavorò alla facciata del duomo di Siena e, sforzandosi di cacciarli dalla mente potenziò, senza volerlo, i racconti fantastici di Nicola a proposito del suo viaggio nel Nord, quando aveva visto le cattedrali gotiche. In quello slancio vertiginoso verso l'alto, Dio non stava comodo. Ci voleva qualcosa di più solido. E così lavorò a Siena dodici anni. Fece delle statue, per esempio quella della Sibilla, che tentano di uscire dalla facciata. A Siena stette benissimo, poi però interruppe la facciata e se ne andò precipitosamente, come anni dopo farà Donatello. Chissà perché. Tornò dunque a Pisa e sul pulpito del duomo scrisse. "Mostra di essere indegno colui che critica chi è degno di una corona (cioè lui) e chi lo riprova dimostra soltanto di essere riprovevole."

Scolpì figure che scattano di qua e di là, continuando l'opera di liberazione delle statue iniziata dal padre, perché si staccassero dal lato invisibile e si facessero vedere bene, camminando nel mondo. Ormai Nicola non c'era più. Un giorno Giovanni fece un viaggio in Puglia e vide una statua di Federico, che quasi gli sorrise. Guardò negli occhi colui che non aveva mai conosciuto. Fu preso da una grande emozione. Quello era lo sguardo di suo padre. "Penso che andrò a visitare Castel del Monte," disse.

DUCCIO DI BUONINSEGNA

Quando Vasari cominciò a scrivere la vita di Duccio di Buoninsegna, pittore senese, si accorse di non avere niente da dire e fu preso dal mal di testa. La verità è che non sempre aveva voglia di documentarsi. Ne nacque una certa confusione. Giorgio non avrebbe saputo dire se il mal di testa derivasse dalla carenza di informazioni, o questa da quello. Noi oggi riteniamo di disporre di maggiori informazioni, eppure la confusione rimane: non si può sfuggire del tutto all'impronta del maestro. Non si deve. Un eccesso di chiarezza sarebbe una menzogna.

Nell'edizione delle *Vite* del 1568, quella con i ritratti degli artisti, Duccio al posto del ritratto ha uno spazio vuoto, una specie di buco bianco. Vasari poi sposta in avanti la sua vita e racconta che Duccio inventò il modo di dipingere il marmo e realizzò il pavimento del duomo di Siena. In realtà quel pavimento fu cominciato mezzo secolo dopo, un errore così plateale potrebbe essere volontario, un modo per esibire una disattenzione: a me di quando è nato e di cosa ha fatto importa poco. Duccio, considerato l'iniziatore della pittura senese, era così fastidiosamente poco fiorentino, agli occhi di Vasari. La *Madonna Rucellai* Vasari la attribuisce a Cimabue, e talmente grande è la forza delle sue opinioni che questa idea ha regnato fino alla fine dell'Ottocento. Quando parla della famosa *Maestà* del duomo di Siena sostiene che, per quanto l'abbia cercata, non è riuscito a trovarla. È vero che già ai suoi tempi era stata spostata, ma un uomo del calibro di Giorgio avrebbe potuto trovarla, fra l'altro è un'opera di dimensioni notevoli. Dobbiamo ringraziarlo perché, con le sue omissioni, lascia libero spazio all'immaginazione.

Duccio è cresciuto nell'orbita di Cimabue, forse è stato suo allievo. Una delle sue prime opere, la *Madonna di Crevole*, è molto simile alla *Madonna di Castelfiorentino* dipinta da Cimabue forse con l'aiuto di Giotto che, dicono, fece il Bambino. (Naturalmente loro non chiamavano le loro opere con i nomi che gli diamo noi, ma è impossibile colmare la distanza che ci separa). Forse ci fu una specie di gara: Cimabue e Giotto da una parte, Duccio dall'altra. Per noi è difficile immaginare l'emozione derivante dal dipingere all'infinito lo stesso soggetto rendendolo diverso: come raccontare la stessa storia rendendola tua. È proprio nel cambiamento annidato nella ripetizione che si nasconde la forza del discorso. Duccio ammirò Cimabue per tutta la vita. Anche da quel nuovo allievo, quel Giotto, una specie di pastore ambizioso che si intrufolava ovunque, trasse degli spunti. Però il Gesù bambino dipinto da Giotto gli sembrava un po' contadinesco, pastorale, pecoroide. Duccio, che era "nobilissimo" come dice Ghiberti, preferì far indossare al suo un'elegante veste trasparente.

Poi viaggiò nel Mediterraneo e nel Nord Europa, così è stato scritto. È stato scritto anche che non importa immaginare questi viaggi, per spiegare la confluenza di influssi bizantini e gotici nella sua opera. C'erano mosaici portatili, codici bizantini viaggianti, flussi di statuette di avorio gotiche, migrazioni di opere di oreficeria del Nord, arrivi di smalti sfolgoranti. Lui si metteva lì, sistemava sul tavolo le statuette portate dallo scultore Ramo di Paganello, le fissava per ore. Che grandi occhi aveva. "Hai finito?" gli diceva Ramo. "Ancora un po'." Sosteneva che la parte fondamentale del lavoro artistico fosse l'ozio osservante. Lo faceva anche con le statue di Nicola e Giovanni Pisano da cui aveva imparato il Cristo a tre chiodi, cioè con i piedi sovrapposti. Loro trovavano inquietante questo atteggiamento. "Eccolo che arriva," dicevano. Lui invece trovava un po' troppo popolaresca l'ostentazione del lavoro frenetico.

Giovanni Pisano, poi, non faceva che parlargli di quanto fosse importante firmare le opere, aveva un'avidità di firma. Abbastanza grossolano. Volgarissimo poi era pagare i debiti. Infatti gli capitava di non pagarli: non per avarizia, per fastidio. Un'altra cosa che lo separava da Giotto è che a volte quell'allievo di Cimabue tendeva alla pratica di usuraio, si diceva. Invece Duccio si limitava a spendere e spandere tutto quello che guadagnava. Per questa storia dei debiti – la gente è così pignola – fu condannato a pagare varie multe, e anche per altre ragioni: preferì non prestare servizio militare e più di una volta si rifiutò di giurare obbedienza al capitano del popolo. "Che obbedienza e obbedienza," borbottava all'amico Guccio di Mannaia mentre assorbiva con gli occhi le sue opere di oreficeria. Nonostante fosse fondamentalmente senese ottenne di lavorare a Firenze grazie a Cimabue. Dipinse la *Madonna Rucellai* per Santa Maria Novella ispirandosi alla *Maestà* di Cimabue che si trovava a Pisa (oggi è al Louvre) ma anche a una statuetta di Ramo di Paganello. Gli piaceva mescolare le cose, così la sua Madonna risultò simile ma anche più raffinata, lo sfondo più architettonico, gli angeli più irreali: infatti non era convinto che la vicinanza alla realtà fosse sempre la scelta migliore. "Sono angeli, non facchini che devono sollevare il trono a forza di braccia. Se lo sollevano è con il moto angelico." Per non parlare dell'enorme cafonata del cielo azzurro, che di lì a poco sarebbe diventato di moda: il cielo è d'oro, perché è il cielo nobile dello spirito.

Tuttavia, nonostante le sue esternazioni, a forza di guardare Giotto anche le sue figure si ammorbidirono, pur rimanendo lontane dalla pinguedine derivante da un'alimentazione a base di formaggi grassi. Realizzò il modello per la grande vetrata del duomo di Siena. Poi gli commissionarono la *Maestà*, il suo capolavoro. L'opera, sfolgorante, il 9 giugno del 1311 fu portata in processione nel duomo di Siena. Alcuni videro Maria fare cenni di assenso verso Duccio. Anche i cani, i gatti e i topi la seguirono in estasi. L'evento fu di tale portata che per almeno due secoli incontravi gente che giurava: "Io c'ero." Duccio la firmò: dopo tutto Giovanni Pisano aveva ragione. Con la *Maestà* divenne ricco ma spese il doppio. Dopo la sua morte i figli rifiutarono l'eredità perché era fatta di debiti. Vasari quando aveva mal di testa ci ripensava: "Quel Duccio. Chissà chi era veramente. Forse avrei potuto dire di più."

SIMONE MARTINI

Quando Simone Martini andò ad Avignone, alla corte papale, incontrò Francesco Petrarca e divennero subito amici. La differenza di età (Simone cinquantadue anni, Petrarca trentadue) non gli impediva di intendersi anche quando non si capivano. A volte, quando non si capivano, erano i momenti migliori. A parte il fatto che le parole di Petrarca non erano sempre chiare, c'era un'altra questione. Con chi parlava? Per esempio diceva, come se rispondesse: "Sì, è vero sono acceso dalla lussuria. E per quanto mi penta lascio un posticino ai desideri futuri. Preferirei essere un sasso." Ma Simone non gli aveva detto niente! Non gli sarebbe mai passato per la testa di criticarlo per la lussuria. Glielo spiegava, subito dopo Petrarca ripartiva col pentimento. Alla fine, Simone si rese conto che non parlava con lui. Riteneva di parlare con sant'Agostino, a volte anche con Cicerone e Virgilio, uomini morti da molto tempo che si manifestavano nella sua testa per criticarlo e dirgli come vivere. Il poeta fingeva di voler tenere segreti tali nobili colloqui, ma al tempo stesso faceva di tutto perché il suo amico ne venisse a conoscenza. Quando dialogava con questi grandi personaggi, interessatissimi alle sue faccende private, il poeta cambiava tono di voce. Era atteggiato eppure vero: una recita affascinante. I primi tempi Simone aveva cercato di discutere di questioni di attualità legate alla comune terra di origine, la Toscana, ma il disinteresse di Petrarca per simili argomenti era assoluto. Inizialmente Simone era rimasto deluso, ma poi come liberato, da questa pulizia mentale di Petrarca. "Pranzare con gli amici mi è sempre piaciuto," disse il poeta. Durante il pranzo gli chiese di fare il ritratto di Laura, la donna amata. Criticatissima da sant'Agostino, ma lasciamo stare. "Allora esiste davvero," disse Simone. "Certo. Per chi mi hai preso?" "Dunque la conoscerò. Saprò chi è." "Mi devi promettere che non rivelerai a nessuno la sua identità." Simone promise. Passarono i giorni, aspettavano l'occasione giusta perché Laura potesse fare da modella.

Simone interrogava l'amico su questioni artistiche. Si sarebbe detto che quella grande mente non ne capisse niente. Le sue affermazioni su Giotto avevano poco senso, per non parlare degli scultori contemporanei. Troppo solidi per lui. Ma apprezzava moltissimo Simone, quindi doveva essere un genio sul serio. "Hai visto questo, hai visto quello?" indagava Simone riferendosi ad alcuni suoi ritratti dal vero, tra i primi della nostra storia. "Per esempio il cardinale Gentile Parrino, hai visto quanto è brutto con quella testa pelata?" (*Ciclo di San Martino*, Assisi). Petrarca lasciava vagare lo sguardo e rispondeva che aveva visto l'*Annunciazione*, a Siena, gli piaceva la veste dell'angelo che trema ancora, al confine tra visibile e invisibile, nella sottile linea d'oro che corre tra cielo e terra, perché il suo volo è appena terminato, e come la Madonna si inarca e si ritrae di fronte al destino del Figlio: vorrebbe dire di no. Aveva visto il *Guidoriccio da Fogliano* nel Palazzo Pubblico a Siena, con quella facciona brutale che si addentra in uno spazio riconoscibile ma irreale. "Allora hai visto anche la *Maestà*?

È nella stessa sala," chiese Simone, che a quell'opera teneva molto. Petrarca evitò di rispondere, si vede che per lui era troppo fisica e affollata, sembrava di essere in piazza. Il poeta gli disse invece che aveva visto una dolce Madonna (quella che noi chiamiamo *Madonna di Lucignano*), in cui Maria – caso rarissimo, mi dicono – volge il capo a destra invece che a sinistra e ha uno sguardo malinconico e penetrante. Simone si accorse che fino a quel momento aveva diffidato dell'amico come esperto d'arte, ma adesso gli si aprì il cuore. Allora era vero che conosceva la sua opera: di quella Madonna non gli parlava mai nessuno. "Andiamo," disse Petrarca quando venne il giorno di vedere Laura. Giunsero a una stanza vuota. "È un modo per farmi capire che Laura è reale e irreale al tempo stesso," pensò Simone. Ma forse era solo una stanza di passaggio. Poi finalmente arrivarono. Durante il lavoro, il poeta non smetteva di dare indicazioni. Non voleva che Laura risultasse troppo terrestre. Doveva essere paradisiaca. Infatti poi scrisse un sonetto in cui si dice che Simone era salito in paradiso per ritrarla. Ovunque fosse, Petrarca l'aveva seguito perché cercava di guidare la mano dell'amico con le parole: "Ma attento, che fai, così le somiglia troppo." Forse Laura si offese. Petrarca guardava l'immagine dipinta e diceva: "Purtroppo non parla." Laura senza dire una parola prese e se ne andò, ma ormai l'opera era conclusa. Vasari afferma che è stato un bel colpo di fortuna per Simone incontrare Petrarca, che l'ha reso immortale. I sonetti che lo riguardano sono addirittura due, e il poeta parla dell'amico pittore anche in una lettera. Forse Vasari dice questo per sminuire Simone Martini perché anche lui, come il suo amato maestro Duccio di Buoninsegna, era eccessivamente senese. Due o tre anni dopo Petrarca arrivò saltando i gradini a tre a tre (era un uomo non forte ma agile) e disse: "L'ho ritrovato!" Si riferiva a un codice con le opere di Virgilio. Lo portava sempre con sé, riempiendolo di annotazioni su Virgilio e su se stesso. Questo fino a dodici anni prima, perché gliel'avevano rubato. Ma ora l'aveva ritrovato. Aveva ritrovato una parte di sé. Per festeggiare chiese a Simone di illustrarne il frontespizio con una miniatura. Questo Virgilio illustrato (*Allegoria virgiliana*) l'abbiamo tuttora, mentre il ritratto di Laura è andato perduto, forse è tornato in paradiso, dove fu realizzato. Poi il poeta partì e Simone rimase. Inventò pose e sentimenti nuovi: una Madonna seduta per terra invece che in trono, perché Laura aveva rifiutato di farsi ritrarre su un trono. Dipinse un san Giuseppe arrabbiato con Gesù ragazzino perché, benedetto ragazzo, si è lanciato nella disputa nel Tempio di Gerusalemme con i Dottori, e anche Gesù sembra chiuso in una ostilità adolescenziale (*Ritorno di Gesù a Betlemme dopo la disputa con i Dottori*). Simone morì tre anni dopo la partenza di Petrarca, lì ad Avignone. "Ma Laura era così bella?" gli chiese la moglie Giovanna. "Non saprei. Non c'era nessuno. Ho solo fatto finta di vederla." Non si è mai saputo se dicesse la verità o scherzasse.

PIETRO E AMBROGIO LORENZETTI

Ci furono giorni, all'inizio, in cui dipingevano fianco a fianco. Intanto parlavano di cosa può entrare dentro un dipinto e di cosa invece è meglio che resti fuori. Stavano lì, ognuno guardava davanti a sé, curando la propria opera: erano due fratelli paralleli. Pietro, che era il maggiore, fu il primo a realizzare affreschi a Siena. Faceva figure espressive, magnifiche, ferme. Sapeva dare morbidezze alle teste. Era capace di inserire dettagli nuovi, impensabili: come un cane e un gatto che partecipano anche loro all'ultima cena, sia pure mangiando gli avanzi di quegli apostoli a cui, vista la situazione, è passato l'appetito (*Ultima cena*, Assisi). Ambrogio imparava, si entusiasmava vedendo questi dettagli che gli si moltiplicavano in testa e voleva raccontare storie e perfino concetti. "Un'intera storia non ci sta in un dipinto, i concetti poi sono sfuocati, forse non esistono neanche," diceva Pietro. Vasari non sapeva che erano fratelli e quando ne scrisse li separò, ma noi qui li ricongiungiamo.

Il 9 giugno del 1311 la *Maestà* di Duccio fu trasportata in duomo, da un carro trainato da due buoi bianchi, con una processione memorabile. Nei successivi duecento anni, a Siena, potevi trovare persone che giuravano di essere state lì. Pietro e Ambrogio, giovani pittori, erano davvero parte della città in festa. Era un lungo momento magico per la città, quello del governo dei Nove, durato circa settant'anni. Uno dei momenti in cui l'umanità è stata più vicina a realizzare il sogno della democrazia diretta, visto che i Nove cambiavano ogni due mesi. Il guaio delle età dell'oro è che le chiamano così dopo: quando hai la fortuna di viverci non te ne rendi conto. Per chi ci vive è l'età normale. Invece Ambrogio avvertì un brivido di consapevolezza. "Che splendore," disse. Pietro sorrise indicando la *Maestà*: "Che dipinto eh?" Poi si accorse che Ambrogio guardava da un'altra parte, tutto attorno a loro. "Ma cosa guardi?" "La concordia," disse Ambrogio. "Fratellino, continui a vedere concetti?" chiese Pietro preoccupato. "Mi piace essere qui, ora," disse Ambrogio. "Eh, già," rispose Pietro, che non era sicuro di capire. Anche Ambrogio si interrogava: "Dove mi trovo veramente?" Voleva localizzarsi. Prese a disegnare, su fogli andati perduti, mappe di Siena e dintorni, raffigurando anche le strade, cosa che allora non usava: nelle mappe di solito si disegnavano soprattutto i corsi d'acqua. In città la presenza di Simone Martini era ingombrante.

I fratelli intrapresero due carriere parallele fuori dalla patria, seminando opere per la Toscana. Pietro, secondo Vasari, fece anche meglio di Giotto e Cimabue. Ambrogio, in risposta alle figure di Simone Martini, sinuose e piene di grazia, dipinse una *Madonna col Bambino* solida, massiccia, poco impressionabile, che ti fissa e sembra dire: "Che hai da guardare?" (*Madonna di Vico l'abate*). Abile coi colori, osò dipingere il vento, i fenomeni atmosferici e fu il primo uomo a raffigurare una tempesta: spaventevole, orrenda, bellissima. Quando Simone partì per Avignone, a Siena rimasero solo i suoi allievi: raminghi, aggraziati, incerti. I Lorenzetti ebbero più spazio. La città cresceva come un giardino di pietra: il duomo e il Palazzo

Pubblico prendevano forma definitiva, si progettava un duomo nuovo, il più grande del mondo, la Torre del Mangia era un lungo fiore simboleggiante la purezza della Madonna.

Fiumi di dotti migravano da Bologna a Siena (*migratio bononiensis*). C'erano – incredibile a dirsi – gli ufficiali della bellezza, che vegliavano, multando i trasgressori, su quella cosa impalpabile che sembra un ornamento e invece è un valore decisivo per la vita. Ambrogio nel Palazzo Pubblico, nella Sala dei Nove, dipinse un ciclo di affreschi politici senza precedenti che oggi chiamiamo del *Buon governo*, mentre all'epoca si chiamavano affreschi del *Bene comune* e già questo dice molto. Il ciclo si snoda su tre pareti e comprende anche gli affreschi del *Cattivo governo* (del *Bene proprio*) e gli effetti di buon governo e cattivo governo su città e campagna. Tale era l'urgenza di comunicare chiaramente che c'è anche una canzone di sessantadue versi inserita nell'affresco. Racconta come devono vivere gli uomini, senza paura, protetti dalla pace e dalla giustizia, in una città ideale e dintorni. E quella città non era una di quelle città ideali del Rinascimento, che saranno città geometriche, vuote: ideali perché sono morti tutti o devono ancora arrivare. Era Siena, popolata e piena di attività, leggermente caotica. Gente che costruisce (c'è anche una donna manovale!), che si sposa, che studia, che ha un lavoro. Al tempo stesso era una complessa mappa di concetti. "Amate la giustizia, voi che governate la terra" sono parole bibliche scritte appunto sopra la figura della Giustizia, e che si trovano anche nella *Maestà* di Simone Martini, tra le mani di Gesù Bambino, che si intravede nella stanza accanto. Alle tradizionali virtù cristiane Ambrogio aggiunge la pace e la magnanimità. Quando operano simili forze la gente, sostiene l'affresco parlante, paga anche le tasse con entusiasmo: con "triunfo", dice l'iscrizione.

("Esagerato," disse Pietro). Qui si parla ufficialmente del diritto dell'uomo alla felicità: se ne riparlerà dopo quattro secoli. La città del *Cattivo governo* (o del *Bene proprio*) è invece dominata dal furore, dall'avarizia, dalla paura, dallo strabismo e dalla vanagloria. Quella stanza è dunque come una navicella in viaggio nel tempo con un messaggio per gli uomini. "Ora li vedo i tuoi concetti," disse Pietro, "forse esistono." Poi Ambrogio nella sala accanto fece un mappamondo: un disco girevole in legno coperto di pergamena, realizzando, dice Vasari, una cosmografia perfetta secondo quei tempi: cioè una raffigurazione del mondo conosciuto con Siena al centro. Ambrogio nel 1347 prese parte a un consiglio cittadino e parlò di come mantenere il libero e pacifico stato della città di Siena. Pronunciò parole sapientissime, scrive il notaio, anche se non riporta quali. Forse disse che la speranza è un rischio da correre (Burke). Sentì un brivido oscuro. Si stava alzando sull'Europa l'onda nera della peste del 1348 che portò Altrove, insieme, i due fratelli paralleli. Ma prima avevano provato il piacere di vivere qui, ora. Non è da tutti.

TADDEO GADDI

L'alluvione del 1333 divorò i ponti e coprì Firenze di fango. La catastrofe lasciò un segno nella mente delle persone, trasmettendo una sensazione di allarme. Un anno dopo, una patina secca copriva ancora certe zone, conferendo a tutto un tocco di irrealtà e ricordando qualcosa di spiacevole. "Ricordati che sei polvere e polvere ritornerai," disse un frate predicatore sbriciolando quel fango tra le mani. Taddeo Gaddi, che era presente alla scena, ne rimase impressionato: un conto è ascoltare certe parole, un altro è vederle.

Taddeo era stato tenuto a battesimo da Giotto ed era stato suo allievo per ventiquattro anni. Ultimamente Giotto era alle prese con un nuovo lavoro: il campanile della cattedrale. La costruzione era bassa, eravamo all'inizio. C'era una stanza segreta dove si incontravano Giotto e i suoi amici. Quell'ambiente, rischiarato solo dalle torce e da una finestrella che poi il grande maestro avrebbe murato, era un luogo riparato da tutto, una condizione della mente. Confidarsi è anche un modo per riconoscersi.

Ascoltata la storia del predicatore, Giotto prese e se ne andò. Era un uomo solido dai comportamenti plastici. Tornò dopo pochi minuti. Aprì la mano e sbriciolò il fango secco, come aveva fatto il predicatore. Ma non allo stesso modo: fece cadere la polvere nel raggio di luce che filtrava dalla finestrella: "Polvere d'oro," disse. Questa scena – corpuscoli di luce che si propagano coraggiosamente nel buio – trasmise a Taddeo una grande fiducia nel proprio modo di essere polvere. E fu preso da un tale entusiasmo nel proseguire l'opera del maestro che per certi aspetti lo superò: nell'esprimere l'allegria e il dolore, ma anche nel modo di colorare, che è più fresco e vivace.

Taddeo Gaddi ricevette il dono della pittura. Ma da chi lo ricevette? Più dalla natura che dallo studio, dice Vasari. D'altra parte, anche prendere la natura per il verso giusto è un'arte. Nelle *Vite* si racconta che oltre a essere pittore era anche architetto e progettò due dei ponti divorati dal fiume: il ponte Santa Trinita e il Ponte Vecchio, che riuscì a fare nuovo. Contemporaneamente, altri nuovi ponti germogliavano sulle sponde. A Taddeo piaceva il colore dell'ombra che cade sull'acqua, sotto i ponti, in certe sere. Un'ombra piena di pesci. La passione per la pesca, che accomunava Cimabue e Giotto, era arrivata fino a lui. Come testimonia il pescatore in basso a sinistra nell'affresco *La navicella di San Pietro* (Cappellone degli Spagnoli, Santa Maria Novella). Questo amore per la pesca era amore per i colori che si muovono, per le potenzialità che stanno in profondità: forme da rendere visibili. Giotto lo portava a pescare dalle sue parti, dietro una collinetta brulla che è anche quella dipinta da Giotto ad Assisi, nel *Miracolo della fonte*. Un po' a valle, rispetto all'immagine dell'affresco, c'è ancora una profonda pozza di lapislazzulo. Pescando parlavano del padre di Taddeo: Gaddo. Che era amico di Giotto ed era il solo capace di rilassare Cimabue. Esperto pescatore anche lui. "Bisogna sempre pescare qualcosa: dentro o fuori di noi," diceva. E lui, grazie a tante pietruzze brillanti, aveva pescato dentro di sé magnifici mosaici, come può notare chiunque entrando nel battistero di Firenze. C'è anche chi dice che questo Gaddo non sia mai esistito, che se lo sia inventato Vasari per nobilitare la famiglia Gaddi, all'epoca molto importante. Ma se il padre di Taddeo non è mai esistito, lui come ha fatto a nascere? Tra l'altro Taddeo dipinse il ritratto di Gaddo, in Santa Croce, per fugare i dubbi futuri. Anche suo figlio Agnolo diventò un pittore: fece un Lazzaro decomposto talmente bello da resuscitare i morti, ma essendo cresciuto negli agi finì per dedicarsi più alle attività mercantili che all'arte, visto che fruttavano di più. Agnolo fu bravissimo nell'uso del colore ("non con molto disegno, perché solamente il colorito fu assai bello e ragionevole," dice il perfido Vasari). Restaurò i mosaici del nonno, che gli aveva insegnato il segreto di quell'arte. Fu maestro di quel Cennino Cennini che scrisse il famoso *Libro dell'arte*, il che dimostra che le cose belle si trasformano – le immagini diventano parole e viceversa – ma lasciano una scia di affetto nei secoli.

Torniamo a Taddeo. Dal Nord dell'Europa dilagava la moda delle chiese con pochi muri e molte finestre. Una specie di culto della luce. Forse perché nel Nord di luce ce n'era poca. A loro invece piaceva proprio la calda protezione data dai muri: se togli i muri su cosa dipingi? Non ti resta che fare vetrate. Racconta Franco Sacchetti che Taddeo e altri artisti si ritrovavano a San Miniato. C'era anche uno chiamato l'Orcagna, che era un po' l'ultimo arrivato, e chiese: "Secondo voi chi è il maggior pittore, dopo Giotto?" Forse voleva sentirsi dire che era lui. Taddeo disse che dopo Giotto non c'era stato più nessuno, non a quella altezza. Poi intervenne un certo Alberto, gran maestro d'intagli di marmo, e disse che le migliori artiste di tutti i tempi erano le donne fiorentine: anche le più storte e orrende con gli occhi da falcone e le mascelle da asino riuscivano a sembrare belle a forza di dipingersi e imbottirsi. Questo aneddoto non è corretto per la morale attuale, meno male che fu raccontato allora. Ma più che altro è bella l'atmosfera notturna – la scena si svolse dopo cena, erano ben pasciuti e avvinazzati, dice il racconto – e la fedeltà di Taddeo al maestro. Gli hanno creduto per secoli, infatti è rimasta l'idea di Taddeo eterno allievo di Giotto. Nella cappella Baroncelli, in Santa Croce, doveva raffigurare l'angelo che annuncia la nascita di Cristo ai pastori. Si ricordò della collinetta di Giotto: la collinetta dell'*Annuncio ai pastori* è chiaramente la stessa del *Miracolo della fonte*. La borraccia è quella da cui bevevano durante le loro escursioni. Il pastore incappucciato a testa china è forse lo stesso Giotto. Taddeo si ricordò anche della volta in cui il maestro aveva sbriciolato la polvere d'oro nel buio della camera segreta. Dipinse la luce che si irradia dall'angelo nel buio. Pare sia il primo notturno della storia della pittura occidentale. Chi lo sa. È bello pensare che si debba a Taddeo Gaddi l'invenzione della notte, con la polvere d'oro che si propaga nell'oscurità.

ANDREA PISANO

Un carro pieno di strumenti misteriosi, che se ne va tintinnando nella notte e affonda le ruote nelle profondità del tempo. Questo era il ricordo più antico di Andrea Pisano.

"Cos'era quel carro?" chiese Andrea alla nonna, appena fu abbastanza cresciuto da parlare.

"Il campanaro errante", rispose lei. Gli raccontò che c'erano uomini che giravano il mondo fondendo il metallo e facendo campane. Conoscevano i segreti dimenticati del fuoco e del bronzo. Andrea ripensava sempre a quel carro tintinnante nell'oscurità, ma col passare degli anni si convinse che il campanaro errante era una delle tante favole della nonna. Invece un giorno il campanaro tornò e Andrea, ormai ragazzo, imparò alcune cose. Quell'uomo apparteneva a una dinastia di fonditori e sorprendentemente (per noi) si faceva chiamare Picasso. I greci e i romani fondevano il bronzo, ma col tempo quest'arte si era quasi spenta, tenuta in vita dai fonditori erranti. Picasso più che campane realizzava pentole e bombarde. Andrea lo guardò incantato mentre quello preparava la fossa di fusione. Era importante la stabilità del terreno in cui veniva scavata la fossa. Il cattivo suono di certe campane derivava dalla scarsa qualità della terra. Dunque, si disse Andrea pensando alle statue che aveva visto in città, le figure di bronzo in realtà escono dalla terra e dal fuoco sepolto. Picasso era affascinante ma brusco e non permise mai al ragazzo di salire sul carro.

Andrea divenne scultore e architetto. Pittura e scultura sono due sorelle con una stessa anima. Ma, dovendo scegliere, lui non aveva dubbi. Se le statue sparissero, inghiottite dalla terra da cui provengono, gli uomini potrebbero presto ricominciare a farle, perché le statue imitano la realtà, che è a tutto tondo. Se invece svanissero le pitture, recuperare quest'arte sarebbe un altro discorso, perché rendere le tre dimensioni su una superficie piatta è molto più difficile. Questo lo dice Vasari, ma, con la sua capacità di immedesimarsi, secondo me capta un pensiero di Andrea. Che ripeteva anche questo: un quadro o un affresco fanno presto a sparire. Ma le statue possono affrontare il fuoco, la guerra, la rovina, il mare, la fine del mondo, la smemoratezza degli uomini, e attendere: poi un bel giorno risorgere. Ecco perché gli sembrava che fosse meglio scolpire statue e costruire edifici, cioè cose vere, piuttosto che dipingere illusioni.

A quel tempo a Pisa, grazie alle molte vittorie della sua flotta, arrivavano statue antiche e molti altri reperti. Andrea guardava le galee che li portavano e immaginava tutti quei resti armoniosi che ancora sognavano sotto il mare, coperti di perle e coralli. La città si riempì di risplendenti anticaglie. Studiò quelle opere, così antiche e così nuove per lui, e allo stesso tempo conobbe Giotto e il suo nuovo modo di disegnare: quello non era un'illusione. Fu così che riuscì a vedere la realtà e dirozzò la sciagurata e goffa maniera con cui a quel tempo si facevano le statue: tutte simili, rigide. Andrea sapeva risvegliare la morbidezza della pietra, perché aveva visto le forme prendere vita dal metallo fuso. Lavorò anche a Venezia e in altre città, se questo è vero. Lo chiamarono a Firenze, dove fece alcuni passaggi segreti e scolpì storie e figure disegnate da Giotto per il campanile e per la facciata del duomo, così si racconta. Tutti si invaghirono del suo modo di lavorare. Fu aiutato dalla natura, dagli uomini, dalla pace e da un senso di gratificazione che gli infuse calore. Gli fu commissionata un'opera ancora più importante: la porta di bronzo del Tempio di San Giovanni, cioè il battistero.

Iniziarono gli anni più entusiasmanti della sua vita: finalmente il marmo avrebbe incontrato il bronzo. Doveva raccontare la storia di Giovanni Battista e realizzare delle figure che rendessero visibili le virtù. Prima fece i modelli in cera. Poi cominciò a lavorare il bronzo; non aveva mai realizzato una fusione di quella portata: avrebbe voluto che Picasso – il sogno più potente della sua infanzia – fosse lì per consigliarlo. Dopo la fusione, vennero i lunghi anni della rifinitura. Dal lavoro di doratura si sprigionavano vapori tossici che gli davano alla testa: tremori, disturbi uditivi e visivi, visioni. A volte perdeva conoscenza e cambiava carattere. Però gli piaceva: durante le visioni, gli sembrava che Picasso lo consigliasse. Allora andò sul Monte Amiata e a Larderello, in luoghi da cui si sprigionavano certi vapori terribili, per allenarsi a sopportarli. Erano fumi che uscivano dalla terra fin dal tempo degli etruschi, e gli etruschi avevano questa idea che se disegni nel modo giusto una porta, per esempio in una parete di roccia, lì si apre davvero un passaggio per il Chissà Dove. Quando tornò a lavorare alla porta, riusciva a sopportare i vapori di mercurio per un tempo più lungo. Ora aveva davvero accanto Picasso. E parlava con la porta. E la porta gli rispondeva. A volte lei sussurrava, altre volte, quando Andrea la percuoteva gentilmente, tintinnava. Il suono era ottimo. Una cosa è raffigurare, un'altra è credere, e lui adesso credeva nella voce della porta, che lo guidava nella realizzazione di se stessa. Queste possono sembrare fandonie, ma che la porta parlasse è testimoniato dalla scritta incisa nel bronzo, in cui la porta si esprime in prima persona e dice: "Andrea figlio di Ugolino figlio di Nino di Pisa mi fece nell'anno del Signore 1330." Lo chiamarono maestro delle porte, forse perché insegnava loro a parlare.

Quando Giotto morì, nel 1337, Andrea subentrò a lui nei lavori per il campanile, che si erano fermati al primo piano. Ogni tanto tirava fuori dei disegni di Giotto che forse in realtà aveva fatto lui. Li mostrava a un suo allievo, Andrea Orcagna, cercando di rassicurarlo circa la solidità della vita. L'Orcagna era, infatti, un tipo particolarmente impressionabile e su di lui tutti gli ostacoli lasciavano un tremito e un segno. Ma i disegni di Giotto, veri o falsi che fossero, avevano il potere di distendergli i nervi. Poi venne la peste del 1348 e Andrea si sentì morire. Udì, girato l'angolo, il tintinnio del carro del *magister campanorum* Picasso. Si affrettò a raggiungerlo. Forse, ora che aveva realizzato la porta, l'avrebbe fatto salire.

ANDREA ORCAGNA

L'onda nera della peste si abbatté sul mondo portando morte, sofferenza e il sospetto che la vita, dopo tutto, fosse un'illusione da cui è meglio prendere le distanze. Eppure, prima che le cose andassero male andava tutto bene. Andrea Orcagna, fin da bambino, aveva cominciato a fare il piccolo scultore nella bottega di Andrea Pisano. A quel tempo si respirava un'aria piena di entusiasmo e Andrea Orcagna, spinto dalle possibilità, diventò anche pittore, architetto e poeta. Era con Andrea Pisano quando il maestro cominciò la porta del battistero. Gli artisti si ritrovavano, parlavano, stavano bene insieme. Andrea poteva sembrare presuntuoso, era solo pieno di ottimismo. La disastrosa alluvione del 1333 gli mise qualche dubbio riguardo all'idea di un futuro radioso da vivere tutti insieme. Ma poi nuovamente si ritrovavano, Andrea Pisano lo incoraggiava. A volte gli parlava di un disegno segreto di Giotto. "Lo tengo nascosto in casa mia," gli diceva. La descrizione che nc faceva era così bella che lo spronava ad andare avanti. Ogni volta un disegno diverso: il maestro doveva essere pieno di disegni segreti di Giotto.

L'Orcagna andò a lavorare a Pisa, dipinse molte cose belle affiancando opere di Buffalmacco e Taddeo Gaddi. Aggiunse anche dei versi alle immagini, per far parlare le figure, come aveva fatto Buffalmacco, visto che da quelle parti la cosa piaceva. Scrisse dei versi per il Burchiello, racconta Vasari. Alcuni non ci credono perché il Burchiello (le cui poesie sono state avvicinate alla pop art) non era ancora nato. Veramente li scrisse per il nonno del Burchiello, e nacque allora l'arte di scrivere versi che apparentemente non hanno senso. Aveva una passione per Dante e citava versi della *Divina Commedia* che in realtà aveva inventato lui, come Andrea Pisano faceva con i disegni di Giotto. Dipinse la storia dei tre vivi che incontrano tre morti che gli fanno vedere il loro futuro di defunti.

Tornò a Firenze e, come una scure, calò la peste sul mondo. Andrea Orcagna si accorse che non c'era nessuno sfondo dorato dietro le immagini: solo il buio. Morivano tutti. Morirono Pietro e Ambrogio Lorenzetti. Maso di Banco e Bernardo Daddi. Il male ridisegnò la storia dell'arte. Morì Laura di Petrarca (poeta che peraltro Andrea Orcagna detestava). Morì anche, soprattutto, Andrea Pisano. Nessuno credeva più in niente. Leggi divine, leggi umane, tutto assurdo. Il mondo finiva ogni giorno. La gente non piangeva neanche più. Le campane non suonavano. Le persone rimanevano sole, impazzivano e crollavano. Tutto qui. Quando cominciavi una frase, non sapevi se avresti fatto in tempo a finirla o ti saresti accasciato. C'era chi si dava alla pazza gioia per disperazione. Anche l'Orcagna si ammalò e si trovò solo. Non riusciva ad alzarsi dal letto. "Se non muoio per la peste morirò di fame." Erano finiti i tempi in cui le persone aiutavano le altre persone. La paura rendeva egoisti. Invece arrivarono i suoi fratelli e gli portarono da mangiare. Si riprese. Forse quella che aveva avuto non era peste. Ma cos'era la peste? Cos'era questo contagio terribile? Nessuno lo sapeva. Alcuni parlavano di un soffio che si sprigionava dalle profondità della terra. C'era anche una cronaca certa (ci sono sempre cronache certe in questi casi) che raccontava che tutto era cominciato con una pioggia di fuoco tra il Catai e la Persia, fiocchi di fuoco che bruciavano montagne e persone. Poi si era formata una colonna di fumo e chi la guardava moriva. E anche chi guardava chi aveva guardato moriva. Dunque la peste si trasmetteva attraverso gli occhi. Meglio non guardare troppo. Andrea Orcagna cominciò a dipingere guardando il meno possibile. E così, per salvarsi, le sue figure si fecero più rigide e meno umane. Teneva accesi dei fuochi in casa sua, le stanze erano piene di fumo e anche per questo vedeva pochissimo. Forse i fuochi evitarono il contagio perché le pulci, che portavano la peste senza che nessuno lo sapesse, non sopportavano quel calore. Fuori, le strade si riempirono di cadaveri e di idee assurde: per debellare la peste bisognava fare attenzione alle streghe e agli ebrei. Molti anni dopo, nell'Ottocento, il pittore Hans Makart dipinse *La peste nera a Firenze*, quadro amato da Hitler che infatti se lo fece regalare da Mussolini. Passata la morte, gli uomini si rialzarono. Ma l'ottimismo di prima era evaporato. Non ci si trovava più tutti insieme spensieratamente. La paura del contagio aveva destato nella mente delle persone il sospetto verso gli altri. Adesso per Andrea Orcagna le figure di Giotto, così piene e terrene, non erano reali. Era stato un errore, tutto quel guardare. Bisognava tornare a prima, al Duecento, quando non era nato e quando si vedeva oltre l'apparenza sensibile.

In Santa Maria Novella dipinse un *Redentore* arcano e impassibile come nei tempi antichi: quella era la realtà che sopravvive al male. In *Santa Croce* dipinse nuovamente la storia dei tre morti che incontrano i tre vivi. Gli venne molto meglio che a Pisa. Perché ora sapeva davvero cosa volevano dire i tre morti.

Raffigurò anche l'Aldilà di Dante. Mise in Paradiso gli amici suoi. Piazzò all'Inferno certa gente che gli aveva fatto causa e il giudice che aveva deciso per il pignoramento dei beni: perché in realtà dei dispiaceri terreni non ti liberi mai del tutto. Alcuni pensano che abbia realizzato la Loggia di piazza della Signoria, chiamata *Loggia dell'Orcagna*: in realtà la progettò un suo fratello, ma un fratello così alla lontana che forse non erano neanche parenti. Fece il tabernacolo di Orsanmichele, che era rimasto interrotto a causa della peste. Ora la chiesa era piena di ex voto penzolanti: offerte di persone guarite dalla Madonna che abitava là. Andrea fece un tabernacolo meraviglioso. Vi si vede un sacerdote ieratico che aspetta Maria in cima a una scala. Tra gli apostoli ritrasse anche se stesso, vecchio com'era. Quando firmava le pitture si definiva scultore, quando firmava le sculture si definiva pittore, per dire che nella pittura ci deve essere sapienza da scultore e nella scultura sapienza da pittore. Non perse mai il gusto del paradosso e, affamato di vita perché aveva visto la morte, riuscì a essere molte cose contemporaneamente. Era un modo per rinascere.

FILIPPO BRUNELLESCHI

Ci sono verità incredibili. Una di queste è che il duomo di Firenze abbia atteso più di un secolo, scoperchiato, in attesa che nascesse qualcuno in grado di costruire la cupola. Filippo Brunelleschi piovve dal cielo nel 1377. Non era bello, ma seppe spargere una stupefacente bellezza nel mondo. Il padre lo voleva notaio, lui divenne orefice. Gli piacevano anche i meccanismi, la combinazione delle forze, le cose che si muovono, e quelle che stanno ferme con energia, forse inventò la prima sveglia. Fu preso da una voglia di scultura e conobbe Donatello. Avevano così tanto amore per le rispettive virtù, che non potevano vivere l'uno senza l'altro. Pippo (così lo chiamava Donatello) si rese conto che la prospettiva, fino ad allora, era stata usata in modo disastroso e così inventò il modo giusto di vedere le cose e lo insegnò generosamente. Intanto dentro di sé, spinto dal pensiero della cupola inesistente, immaginava forme e macchinari. Un giorno Donatello gli chiese: "Pippo, cosa ne pensi di questo crocifisso che ho scolpito?" Brunelleschi: "Bello. Ma senti, perché hai crocifisso un contadino?" E Donatello: "Ah, ecco. Fanne uno te allora." Discutevano, ma sempre si sostenevano e si spronavano. Pippo non si arrabbiava mai, non disse niente, lavorò di nascosto. Mesi dopo invitò a cena Donatello e con una scusa lo fece andare avanti da solo, così che nella penombra si trovò a tu per tu con quel Gesù di legno che – tanto era stupefacente – gli fece cadere tutte le uova che portava nel grembiule per la cena. Erano privi di invidia. Quando il concorso per la porta del battistero fu vinto da Lorenzo Ghiberti, presero e partirono per Roma. Filippo aveva venduto un poderetto che aveva a Settignano e così stettero a Roma molto tempo. Giravano estasiati, erano fuori di sé. Non avevano vincoli familiari, non si curavano di mangiare o dormire. Rivoltarono la città pietra per pietra. Scavavano in basso, guardavano in alto, misuravano tutto. Tirarono fuori dalla tomba l'architettura. Non dico quella tedesca e barbara, dico l'architettura buona e armoniosa. Brunelleschi riusciva a vedere la Roma antica dentro di sé. Nel frattempo cercava di vedere la cupola inesistente, ma non lo diceva a nessuno, neanche a Donatello. Tornati a Firenze, ci fu un raduno di architetti, per questa storia della cupola impossibile. Come aveva pensato di fare Arnolfo, più di un secolo prima? Filippo dette qualche consiglio. Un giorno Donatello lo informò che a Cortona c'era un sarcofago antico stupendo, Filippo non disse niente ma così com'era continuò a camminare, si lasciò portare a Cortona dalla volontà e dall'amore, fece un disegno del sarcofago e tornò indietro. Nel tempo libero aiutava Ghiberti. Intanto lavorava segretamente a modelli e macchinari per la cupola. Ma non poteva stare fermo. Rieccolo a Roma. "Così, se mi chiamano a Firenze per un consiglio, mi faccio la reputazione di uno che viene chiamato da fuori." Lo pregarono di tornare e lui molto cortesemente tornò. Fece un grande discorso ai Consoli e agli Operai di Santa Maria del Fiore, che erano i supervisori dei lavori. Disse qualcosa come: "Magnifici, mi sembrate confusi, le grandi imprese comportano grandi difficoltà. Dio sicuramente infonderà il sapere all'autore della cupola." Si riferiva a se stesso. Propose di convocare, da lì a un anno, i più grandi architetti d'Europa, perché proponessero i loro progetti. Era convinto che il suo progetto fosse il solo sensato, considerava i più grandi architetti d'Europa non come rivali ma come testimoni della sua grandezza. Poi tornò a Roma per farsi richiamare a Firenze. Un anno dopo, fu interessante sentire le strane e diverse opinioni su come innalzare la cupola. Chi disse che bisognava riempirla di spugne, chi che bisognava accumulare dentro il duomo una montagna di terra piena di monete, costruire la cupola con l'aiuto della terra e poi far togliere la terra al popolo che in cambio poteva prendersi le monete. Brunelleschi disse qualcosa come: "Mi sembra che manchiate di considerare che poi la struttura deve reggersi nel tempo." Questo era molto sensato. Poi aggiunse diverse cose pazzesche. Tra cui queste due: che bisognava costruire due cupole, una dentro l'altra, così che il gioco delle forze creasse un equilibrio; e che non c'era bisogno delle armature di sostegno perché lui aveva inventato un sistema per cui se ne poteva fare a meno. Era il suo grande momento. Fu portato fuori di peso e preso per pazzo.

Molti si sarebbero arresi ma lui no. Sapeva che i cervelli dei fiorentini non stanno mai fermi in un proposito. Così prese uno per uno i soggetti che decidevano e li convinse piano piano. Vedeva tutto in anticipo. Sembrava che avesse già costruito dieci cupole. Alla fine gli dissero che sì, poteva costruirla, ma solo un pezzettino. Per sicurezza. Poi si sarebbe visto. La cosa era un po' offensiva. E per di più gli affiancarono Lorenzo Ghiberti, con gli stessi onori e le stesse responsabilità. A questo punto Brunelleschi praticamente impazzì. Una cosa è fare delle formelle per una porta, un'altra costruire una cupola impossibile. Per fortuna Donatello e Luca della Robbia lo consolarono. “Pippo, Pippo, sei sempre il migliore,” gli dicevano. Si calmò. Ma il disturbo mentale che gli provocava Ghiberti rimaneva potente. Brunelleschi si fasciò la testa, si finse malato e lasciò tutto nelle mani di Ghiberti. Le cose andarono talmente male che si capì che Ghiberti non era proprio in grado. Nacquero delle mormorazioni. Brunelleschi fu nominato capo a vita di tutta la fabbrica. Arrivarono nuovi problemi. Ma la mente di Filippo era inarrestabile, si espandeva di pari passo con la cupola. Appena si presentava un problema inventava una soluzione: ideò macchine per sollevar pesi che tempo dopo lasciarono stupefatto anche Leonardo da Vinci. Intagliava modelli nelle rape. Dispose i mattoni a spina di pesce, una tecnica che aveva imparato a Roma e che aumentava la forza dell’edificio. Pensò a buche e aperture per far rompere i venti, che lassù infuriano. Considerò vapori e terremoti. La cupola si gonfiava nel cielo. Quelli che ci lavoravano impiegavano troppo tempo e troppe energie quando scendevano per mangiare. Così fece aprire cucine e osterie lassù in alto sulla struttura in costruzione, che io immagino diventare una specie di mondo a parte, con le sue emozioni e le sue leggende, una specie di base spaziale. Giunta fino a noi ancora piena di voci.

DONATELLO

La natura era esasperata. Gli uomini scolpivano statue grossolane e rigide, congelate, incapaci di parlare. Non puoi dare ciò che non hai, e quegli scultori avevano poco, però la povertà delle figure che realizzavano sembrava una beffa se confrontata con la ricchezza del mondo. I marmi, i bronzi, il legno, tutti i materiali che la natura produceva con il suo lungo amore avevano bisogno di una mano diversa. Allora mandò tra i mortali Donatello.

Era uno spirito gentile, aveva una grande capacità di dialogo. Non era di quelli che si nascondono a lavorare nelle buche perché hanno paura degli altri, lavorava alla luce del sole. Con il suo atteggiamento aperto trovò molte persone desiderose di farlo operare: anche questo è un talento. Con Filippo Brunelleschi andò a Roma e passarono anni entusiasmanti sempre insieme, cercando i segreti delle opere antiche. Scavavano. La gente, convinta che cercassero monete, li chiamava "quelli del tesoro". Brunelleschi accarezzava gli archi, Donatello parlava alle statue. Tornato a Firenze continuò il dialogo con la materia. Realizzò un'*Annunciazione*, a Santa Croce. Si trova ancora lì. In alto ci sono dei bambinetti e lui riuscì a farsi dire da loro, in confidenza, cosa provavano davvero: avevano paura dell'altezza e così li ha ritratti. Per quanto riguarda la scena principale, venne a sapere che anche la Vergine all'inizio aveva provato paura all'apparire dell'Angelo, ma poi si era rivolta a lui con gratitudine. Infatti le statue non sono solo blocchi di pietra. Scolpì la cantoria per il duomo, sopra la sacrestia vecchia: ai cherubini in frenetico movimento fece ali piccolissime perché – gli spiegarono loro stessi – le ali non sono la cosa più importante degli angeli. Per Orsanmichele realizzò una statua di san Marco Evangelista. Ci fu chi aveva da ridire, non gliela volevano far sistemare al suo posto. Donatello era un tipo dolcissimo ma aveva anche momenti di nervosismo e idee che potevano apparire strane. Disse: "Oh, va bene. Ma fatemela sistemare lassù dove doveva stare, per quindici giorni, coperta." Aveva uno sguardo così allucinato che nessuno osò dirgli di no. Quando dopo quindici giorni scoprì la statua tutti si accorsero che era meravigliosa. Lui sapeva che san Marco aveva bisogno di acclimatarsi. Dette poi vita a san Giorgio, che sembra muoversi dentro quel sasso. E sotto di lui fece un bassorilievo in cui, con pochi millimetri di spessore, si aprono vasti spazi avventurosi. Applicò perfettamente l'arte della prospettiva, che gli aveva spiegato Pippo Brunelleschi. Ma lo fece con tranquillità, non ne era ossessionato, come per esempio Paolo Uccello. E siccome voleva sempre aiutare gli altri disse a Paolo: "Senti, con codesta prospettiva – un'idea geniale, va bene – ma cerca di non esagerare. Pensa anche alle persone." Il dialogo non gli bastava mai. Mentre scolpiva il profeta Abacuc, per il campanile di Giotto, lo fissava e gli diceva: "Parla, parla, zuccone, che ti venga il cacasangue." E la risposta in un modo o nell'altro arrivò, si creò un rapporto speciale, infatti poi quando doveva giurare diceva: "Per la fede che porto al mio Zuccone."

Una iniziativa clamorosa che lasciò molti sospettosi ed esterrefatti è che scolpì anche persone nude. Per esempio il David di bronzo è completamente nudo. Ora potrà sembrare normale. Ma erano mille anni che a nessuno veniva in mente di ritrarre persone nude.

Con Cosimo de' Medici c'era sintonia. Gli bastava un cenno per intendersi. Cosimo gli procurò un lavoro per un mercante genovese, si trattava di realizzare una testa di bronzo. Quando l'opera fu finita il mercante non era d'accordo sul prezzo. "Dato che il lavoro è durato un mese viene più di mezzo fiorino al giorno." Al che Donatello, che in generale era davvero mite, ebbe uno dei suoi scatti d'ira: "Ah sì? Si vede che sei abituato a mercanteggiare fagioli. Guarda che in un centesimo d'ora distruggo il lavoro di un anno," e buttò la testa dalla finestra. Il mercante cambiò idea ma Donatello no. Neppure Cosimo riuscì a fargli rifare la testa. Andò a Padova dove scolpì opere meravigliose ma poi disse: "Qua tutti mi elogiano. Non sono abituato a non sentire insulti. Basta, torno a Firenze."

Invece si ritrovò a Siena e stava lavorando alla porta di bronzo per il battistero. Capitò in città il suo amico Bernardetto di Monna Papera. Costui non era per niente amico dei senesi e disse a Donatello che non meritavano le cose belle che stava facendo. Lo scultore era un tipo delizioso ma la sua sete di dialogo lo portava a volte a seguire i consigli sbagliati. Insomma fecero a pezzi buona parte del lavoro eseguito fino a quel momento e si dettero alla fuga a piedi. Quello che rimase bastò comunque per dare il via a un nuovo modo di raccontare storie con la materia. La natura era al settimo cielo. A Firenze lavorò di nuovo con Pippo, come ai vecchi tempi. Ma litigarono e dissero: "Questo litigio è per sempre." Nel pulpito di San Lorenzo sentì – e fu il primo – tutta la sofferenza e la stanchezza della Resurrezione. Scolpì una Maddalena distrutta dalla santità, ma con uno sguardo vertiginoso che ancora tramortisce chi si trova di fronte a lei. Ormai le statue gli dicevano poche e stentate parole, ma di un'intensità abbacinante. Stava diventando vecchio, aveva fatto molto, non aveva niente. I soldi li teneva in una borsa appesa a una fune e chiunque – amico o lavorante – prendeva quello che gli serviva. Non si sa come, i soldi finirono. Allora Piero de' Medici, figlio di Cosimo, gli regalò un podere, perché potesse vivere di rendita. Ma dopo un po' Donatello glielo rese dicendo che preferiva morire di fame che pensare al vento e alle galline. Piero rise e gli assegnò una rendita in denari contanti. A un certo punto Donatello si mise a letto e non si mosse più. Non pensava a fare la comunione e a confessarsi, era piuttosto trascurato, se si escludono le faccende dell'arte. Arrivò Pippo e gli disse: "Va bene che fai gli angeli senza ali, però dovresti confessarti e comunicarti." Donatello lo guardò stupito. "Per amor mio," aggiunse Pippo. "Ma anche per l'amore che devi portare agli artisti che rimarranno vivi. Altrimenti la gente penserà che siamo tutti una massa di eretici." E così Donatello ricevette i sacramenti, con grandissima devozione. La scena può sembrare strana. Visto che in realtà Brunelleschi era morto vent'anni prima. Ma forse non lo è. Racconta di un legame che nulla aveva potuto spezzare.

LUCA DELLA ROBBIA

Luca posava i piedi nudi sulla cenere tiepida e diventava un altro. Li immergeva lentamente. Il calore gli arrivava allo stomaco, sentiva un rimescolio. Per quanto fuori fosse freddo, avvertiva una protezione interna. Stava bene. Due caratteristiche mostrò Luca della Robbia fin dall'infanzia: la chiarezza mentale e l'amore per il fuoco. Le due cose erano legate: se ne stava lì, fissava la fiamma, la fiamma fissava lui. La chiarezza cresceva col fuoco. Il cognome della Robbia derivava dal fatto che la famiglia commerciava la robbia, una radice usata come colorante rosso vivo per i tessuti. Luca odiava quel rosso e aveva paura del sangue. Per questo si tenne sempre lontano da quel colore e inventò, anni dopo, un tipo di pelle smaltata che non era possibile ferire. Ricevette una buona educazione, imparò a leggere, scrivere e far di conto, come usava a Firenze, a differenza delle terre barbariche del resto del mondo. Il padre lo mandò a imparare l'arte dell'orefice da Leonardo di ser Giovanni, che era il migliore. Imparò a disegnare e a lavorare la cera. "Non mi basta!" disse e lavorò il marmo e il bronzo. Non gli bastava neanche quello e si dette alla scultura. Il giorno scalpellava e la notte disegnava. Quando non poteva permettersi il fuoco immergeva i piedi nei trucioli di legno per resistere al freddo.

A quindici anni lavorò a Rimini per Sigismondo Pandolfo Malatesta. Tornato a Firenze scolpì cinque formelle per il campanile che sono migliori di quelle di Giotto. Fece una cantoria di marmo per il duomo di Firenze. Donatello realizzò la cantoria di fronte. Le cantorie sono i terrazzi monumentali dove stanno i cantori. I ragazzi che cantano scolpiti da Luca sono così vivi. Vasari li loda ma dice che Donatello fece ancora meglio, perché calcolò che l'opera sarebbe stata vista di lontano e non curò tutti i particolari. E che a volte è meglio abbozzare un'opera che rifinirla, perché nell'abbozzo c'è un furore che coglie al volo l'essenziale. L'essenziale è volubile e vola via se ti attardi nel rifinire il dettaglio. Però è anche vero che gli angioletti di Donatello, se li guardi da vicino, sembrano bambini pazzi con cui non reggeresti dieci minuti. Mentre i ragazzi di Luca – come battono le mani, come gonfiano le gote, come si appoggiano sulle spalle dei compagni! – sono persone con cui ti piacerebbe cantare. Dopo un po' che praticava la scultura ai massimi livelli, Luca fece due conti per vedere quanto guadagnava rispetto a quanto lavorava e si disse: "Ma scherziamo davvero?" Rischiava di finire come Donatello. Pensò: è molto più facile plasmare la terra, rispetto a lavorare il marmo e il bronzo. Bisognava solo trovare il modo di conservare a lungo le terrecotte. Allora studiò e sperimentò giorno e notte. Chiese aiuto al fuoco, che era sempre stato suo amico. Una notte che teneva i piedi nudi immersi nella cenere il fuoco gli donò la chiarezza e gli suggerì un modo nuovo di cuocere e invetriare la terra, fino a renderla eterna. Così Luca costruì delle fornaci segrete, una per esempio verso Barga, dove poteva lavorare in santa pace, lontano da occhi indiscreti. Se qualche spia lo raggiunse, non se ne seppe più niente. Queste terrecotte invetriate ebbero un successo notevole in tutta Europa. Il primo che le chiese fu Piero di Cosimo de' Medici, padre di Lorenzo il Magnifico, per il suo studiolo di Palazzo Medici, dove tra l'altro gli fece realizzare il pavimento: un pavimento di Luca della Robbia è utile per l'estate perché tiene fresco. Da ragazzo Luca aveva lavorato con Ghiberti ma poi era diventato amico di Donatello e Brunelleschi. Frequentavano Niccolò Niccoli, un umanista che sosteneva che Dante, Petrarca e Boccaccio erano pessimi. Un uomo buono dal carattere di fuoco. Con lui non ti annoiavi mai. Una volta, tornavano da una serata col Niccoli ed erano in vena di confidenze, Brunelleschi chiese a Luca: "Senti, Luca, ma il tuo segreto è davvero un segreto?" Infatti c'era chi sosteneva che la tecnica misteriosa inventata da Luca esisteva già prima che lui la inventasse e la conoscevano in parecchi. "Be', caro Pippo, quasi. Se voi mi aiutate lo diventerà ancor di più." Così Brunelleschi e Donatello cominciarono a dire in giro quanto fosse grande il segreto di Luca: una magia alchemica. Tutti si convinsero. A parte i meschini che parlavano di perfezionamento di una tecnica già esistente. Resta il fatto che Luca dipingeva col fuoco.

Luca comprò casa insieme a un fratello, ai margini dell'abitato, perché aveva paura degli incendi. Attirò tutta la famiglia nella sua orbita e in breve tempo fratelli, figli e nipoti lavoravano alle cosiddette "robbiane". Un'attività famigliare che conobbe un successo mondiale destinato a durare per generazioni.

Una sera era davanti al camino con Brunelleschi e Donatello. Luca dispose la legna in due strati a forma di cupola e ne venne fuori un fuoco tondeggiante che ispirò Brunelleschi per la cupola del duomo: una sfera di fuoco che sbuca ovunque tu vada.

Luca lavorò molto con Pippo (così chiamavano Brunelleschi) e si aiutarono a vicenda. Pippo era piccolo e brutto ma grazie al fuoco si accorse di essere bello. Una volta Luca prese un tizzone nero semispento e disse all'amico: "Tu sei questo." Effettivamente era bruttino. Ma poi lo buttò tra le fiamme e quello ardeva di una bellezza incandescente. Brunelleschi imparò qualcosa: da allora anche nelle avversità, che non furono poche, cercava di farsi ardere dal fuoco giusto. Vasari dice che Luca variò così tanto dal marmo al bronzo alla terra non perché era fantastico, ma perché cercava cose nuove. La parola fantastico in questa accezione mi piace molto. Ancora nelle campagne toscane si dice "quel cane è un po' fantastico" per dire che è strano. Con le sue terrecotte invetriate Luca contribuì come pochi altri alla diffusione della bellezza. A differenza di molte altre opere, che hanno bisogno di un ambiente protetto (per esempio un museo, che Luca non sapeva neanche cosa fosse), le sue, fatte con la terra e col fuoco, possono andare nel mondo, protette da un calore interno. Come Luca quando metteva i piedi nella cenere tiepida, così le sue terrecotte possono sopportare il gelo, il vento, il male e l'umidità. Dove c'è un'opera che resiste, là c'è Luca della Robbia, o il fuoco che lo ardeva.

MASACCIO

Non bisogna fingere di essere ciò che non si è, ma è difficile vedere le cose come sono, perché si muovono. Alcune persone a volte ci riescono, a fermare gli attimi di verità. Capita anche che la Natura ne faccia nascere un bel gruppo nello stesso periodo, così che queste persone si aiutano anche quando credono di farsi concorrenza. Tommaso fu detto Masaccio non perché fosse cattivo, anzi. Ma aveva una certa trascuratezza, era particolare nei modi, assorto nell'arte. Questo può apparire come un luogo comune, un discorso indegno di nota che viene fatto a proposito di molti grandi artisti. Ma è anche vero che una concentrazione assoluta sul proprio lavoro comporta un prezzo da pagare che non conosce chi non la pratica. Per vedere cose nuove devi guardare in modo nuovo. Masaccio vide le forme reali dei corpi, la consistenza delle ombre. Perfino le aureole dei santi le fece reali, esattamente come sono: il che è un miracolo perché non le aveva mai viste nessuno. Le disegnò in prospettiva, in modo che il miracolo fosse in armonia con le leggi fisiche. Prima di lui gli artisti raffiguravano gente che cammina in punta dei piedi, più o meno. Masaccio fu il primo a far camminare la gente in modo naturale, con gran sollievo delle immagini. La vita non procede in punta dei piedi.

E poi anche la vita si muove: e ci vuole una bella prontezza per seguirla. Le figure di Masaccio sono così vive e vere che non parlano solo perché stanno zitte. Lavorò molto con Masolino. Anche Masolino si chiamava Tommaso, il soprannome sottolinea il carattere diverso. Era più anziano e diceva a Masaccio: "Guarda me che sono il tuo maestro." "Ma neanche per idea," rispondeva Masaccio. Scherzavano. Non si sa bene chi siano stati i rispettivi maestri. Lavorando insieme volevano creare un'unità. Noi per patologia analitica abbiamo la tendenza a separare ciò che l'arte ha unito. E vogliamo a tutti i costi chiarire quello che Masaccio e Masolino volevano confondere. Quando un curioso guardando il quadro detto *Sant'Anna Metterza* chiese: "Te che hai fatto Masaccio?" "Io quella parte lì," rispose lui indicando l'opera di Masolino. Erano diversi, cercavano la simbiosi.

Mentre lavoravano alla cappella Brancacci parlavano molto. Stavano lassù in alto sul ponteggio. "Io voglio la credibilità," diceva Masaccio.

"Cos'hai contro la incredibilità?"

"Ci credo meno."

Poi si scambiavano le postazioni e stavano ore a pensare a quello che avevano detto, mentre dipingevano. Masaccio con uno sguardo torvo che si vede anche nell'autoritratto, Masolino sorridente, incantato dalle sue fiabe. Sapeva che Masaccio dava molto ascolto a Brunelleschi e Donatello, allora mitemente lo provocava.

"Ti ho mai raccontato di quando ho lavorato col Ghiberti?"

"Ho paura di sì."

"Guarda che non ti aiuto a scendere. Lo so che hai paura."

Masaccio soffriva di vertigini, per questo voleva le figure ben piantate per terra, anche quelle sante e miracolose, ed era così attento alla naturalezza dei piedi. Masolino insisteva con i suoi maestri gotici.

"Ti ho mai raccontato del mio amico Gherardo Starnina?"

"Starnina, sempre Starnina."

"Grande pittore, lui sì che resterà nella memoria degli uomini. All'inizio era insopportabile, quasi come te. Poi ha viaggiato ed è tornato che era simpatico. Dovresti prendere esempio. Ce ne andassimo di nuovo a Roma?"

"Non lo so. Ho una brutta sensazione."

"Tu hai sempre brutte sensazioni. Forse me ne andrò in Ungheria." (Dove infatti andò.) "Lo sai che il carattere conta più della realtà? Il mio..."

"Il tuo amico Parri Spinelli da quando si è preso una grande paura dipinge tutte le figure storte. No, non me l'hai mai detto."

Masaccio cercava la solidità delle figure perché conosceva la fragilità degli uomini. In famiglia, quando era bambino, aveva spesso sentito parlare di quante persone si era portata via la peste. Immaginava quelle persone portate via come spazi vuoti in un affresco.

Nel *Battesimo dei Neofiti* dipinse un nudo che trema con bellissimo rilievo e dolce maniera, e nel *Pagamento del tributo* il gioco di sguardi tra Gesù e i suoi è reale e intenso come le montagne dietro di loro. Quelli sono i monti del Chianti, dove Gesù non è mai stato. Del resto la città in cui si muove il san Pietro di questi affreschi è Firenze. Perché la realtà si muove misteriosamente. A volte vola. Chi guardi *La resurrezione del figlio di Teofilo*, a sinistra, vedrà un gruppo di persone e potrà contare cinque teste e otto piedi. Su cosa si regge la quinta testa?

Sempre nella cappella Brancacci, Masolino dipinse la *Tentazione di Adamo ed Eva* e Masaccio *La cacciata dal Paradiso terrestre.* Viene lodato il realismo drammatico di Masaccio, con Eva che sembra conoscere l'urlo di Munch, rispetto all'aria fiabesca degli *Adamo ed Eva* di Masolino. "Che fanno quei due?" chiedeva Masolino.

"Scappano dal Paradiso."

"Oh be' si vede... Comunque non mi sembra credibile."

Masaccio si voltò, con quel suo sguardo obliquo. Masolino spiegava: "Chi si farebbe convincere a mangiare il frutto proibito o a fare qualsiasi altra cosa dalla tua Eva? Invece guarda la mia."

Masaccio quasi sorrideva: adorava l'Eva del suo amico, quella donna aveva un modo molto attraente di essere fuori dal mondo.

In Santa Maria Novella Masaccio dipinse una *Trinità* impressionante. Brunelleschi, che non lo mollava mai, gli spiegò come fare. Non so se davvero l'affresco trasmetta un senso di realtà. Masaccio fu attratto, per la prima volta, da una fissità atemporale (forse gli giungeva, per oscuri sentieri, dai discorsi con Masolino). Ma il muro pare bucato, dice Vasari. Sembra di poter passare nella dimensione del dipinto. Dopo averlo tanto elogiato, Vasari lo coprì mettendoci davanti una pala d'altare con la sua cornice architettonica in pietra. E così è rimasto nascosto, dormendo per secoli. Possiamo solo immaginare le complesse emozioni che Vasari trasse da questo comportamento contraddittorio. Masaccio morì com'era vissuto. In un lampo. A ventisei anni. "Una grande perdita," disse Brunelleschi. E tutti quelli che volevano imparare andarono, da allora in poi, nella cappella Brancacci. Vide cose nuove perché guardò in modo nuovo. Siccome aveva le vertigini appoggiò bene i piedi e si trovò nella posizione giusta per spostare di peso l'intero edificio della pittura occidentale.

LORENZO GHIBERTI

Se la gente invece di invidiare gli altri pensasse a far bene il mondo andrebbe meglio.

Uno che fece benissimo fu Lorenzo Ghiberti. La sua prima invenzione fu il padre. "Sono figlio di Bartoluccio Ghiberti," dichiarò. Il nome fondeva due persone: Bartolo di Michele, detto Bartoluccio, che era il vero padre, e Cione di ser Buonaccorso Ghiberti, che era il marito della madre, un uomo pieno di malinconia. Lorenzo oltre ai nomi fondeva il bronzo.

Nell'anno 1400 l'aria di Firenze degenerò e venne la peste. Lorenzo andò a Pesaro a dipingere la camera di un signore. Come la peste svanì a Firenze decisero di finire le altre due porte del battistero di San Giovanni (una c'era già, quella di Andrea Pisano). Bartoluccio mandò a chiamare Lorenzo: "Torna subito, se riesci a prendere questo lavoro non avrai bisogno di fare altro." Era il concorso del 1401. Lorenzo tornò a Firenze e fu come vederla per la prima volta. Guardò il battistero, tempio antichissimo, si accorse che era il vero centro della città. Compatto, liscio eppure spigoloso, inattaccabile, simile a niente a parte se stesso. Una pietra preziosa estratta dalla miniera di un altro mondo. Poco più in là, la cattedrale in costruzione aveva qualcosa di secondario. Al concorso parteciparono personaggi come Iacopo della Quercia, Brunelleschi e – dice Vasari – Donatello. I concorrenti avevano un anno di tempo per raccontare la storia di Abramo e Isacco in una formella di prova. Ognuno teneva segreto quello che andava facendo. Lorenzo invece trascinava tutti a vedere i suoi progressi. Prendeva cittadini e forestieri e "Vieni," gli diceva. "Veramente avrei da fare," rispondevano. "No," insisteva, con l'entusiasmo dei suoi vent'anni. Chiedeva consiglio a chiunque e soprattutto ascoltava le risposte. La formella venne così bene che sembrava l'avesse lavorata con il respiro. E pesava sette chili di meno rispetto a quella di Brunelleschi: un bel risparmio. Brunelleschi disse ai giudici: "La formella di Ghiberti è bellissima, perché non date tutto il lavoro a me?" La porta fu assegnata a Lorenzo che mise su la sua bottega. Secondo Vasari ne facevano parte Donatello, Masolino, Michelozzo e alcuni giovani malinconici come Paolo Uccello. Lorenzo, abituato alle ombre mentali di Cione, aveva messo a punto istintivamente una cura contro gli eccessi della malinconia e fece di loro degli artisti instancabili. Lui che aveva due padri divenne, in un certo senso, padre di molti.

Osservò l'altra porta, quella fatta da Andrea Pisano, che si era basato sui disegni di Giotto e su resti antichi arrivati a Pisa via mare. Lorenzo volle fare qualcosa di simile e di diverso. Sarebbe andato verso il passato e verso il futuro contemporaneamente.

Costruì una fornace grandissima, i primi tentativi furono un disastro. Ma non si perse d'animo e senza dir niente a nessuno ricominciò. Traeva la sua forza dallo spirito monolitico del battistero. Sulla facciata del duomo una figura lo guardò scintillando: la Madonna con gli occhi di vetro, di Arnolfo di Cambio.

Lavorò alla porta per più di vent'anni, in compagnia del fuoco. Nel frattempo fece anche altre cose. Ma la porta era più importante: la ricerca di un passaggio. Materializzò scene del Nuovo Testamento come se le avesse vissute personalmente.

Lavorò anche alla cupola del duomo insieme a Brunelleschi, per un certo periodo. E su questa esperienza sono state dette molte verità: tutte false. Che non era capace, che Brunelleschi si finse malato perché venisse fuori la sua incompetenza e cose del genere. Non è il caso di contrastare la bellezza delle leggende. Brunelleschi e Ghiberti erano due epicentri. Ma forse è solo che la cupola non lo convinceva: era così grossa.

A Siena diresse la costruzione del fonte battesimale e alleviò la malinconia di un tipo solitario, Lorenzo di Pietro detto il Vecchietta.

A Firenze realizzò grandi sculture in bronzo. Era il più bravo di tutti. Fu "maestro nel getto". Molti artisti sapevano modellare, cioè preparare le figure per la fusione, pochi erano in grado di fonderle in bronzo, nessuno come lui. Gli commissionarono una statua di san Giovanni Battista per Orsanmichele. Il bronzo costava dieci volte più del marmo e Lorenzo avrebbe dovuto pagarlo di tasca sua se avesse sbagliato la fusione. C'è un legame tra l'arte e l'azzardo. Non sbagliò. Fu la prima grande statua in bronzo fuso dai tempi degli antichi.

Un giorno arrivò Giovanni, figlio di Cosimo de' Medici, e disse: "Guarda cosa ho qui!" Era una corniola, pietra di colore rossastro appartenuta a Nerone e dentro – realizzato da qualche maestro antico – c'era Apollo che fa scorticare Marsia. Lorenzo aggiunse un drago d'oro tutto intorno. Oggi la corniola c'è ancora ma il drago è andato via.

Lorenzo aveva dentro di sé il potente richiamo autistico del battistero. Lontano dalle porte, sentiva affiorare quel vago sgomento dell'anima che gli veniva da Cione e che aveva imparato ad alleviare negli altri. Per fortuna gli commissionarono la terza porta, che per lui era la seconda. I consoli dell'Arte dei Mercatanti dissero: "Fa' come vuoi. Non importa che tu segua lo schema di Andrea Pisano. Decidi tu. Non badare né al tempo né alla spesa." E poi si dice che i mercanti sono gente gretta!

Nella nuova porta raccontò storie del Vecchio Testamento. Più belli di tutti fece Adamo ed Eva: essendo usciti dalla mano di Dio dovevano superare gli altri, questa fu una finezza. Lorenzo superò se stesso. Ma nessuno supera se stesso da solo. Lo aiutarono, se non è falso, Donatello, Michelozzo e Benozzo Gozzoli, Parri Spinelli (un altro malinconico redento), Luca della Robbia che aveva realizzato alcune formelle del campanile, là davanti, e sapeva carezzare il fuoco.

Lorenzo era anche maestro della rinettatura: con inebrianti anni di fatica rifinì la porta portandola allo splendore. Gli venne talmente bene che decisero di metterla di fronte al duomo. Ma c'era già quell'altra! Allora nel 1452 avvenne il ballo delle porte. Mentre quella di Andrea Pisano rimaneva ferma, anche perché era la più alta, la prima porta fatta dal Ghiberti ruotò sul lato nord, verso la campagna. Invece la seconda, quella con le scene dell'Antico Testamento, si fermò di fronte al duomo, a guardare l'ipnotizzante Madonna dagli occhi di vetro. Erano passati quarantanove anni dall'inizio dei lavori. Pensare che per costruire la cupola del duomo ce ne vollero solo sedici. D'altra parte, è vuota.

"Le porte sono finite e ferme. A questo punto possiamo entrare," concluse Ghiberti.

LEON BATTISTA ALBERTI

L'equilibrio delle forze è il segreto di ogni opera ben fatta. Ma esistono forze sconosciute all'uomo pratico. Ecco perché è importante essere bravi letterati e non solo uomini pratici. Questa verità è oggi derisa da uomini che, divenuti mostri, indossano maschere di fango, ma Leon Battista Alberti ha dimostrato che sbagliano.

Tutti sanno che, se costruisci un edificio, devi filosoficamente schifare i luoghi malsani, i venti pestiferi, i posti in cui la terra trema e le montagne crollano. Questo sarà sempre chiaro a chiunque. Ma coloro che, mentre coltivano il buon senso, allo stesso tempo leggono storie e favole, possono inoltrarsi nella bellezza meglio degli illetterati. Perché è quando alla pratica si unisce il sogno che l'uomo si sveglia davvero.

Leon Battista Alberti, fiorentino, fu umanista, pittore e architetto. Ma prima nacque. Nel 1404, da una importante famiglia esiliata a Genova. Fin da piccolo sentì parlare della città perduta, e imparò a dire Firenze prima di mamma. La nostalgia di qualcosa che non abbiamo mai visto ma avremmo dovuto vedere, qualcosa che abbiamo nel sangue, può distruggerci o formarci. Crescendo Battista (il nome Leon lo aggiunse da grande, per darsi forza con una parola) assorbì i discorsi su

Firenze che facevano i suoi familiari. Seppe dalle loro parole com'era melodioso il suono dell'acqua in una certa fontana, o come cadeva la luce nella sera estiva sulla facciata di una chiesa. Poi c'erano le descrizioni dei viaggiatori, che raccontavano il nuovo fermento della città. Le opere in costruzione: la cupola del duomo, per esempio. Le porte del battistero. I dipinti inauditi. C'era il timore che le novità deturpassero Firenze, ma anche una grande speranza. Lui seguiva questo rigoglio da lontano, con rabbia e amore. Gli sembrava di guidarlo con la mente. Le descrizioni prendevano vita in lui con una forza che lo stordiva.

Durante il lungo esilio "in quale siamo noi Alberti invecchiati", sentendosi respinto studiò moltissime cose, quasi tutte. Figlio illegittimo, cadde in difficoltà economiche. Ma era mosso da una bramosia mentale: doveva esistere un ordine segreto che gli avrebbe consentito di tornare nella città perduta. Uomo dai mille lati, andò alla ricerca di un centro.

A vent'anni scrisse una commedia in latino che fu creduta antica. Poi un testo su come fuggire da un amore iniziato male. Nel *Momo*, romanzo mitologico, spiegò che Dio, dopo aver creato gli uomini, indicò loro il palazzo dove sarebbero stati felici. Ma molti omuncoli evitarono di andarci e divennero mostri. Per non farlo notare si applicarono sul viso maschere di fango. Come architetto, Leon Battista cercò l'edificio in cui poter essere felici.

In realtà non aveva ancora costruito nulla di visibile. Ma poderose erano le strutture erette nella sua mente. Studiò il passato, Vitruvio. Scrisse tre grandi trattati: sulla pittura, sull'architettura e sulla scultura. Mettendo ordine nelle innovazioni che pullulavano e indicando nuove soluzioni, guidò, con la mente, il cammino dell'età moderna.

Forse ci furono architetti e pittori migliori di lui. Anche perché quell'epoca che a noi appare felice era un inferno, se temevi la concorrenza. Molte storie le raccontò meglio con la penna che con il pennello. Ma i libri agevolmente vanno da tutte le parti, mentre per le opere, soprattutto per gli edifici, viaggiare è più faticoso. E quindi lui superò con la penna quelli che lo avevano superato nell'operare. Questo almeno dice Vasari, che probabilmente si identifica un po' in lui.

L'esilio fu revocato nel 1428. Finalmente lui e Firenze si guardarono. Ascoltò il rumore della fontana, osservò la luce sulla facciata della chiesa e fu accecato dalle novità in costruzione. Quelli erano i suoi ricordi, quelli erano i suoi sogni. Tutto era vero. L'aveva già visto.

Ma non si fermò a Firenze. Non era cresciuto lì: i modi delle persone, le abitudini, erano diverse dalle sue. Per quanto la città fosse meravigliosa – lo specchio della sua mente – il rapporto con le persone era più delicato: non tutti lo accolsero a braccia aperte.

Nel 1432 andò a Roma, grazie al suo amicissimo, il Biondo da Forlì. Divenne abbreviatore apostolico: sintetizzando per il papa apprese nuove cose sull'arte del discorso. Lavorò alla futura fontana di Trevi. Nel lago di Nemi si dette al recupero subacqueo, tentando di riportare in superficie le perdute navi di Caligola, che erano state palazzi galleggianti. Inventò uno strumento per disegnare in prospettiva, simile alla camera ottica. Un disco che genera messaggi cifrati, e per questo è considerato il padre della crittologia occidentale. Il *finitorium*, un congegno per riprodurre statue e corpi.

Aveva più di quarant'anni quando ebbe la prima vera occasione per lavorare concretamente come architetto. Anziano, per l'epoca. A Rimini, trasformò la chiesa di San Francesco in un mausoleo per Sigismondo Pandolfo Malatesta, dandogli la forma di un tempio. Diresse i lavori a distanza, ma la forza di persuasione emanata dalle sue lettere era enorme. Il potere della descrizione era con lui dall'infanzia. Sigismondo prese a depredare chiese e sepolcri per fornirgli il marmo che gli serviva.

Finalmente lavorò a Firenze. Realizzò la facciata di Palazzo Rucellai e quella di Santa Maria Novella, suscitando una soddisfazione universale. Santa Maria Novella aveva una base trecentesca per cui dovette inventare il modo di combinare il vecchio con il nuovo, che d'altra parte era una sua specialità. Obbedendo a proporzioni musicali, evocò la forma del tempio. Inventò le volute, forme morbide che, in certi giorni, permettono alla chiesa di galleggiare nell'aria. Nella cappella Rucellai di San Pancrazio realizzò un tempietto che imita in scala il Santo Sepolcro ed era destinato, pensava lui, alla meditazione e al silenzio.

Ogni tanto commise degli errori, per un eccesso di filosofia. Questo non può che incoraggiarci, visto che anche noi ne facciamo. La sua fede nella forza delle parole deve dirci qualcosa. Realizzò varie opere descrivendole a Silvestro Fancelli, architetto ragionevole che le mise in pratica. Superò se stesso dando indicazioni anche dopo la morte. Infatti, per esempio, Botticelli dipinse *La calunnia* seguendo minuziosamente la sua descrizione di un quadro perduto dell'antichità.

Fu insuperabile nel lanciare dardi, danzare, correre sui monti, perforare corazze. Questo almeno si legge nella *Vita dell'Alberti*, che forse scrisse lui stesso. Quando gli parve di aver fatto abbastanza passò a miglior vita, contento e tranquillo.

PAOLO UCCELLO

Nascono uomini straordinari che si addentrano nell'ignoto e raggiungono la solitudine. Essendo dei geni non capiscono gli altri, se non da inauditi punti di vista. E i loro sentimenti sono così incandescenti che non tutti li vedono. Paolo Uccello sarebbe stato il più leggiadro ingegno dai tempi di Giotto, se l'incanto della prospettiva non lo avesse attirato nell'irrealtà. Era bravo a disegnare le figure, ma invecchiando le fece sempre peggio, perché si inerpicava sull'impossibile. E così lui, che avrebbe potuto essere il più grande di tutti, si ritrovò solitario, strano, malinconico e povero. Questo pensa il Vasari, di cui seguiamo le *Vite*, ma non è difficile, per noi che viviamo in un altro mondo, convertire le sue parole nel loro opposto e immaginare la pittura di Paolo Uccello come un viaggio in anticipo di secoli. Chi abbia ragione non ha importanza, perché nessuno ce l'ha. Resta la bellezza di una scelta estrema, vissuta fino in fondo.

Paolo Uccello a dieci anni era garzone nella bottega del Ghiberti, qui conobbe Donatello che una volta cresciuti gli diceva spesso: "La tua passione per la prospettiva ti fa lasciare il certo per l'incerto." Paolo rispondeva "Grazie!" Lo riteneva un complimento: cosa ci poteva essere di meglio che lasciare il certo per l'incerto? Era l'avventura. E così continuava a dipingere forme difficili come palle a settantadue facce, grovigli di linee, angeli che corrono dentro i calici. Anche Brunelleschi, pur essendo quello che gli aveva spiegato la prospettiva, spalancava gli occhi. "Non sarà troppo?" chiedeva. "Troppo, sì grazie!" rispondeva Paolo entusiasta. Dietro la stessa parola possono stare tante cose diverse. Le opere dei suoi amici gli piacevano, ma sentiva un'intima insoddisfazione che era anche un piacere: voleva fare qualcos'altro per essere qualcos'altro.

Ci riuscì così bene che quanto a soldi stava a zero. Donatello e Brunelleschi non facevano che comprare uova e altro cibo. Lui quasi niente, aveva una moglie magrissima. Amava gli animali, in particolare gli uccelli, ma non si poteva permettere di comprare neanche un passerotto, e così li dipinse a casa sua: non potevi girarti senza vedere l'occhio di una bestia che ti guardava con un'intensità fiabesca. La casa era piena di voli, sembrava di sentire il tremito delle ali.

La notte la moglie lo chiamava a letto e lui dallo scrittoio rispondeva: "Aspetta, sono qui con la prospettiva."

Nel chiostro di San Miniato al Monte dipinse i campi azzurri, le città rosse, gli edifici con colori mescolati: cose che non si fanno, secondo Vasari. L'abate gli faceva mangiare sempre formaggio, Paolo non ne poteva più ma era timido e allora invece di dirglielo si dette alla fuga, non tornò più, quando vedeva i frati scappava. Ma un giorno due frati agilissimi lo bloccarono e gli chiesero perché non si faceva più vedere, lui rispose che aveva paura di diventare tutto di formaggio e di essere usato come mastice. Questo sembra un aneddoto buffo ma racchiude il segreto della sua mente: il sogno e l'incubo di ridurre le forme molteplici a un'unica sostanza.

Fece disegni bellissimi e alcuni erano "nel nostro libro dei disegni" dice Vasari. Per Vasari il disegno era la base di tutto e aveva appunto un libro in cui collezionava i disegni degli artisti amati, le sue pagine sono state smembrate e ancora vagano per il mondo.

Quello che Paolo creò nel chiostro di Santa Maria Novella può essere solo accennato. Adamo ed Eva e il loro peccare sono dipinti con bella maniera. Ma le storie di Noè sono impressionanti. In particolare il *Diluvio*: i morti, la tempesta, il furore dei venti, i lampi delle saette, il cadere degli alberi, la paura degli uomini. Puoi stare ore a guardare l'Arca, prima di capire cosa stai guardando: un'eterna illusione. Alla fine hai tutto chiaro, ma ti sbagli. Nell'*Ebrezza di Noè* commise alcuni sbagli, secondo Vasari, ma raggiunse una grande morbidezza, mentre altrove la sua mente sottile produsse risultati secchi e taglienti. Un altro sbaglio, secondo Vasari, lo commise realizzando il Monumento a Giovanni Acuto, nel duomo di Firenze. È un dipinto paradossale perché sembra una statua, lo sbaglio sarebbe nelle zampe del cavallo, che muove contemporaneamente l'anteriore destro e il posteriore destro. Solo che a quanto pare non è vero che è uno sbaglio. Il cavallo va all'ambio: che è più comodo per il cavaliere.

È vero che, in altre opere, Paolo si immerse nell'errore ed emerse con nuove verità. Nei tre dipinti sfolgoranti della battaglia di San Romano (Vasari non ne parla perché ne rimase scioccato) le prospettive sono molte, l'occhio si inganna e trova qualcosa che non sapeva di cercare. Nei dipinti di san Giorgio e il drago (soggetto che Paolo dipinse più volte, e neanche di questi Vasari parla) la storia non va come la conosciamo: la principessa tiene al guinzaglio un drago che sembra dolce e caro, e non si capisce la furia di san Giorgio, spinto da una tempesta che è forse psichica.

Per un po' andò a Padova, portato da Donatello, e dipinse dei giganti che impressionarono Andrea Mantegna. Tornato a

Firenze, per raffigurare un camaleonte che doveva simboleggiare l'aria, nella volta de' Peruzzi, fece un cammello che ingoia l'aria, perché non aveva mai visto un camaleonte.

Un giorno Paolo si ritrovò vecchio, era ridotto sempre peggio. La moglie, scheletrica, aveva smesso di chiamarlo a letto, sognava di staccare gli animali dalle pareti per mangiarli. Paolo lavorava al suo capolavoro, *L'incredulità di san Tommaso* (perduta) sulla facciata della chiesa di San Tommaso (distrutta) al Mercato Vecchio. Durante la lavorazione non voleva far veder niente a nessuno e così nascondeva l'affresco dietro alcune tavole. Donatello passò di là andando a comprare della frutta. "Cosa stai dipingendo?" chiese. "Vedrai," fu la risposta. Donatello pensò: vedrò qualche miracolo. Venne il giorno in cui Paolo, pieno di speranza, tolse le tavole. Donatello disse: "Mamma mia Paolo, ricoprilo subito." Paolo fu sconvolto da questa osservazione critica: felice perché la sua opera aveva prodotto una forte impressione, infelice perché sembrava negativa. Si chiuse in casa e non ne uscì più, si addentrò nella dolce prospettiva fino a raggiungere la morte, che trovò irreale. Questo accadde nel 1432, dice Vasari, ma è un'illusione ottica, in verità avvenne quarantatré anni dopo.

ANTONIA DI PAOLO DI DONO

Antonia era figlia di Paolo Uccello. Guardava il padre chiudersi in se stesso e dipingere. Lui stava lì, quasi fermo, le volgeva le spalle e lei ebbe paura che non si voltasse mai più. Che si perdesse in quelle voragini che, anche se lei non lo sapeva, erano le voragini della prospettiva. Era una bambina fantasiosa ma preferiva un padre nella realtà, che come sappiamo è piatta. “Voglio un cane,” disse, per riportare Paolo nel suo mondo. Ci riuscì benissimo, perché tutto quello che riguardava la figlia lo interessava. Sì, Paolo avrebbe voluto un cane, e anche uccelli, camaleonti (chissà cos’erano), cammelli, leoni, farfalle, scimmie, basilischi, leofanti, unicorni. Eccome se avrebbe voluto. La sua idea di felicità era l’arca di Noè, capace di resistere al diluvio non solo per salvare vite, ma anche grazie alle vite che portava. Solo che non poteva permetterselo. Un cane rappresentava, per lui, un miraggio della ricchezza. Fu rattristato da questa impossibilità finanziaria, ma reagì con l’immaginazione improvvisa. “Che ce ne facciamo di un cane? Abbiamo già tuo fratello maggiore.” Donato, chiamato così in onore di Donatello, si prestò a fare da cane, con Antonia che lo portava al guinzaglio mentre lui procedeva a quattro zampe. Paolo raccontava alla figlia la storia di san Giorgio che uccide il drago.

"Dona, fai il drago!" disse Antonia. Paolo aveva letto la storia nella *Legenda aurea* di Iacopo da Varagine. Non smetteva di disegnarla, disegni in gran parte andati perduti. Nella storia originale san Giorgio interviene quando il drago, uscito da un grosso stagno, si avvicina con losche intenzioni alla fanciulla. Il che ha un senso. Ma come Donato fece finta di essere il drago che esce dallo stagno (pare fosse bravissimo) Antonia si mise a strillare così forte che dovettero cambiare la scena. Questo è il motivo per cui nel quadro oggi a Londra, realizzato dopo gli strilli di Antonia, san Giorgio si avventa sul drago quando il povero animale è già al guinzaglio, mansueto, svagato, e sta pensando ad altro, come succedeva a Donato. (Mentre la stessa scena, nel quadro oggi a Parigi, dipinto prima della nascita di Antonia, vede un drago libero e per di più ritto sulle zampe posteriori, potenzialmente pericoloso). L'assalto di san Giorgio è assurdo. Perfino la sua lancia è assurdamente sottile, perché Paolo, che con gran foga recitava la parte di san Giorgio, per colpire il figlio usava una canna. Antonia si metteva in posa, a mani giunte, tranquilla come può esserlo solo chi si sente al sicuro.

Crescendo, si richiede che i piccoli lascino perdere i draghi. Infatti Antonia li lasciò perdere e si dette alla pittura. Non era facile. Alle donne era vietato l'apprendistato nella bottega, non potevano studiare la geometria e soprattutto dovevano stare lontane dalla prospettiva. Il padre trascurò queste regole sociali. Diciamo che se ne dimenticava. Dimenticare era, da sempre, la sua forma di ribellione. Insegnò tutto ad Antonia, perfino la prospettiva, in gran segreto. La portava come aiuto in giro, vestita da ragazzo. Mangiavano sempre meno, per carenza di soldi. Il padre si lasciava andare e gli sembrava di salire in alto. La madre rosicchiando una crosta non meglio identificata le disse: "Sta' attenta agli uomini straordinari. Si fanno amare troppo.

Soprattutto sta' attenta a tuo marito." "Ma io non sono sposata." "Appunto."

Diventata adulta, Antonia si rese conto che non poteva più travestirsi da maschio, non ci credeva nessuno. Divenne una suora carmelitana. Forse, chi può dirlo, lo fece proprio per dipingere. (Non per mangiare, dato che rimase magra, pallida e trasparente). Sotto la protezione della chiesa le donne potevano sfuggire ai vincoli delle corporazioni e al controllo dello stato. In generale, se la chiesa dovesse chiedere indietro tutte le opere nate grazie a lei, il mondo andrebbe in rovina. Ma per Antonia non era solo questo, non era solo la possibilità di dipingere. Le regole del convento la facevano sentire libera. Dedicandosi alla contemplazione e all'adorazione di Maria, entrava in uno stato di benessere colorato. Pare che la recitazione ripetuta dell'Ave Maria in latino induca lo stesso ritmo respiratorio dei mantra tibetani. Questo io non lo so, mi limito a ripeterlo, e in fondo non importa perché non lo sapeva neanche Antonia. Ma si sentiva bene. Dipinse tanto. Tavolette votive per il convento e per committenti esterni. Altari portatili. Agli Uffizi c'è una miniatura dai colori splendenti che dicono sia sua e raffigura la *Vestizione di una monaca*. Antonia in convento, finalmente, poteva accudire gli animali. C'era un gatto a cui dava da mangiare. E un serpentello, nell'orto, che si calmava quando lei gli ripeteva il nome di san Giorgio. Veniva a trovarla la madre, malata e tremante, e le raccontava lo sgretolarsi della situazione. "Voglio dipingere un uccello meraviglioso, pieno di colori," diceva Antonia. "Un pollo," rispondeva la madre sognante.

Quando il padre morì, in un delirio di linee e di solitudine, Antonia sentì nuovamente la paura del drago che usciva dallo stagno. Il drago era la tristezza che segue ai periodi di esaltazione mentale, l'improvvisa consapevolezza che ti ritrovi senza niente, che ti sei allontanato troppo dagli altri e non ti riesce voltarti verso di loro. Antonia viveva nel convento, questo le dava sicurezza, ma non era abbastanza. Cominciò a dipingere figure sempre più semplici. Voleva immaginare il mondo così: una cosa molto semplice. Questo le avrebbe dato una base sicura e piatta su cui camminare nella vita, ben diversa dalle voragini della prospettiva in cui puoi cadere finendo in bocca al drago. E così fece. Quelle figure semplici erano una forma di preghiera, così intensa e totalizzante che Antonia mangiava sempre meno. Dipingeva e non mangiava. Non è facile classificare i comportamenti estremi, per questo sono estremi. Le altre monache non sapevano se vedere in lei una santa o un'eretica. Ci furono delle consultazioni teologiche. Decisero che era una santa. Alla sua morte, tutte volevano una reliquia miracolosa. Fecero a pezzi i suoi vestiti e il suo corpo. Anche i suoi dipinti. Non rimase più niente di lei, che in questo disfacimento finale raggiunse la semplicità assoluta.

ANDREA DEL CASTAGNO

Possiamo imparare qualcosa dalle vite degli altri, perché la nostra è confusa. È terribile il vizio dell'invidia: se lo nutri ti divora. Ti mostra nemici immaginari. Quando poi, dietro il simulacro dell'amicizia, si nasconde il desiderio di uccidere l'altro, guardati negli occhi. Ehi, Giuda, chi sei? Potresti essere pericoloso.

Lo sciagurato Andrea del Castagno fu un grande pittore, ma l'invidia lo gettò in un pozzo di tenebre e ira, e fu lì che, cercando pennellate di luce, condusse la sua battaglia con se stesso. Vinse? Perse? Questa è la leggenda nera della sua vita.

Nacque nel Mugello, in un posto quasi invisibile chiamato il Castagno, ai piedi del monte Falterona. Rimasto senza padre, fu accolto da uno zio che lo mise a fare il pastore, per molti anni. Andrea si rivelò un pastore brillante, ci metteva tutto se stesso. Ma vennero giorni di nuvole scure, giorni di pioggia nera, che era anche una pioggia interna: è brutto quando ti piove dentro. Per fuggire dalla pioggia capitò in un luogo dove non era mai stato. Un tabernacolo, dove uno di questi pittori di campagna stava lavorando a un'opera di poco pregio. A volte è nelle opere di poco pregio che vibra la più grande felicità. Andrea non aveva mai visto niente di simile, perché le pecore non dipingono. Fu assalito dalla meraviglia: guardò attentamente cosa stava facendo quell'uomo e gli venne il desiderio di imitarlo. Avido di ciò che avrebbe potuto fare, girando per quelle montagne cominciò a disegnare animali e figure su muri e pietre, con i carboni, o graffiando con la punta del coltello. Coloro che lo vedevano immerso in questo improvviso amore rimanevano sbigottiti.

Andando in quelle zone è forse possibile trovare pietre che conservano i suoi segni, chissà. Lo zio cominciò a essere insofferente, con l'aumentare dei disegni diminuivano le pecore. La voce che c'era questo ragazzino ardente arrivò a un gentiluomo fiorentino, Bernardetto de' Medici, che gli chiese se non volesse fare il pittore sul serio. "Non desidero altro," rispose Andrea. Bernardetto lo portò a Firenze, dove Andrea cominciò a lavorare con un maestro dei migliori. Alcuni dicono fosse Masaccio, da cui imparò a essere ancora più brusco e impetuoso. Non gli disse neanche grazie. Dipinse molte storie universalmente lodate. E altre rimaste segrete per secoli. Gli affreschi del cenacolo di Sant'Apollonia, dato che erano in un convento di clausura, Vasari non sapeva neanche che esistessero. Nel chiostro di Santa Croce fece un Cristo flagellato, mostrando la rabbia e l'odio di coloro che lo flagellano, ma anche la divinità nascosta nel corpo che soffre. Questa opera meravigliosa fu graffiata da persone che si volevano vendicare di chissà cosa. Nella facciata del Palazzo del Podestà raffigurò cittadini dichiarati ribelli, impiccati per un piede, e fu chiamato Andrea degli Impiccati. La cosa non gli dispiaceva. "Io ti impicco," diceva nei momenti di nervosismo. Mentre lavorava all'immagine di Niccolò da Tolentino a cavallo, in Santa Maria del Fiore, un bambino gli mosse la scala e allora lui scese e lo inseguì per fargliela pagare. Per quanto riguarda gli altri pittori, non è che non ne riconoscesse i pregi, ma preferiva graffiare con l'unghia i loro errori, tanto per evidenziarli. Poi arrivò Domenico Veneziano a Firenze, ammirato da tutti. Lavorava in compagnia di Piero della Francesca. Andrea, Domenico e Piero lavorarono insieme ai perduti affreschi della chiesa di Sant'Egidio. Andrea poteva essere anche molto simpatico, divennero amici. Ma dopo un po' cominciò a sentire una certa pioggerella interiore, una certa insofferenza. Piero non era capace di fare figure in movimento, citava sempre i detti della mamma, parlava dei suoi infusi calmanti, venne anche fuori che questa mamma si chiamava Romana, non Francesca, figurati. Ma allora che racconti in giro? Per forza poi uno si innervosisce. Domenico dipinse una Madonna e qualche santo in un tabernacolo e tutti gridarono al miracolo. Esagerati. Erano figure senza eroismo. Un santo non eroico non è nessuno. Meglio quella Madonna con santi che aveva visto sotto la pioggia da ragazzo. Inoltre Domenico se ne andava sempre in giro la notte col liuto, cantando serenate alle sue innamorate. "Vieni anche tu, Andrea," lo invitava. Lui niente. Questa cosa che fosse obbligatorio amare la musica e le innamorate proprio non gli andava giù. Uno non lo poteva neanche dire che odiava la musica. Perché era vietato odiare? Domenico era il depositario del segreto della pittura a olio, glielo aveva rivelato Antonello da Messina, racconta Vasari. Andrea convinse Domenico a spiegargli la faccenda. "Ora, se per caso Domenico morisse, il depositario del segreto sarei io." Avrebbe potuto far fuori Domenico. Dipinse se stesso come Giuda. Gli piaceva degradarsi. Provava rabbia perché non gli venivano riconosciuti i suoi oceani di tenerezza. Immaginò vari modi di far fuori Domenico. Più che altro era un gioco interiore. Non voleva farlo davvero. Lottò contro l'invidia. Ma venne quella sera d'estate. Domenico prese il liuto e ripeté la sua offerta: "Andiamo a fare le serenate alle innamorate?" Che frase infantile. Era una provocazione! "No. Devo finire di disegnare alcune cose importanti," rispose con sussiego. Ma quando Domenico se ne fu andato incontro ai suoi piaceri... niente. Andrea sentì il vuoto dentro di sé. Non riusciva a dipingere. Naturalmente la colpa era di Domenico, che aveva dipinto tutto il giorno. Allora uscì e si appostò. Conosceva il percorso di Domenico e le sue innamorate: non esattamente delle Veneri, probabilmente sorde. Si era portato certi piombi con cui sfondò il liuto e lo stomaco di Domenico, e poi la testa. Lo lasciò a terra moribondo e tornò nella sua stanza a Santa Maria Nuova, riprendendo a disegnare. Quando i servi gli portarono la notizia del quasi morto amico corse da lui dicendo: "Fratel mio" e quello gli morì tra le braccia. Nessuno avrebbe mai saputo niente di tutto questo se Andrea non avesse confessato, in punto di morte, inebriato dalla sua stessa confessione.

In realtà tutta la storia è inventata. Anche il segreto della pittura a olio non era tale. Di solito quello che racconta Vasari è quasi tutto vero. In questo caso è quasi tutto falso. Perché? Le *Vite* sono anche un'indagine sui sentimenti e la vita di Andrea è il pretesto per esplorare l'invidia. Tutti la provano, perché non Andrea? Di sicuro morì prima di Domenico, pensando al primo pittore che aveva visto un giorno, alle pendici del Falterona, felice sotto la pioggia.

BEATO ANGELICO

Chi dipinge opere sante dovrebbe essere santo. Accade raramente. Ma quando accade, grandi sono il piacere e la dolcezza. Negli impervi territori dell'estrema bontà, l'uomo si libera da ciò che è inutile.

Fra' Giovanni da Fiesole cominciò giovanissimo a dipingere personaggi assorti nella grazia, frastornati dalla luce. Una volta mangiò col papa che gli offrì della carne e lui non sapeva se accettarla, dato che non aveva avuto il permesso del priore. Era così immerso nella regola da essere libero: si era scordato dell'autorità del papa. Amava sorvolare su tutto, forse anche per questo più tardi fu detto Angelico, e successivamente Beato. Gli facevano schifo le azioni del mondo e preferiva essere lasciato in pace. Avrebbe potuto comandare a molti, gli sembrò un'inutile fatica. Non si arrabbiò mai con gli altri frati e questo io stento a crederlo ma non posso escluderlo.

Quando arrivò a San Marco aveva già realizzato opere di cui è impossibile saziarsi, ma nel convento fece qualcosa di unico. Affrescò tutte le quarantaquattro celle dei frati e alcuni degli spazi comuni. In cima alla scala che porta ai dormitori dipinse un'*Annunciazione*. Si consultò con Michelozzo, che stava ristrutturando l'edificio, e così Maria risponde sì all'angelo in un ambiente che sembra parte del convento. "L'Annunciazione si ripete in ogni luogo e in ogni momento. Anche noi dobbiamo riuscire ad accettare," spiegò fra' Giovanni. Il suo allievo chiese preoccupato: "Le cose brutte?" "No. Quelle belle. È più difficile." Questa *Annunciazione* si trova in un punto in cui passavano tutti, anche i visitatori, per cui c'è oro nelle aureole.

Invece gli affreschi nelle celle dei frati dovevano servire alla meditazione individuale, non ostentare bellezza: per questo sono bellissime. Sceglieva i soggetti da dipingere parlando con i confratelli. Uno di loro aveva la testa così piena di pensieri che non capiva nulla. Bisognava svuotarla. Nella sua cella dipinse un'altra *Annunciazione.* Anche qui, la scena avviene nel convento. Ma ora l'ambiente è privo di ornamenti. Niente oro nelle aureole. "Perché solo cinque colori, maestro?" chiese l'allievo, prediletto ma deluso. "Meno colori, più armonia," fu la risposta. Non ritoccava mai: l'opera, così come era venuta fuori beatamente dalla sua mano, obbediva alla volontà di Dio. Riuscì ad affrescare tutto il convento in pochi anni, aiutato da altri. Se veloce era l'esecuzione, tempestosa era la preparazione spirituale. Copiava le sue visioni: non fece mai un crocifisso senza piangere, perché se non piangi non hai dipinto un crocifisso.

Un confratello gli parlò delle sue sofferenze, gli chiese il segreto per superarle. "Soffri?" Ci pensò su. "È normale." Nella sua cella dipinse la trasfigurazione sul monte Tabor: Cristo stendendo le braccia prende forma di croce, senza che ci sia nessuna croce. Al tempo stesso è avvolto nella luce. "Ma la croce?" chiese l'allievo prediletto. "Guardalo. Ascoltalo. È la croce di se stesso. Come noi."

La sua fama cresceva, lo chiamavano altrove. A volte andava, per esempio lavorò a Roma, con l'allievo prediletto. Altre volte diceva parole sante che significavano: "Lasciatemi in pace." Il papa gli propose di diventare arcivescovo ma lui rispose: "Preferirei di no. Ci sarebbe quel sant'uomo di Antonino." (Che infatti anni dopo fu fatto santo.) Ma restiamo nel convento.

C'era un frate che reagiva a tutto, si sentiva sempre provocato. Fra' Giovanni nella sua cella dipinse un Cristo deriso che riceve sputi, bastonate, schiaffi. Però resta tranquillo. Per Lui, non sembra una questione personale. L'affresco raffigura contemporaneamente atti successivi: in questo modo la pittura supera l'intralcio del tempo. Non è rappresentata l'intera persona che oltraggia, solo una mano nel vuoto, o una testa sputante, secondo una tradizione medievale. "Vuol dire che devo fare a pezzi chi mi offende?" chiese il frate. "Non era proprio questo che intendevo. Tu prega tutti i giorni di fronte a Lui che viene deriso. A forza di pregare vedrai la realtà." In questo affresco Gesù regge una sfera, perché sapevano benissimo che la Terra è tonda. Siamo noi che non sappiamo quello che sapevano loro.

Parlò con un altro, che aveva paura del futuro. Allora dipinse nella sua cella la scena in cui l'angelo è presso il sepolcro vuoto di Gesù e dice alle pie donne: "Non abbiate paura." A sinistra c'è san Domenico. In tutti gli affreschi destinati alla meditazione c'è san Domenico oppure qualche altra figura che, nella realtà storica, non poteva essere dentro la scena. E questo vuol dire che la scena è una visione di quella figura e che il frate stesso deve avere una visione. Anche in questo affresco fra' Giovanni fu aiutato dall'allievo prediletto. "Andava bene maestro?" "Benozzo, Benozzo," rispose fra' Giovanni con il suo sorriso beato.

Quando arrivarono alle celle dei novizi, le figure di fra' Giovanni si fecero ancora più semplici. Il paesaggio tendeva a sparire, l'esistenza a splendere lieve, come certi attimi di felicità. L'allievo prediletto, sgomento, chiese spiegazioni con gli occhi. "Non devi descrivere," rispose fra' Giovanni, "devi curare." Aveva riempito il convento di immagini di Cosma e Damiano, che erano i santi protettori dei Medici (Cosimo stava finanziando tutto) ma soprattutto erano santi che curavano le persone entrando nei loro sogni.

Nelle celle dei novizi, rappresentò molte volte lo stesso soggetto: Gesù crocifisso, con sotto san Domenico che prega. "Ridotte all'essenziale, le cose sono le cose ma anche qualcos'altro," spiegò all'allievo. Si chiese come si sarebbe dipinto Gesù. Le diverse posizioni di san Domenico corrispondono ai diversi modi di pregare, che il santo stesso caldeggiava. Nella cella di un frate che non credeva più in se stesso fra' Giovanni dipinse san Domenico che prega con le braccia spalancate, che sarebbe il sesto modo, quello in cui chiedi aiuto a Cristo per un'impresa eccezionale. In quella di un frate che non riusciva a sentirsi in colpa san Domenico è steso a terra, e questo è il secondo modo, quello in cui si esprime un desiderio di penitenza. "Guardalo, un giorno sentirai questo desiderio anche tu. Forse."

Molti anni dopo, in un momento di crisi, l'allievo prediletto, Benozzo Gozzoli, tornò a vedere l'opera del maestro e si accorse che tutti gli affreschi erano risposte e che queste risposte erano tappe di un viaggio. Un viaggio a cui aveva contribuito ma che doveva ancora compiere.

Nel 1982 fra' Giovanni è stato proclamato beato davvero e così questa è la storia di due aggettivi che sono diventati realtà.

BENOZZO GOZZOLI

Per dipingere scene favolose il segreto è averle viste di persona, altrimenti i dettagli non ti vengono in mente. Gli antichi dipingevano il cocchio del dio del mare perché vedevano i cavalli dentro le onde: e cioè i cavalloni. Benozzo Gozzoli dipinse la cavalcata dei Magi perché la vide. Dal 1439, per un po', Firenze ospitò il concilio che doveva unire la chiesa latina con quella greca. Due mari che tornano a unirsi. Uno dei più grandi avvenimenti della Storia. Arrivarono l'imperatore bizantino, il *basileus* Giovanni VIII Paleologo; il patriarca di Costantinopoli Giuseppe; il cardinale Bessarione da Trebisonda, e per ciascuno di loro un seguito di centinaia di altre persone: consiglieri, filosofi, uomini d'azione, persone adatte a rendere piacevoli le notti, soggetti che non sapevano cos'altro fare e seguivano il fiume in cerca di fortuna. Era infatti un fiume colorato di persone e di idee quello che alluvionò Firenze cambiandola per sempre. Benozzo Gozzoli aveva diciotto anni, vide il fiume irrompere da un altro mondo e da allora anche la sua vita non fu più la stessa.

Era allievo di fra' Giovanni, il Beato Angelico. Il maestro gli aveva insegnato a svuotare la mente, lasciandoci dentro poche cose belle. Avevano già cominciato a lavorare agli affreschi del convento di San Marco che sono, in realtà, istruzioni illustrate per liberare la mente dalle passioni superflue. Un dispositivo per la pulizia dell'anima. "È questa la mia strada," pensava Benozzo. E si sforzava di concentrare l'attenzione sulle cose che contano e fanno bene. Eppure la folla che arrivò da Oriente, così *piena di tutto*, era affascinante. Un giorno, finito il lavoro, Benozzo seguì un corteo che saliva per una collina rocciosa: accompagnavano qualche potente che voleva visitare la zona. Che personaggi variopinti. Alcuni portavano con sé animali che Benozzo non aveva mai visto: forse felini. Vedere il corteo di questi individui esotici snodarsi in un paesaggio familiare dava a Benozzo una sensazione di irrealtà che lo riguardava da vicino: era tutto vero, lì, eppure era anche un'altra cosa. Alcuni approfittavano per cacciare i caprioli, mentre seguivano il corteo, ma nel complesso tutto sembrava armonioso e sotto controllo.

Nei giorni successivi fra' Giovanni si accorse di questa attrazione dell'allievo per la folla venuta da Oriente e cercò di convincerlo a lasciar perdere. Era meglio restare nel convento a fare le pulizie dell'anima dipingendo. Ma Benozzo era stato preso da un tale interesse per quel nuovo mondo terreno (era così misterioso) che convinse il maestro ad andare a sentire uno di quei filosofi stranieri. Si chiamava Pletone e parlava di Platone. Già questo suscitò l'ironia di fra' Giovanni che, quando voleva, sapeva essere malizioso. Tra l'altro il nome Pletone pare voglia dire proprio "essere pieno" cioè il contrario dell'ideale del Beato Angelico. Benozzo ascoltava rapito. Pletone parlava di un culto del dio Sole, più antico di Platone. Parlava di Zoroastro, dal cui pensiero era derivato quello di tutti i saggi dell'antichità. Minosse, Licurgo, Numa Pompilio, Parmenide, Plutarco, Porfirio, Giamblico, i Magi. Tutti sgorgavano da un'unica fonte: "Noi dunque li seguiremo senza cercare novità nostre o altrui... i sapienti esprimono sempre opinioni in armonia con le convinzioni più antiche," diceva. A sentir lui, Gesù sembrava l'ultimo arrivato. Fra' Giovanni era sempre più inorridito. Benozzo trovava ragionevole il culto razionale di cui parlava Pletone, un'idea di mondo in cui potevano stare insieme tutte le religioni: un mondo gremito, una folla di idee, viva come la folla di persone che gli stava attorno.

C'è da dire che il Beato Angelico non ostacolò gli interessi del suo giovane allievo. Uno non viene chiamato Beato per niente. Gli permise addirittura di far entrare nel convento un sapiente orientale. L'individuo, dotato di una splendida barba, fece dei discorsi arcani. "Forse sono parole troppo antiche per me," sussurrò il Beato Angelico. Anche Benozzo era perplesso. Il sapiente orientale dopo averli storditi con le sue parole rubò qualcosa e se ne andò. Poi saltò fuori che era un ciarlatano umbro (ecco cos'era quell'accento) che seguiva il fiume dei nuovi arrivati per mettere a segno qualche colpo. Benozzo era disperato, la responsabilità era sua. Ma fra' Giovanni si mise a ridere con quella sua risata che riservava solo agli intimi e tutto tornò a posto. Pochi anni dopo dipinsero insieme un'*Adorazione dei Magi*, nel convento, e l'individuo sulla destra con la barba a due punte ha le fattezze del falso filosofo che era, comunque, un uomo affascinante.

Poi lavorò a Roma e molti che non sanno più di tanto attribuiscono a Melozzo da Forlì alcune opere che sono di Benozzo. La gente si lascia fuorviare da dettagli secondari come l'assonanza dei nomi. A Pisa dipinse tutto da solo le storie dell'Antico Testamento. Un lavoro enorme, che avrebbe fatto paura a una legione di pittori. Aveva un animo più che grande. Lavorò come un pazzo equilibrato.

Tornò a Firenze. Sempre con quel desiderio di stare in mezzo alle persone. In quegli anni si tenevano imponenti feste dedicate ai Magi, in cui sfilavano anche i membri della famiglia Medici e altri potenti. Così, quando chiesero a Benozzo di dipingere la *Cavalcata dei Magi* a Palazzo Medici, lui sapeva che avrebbe fatto bene, perché l'aveva già vista. Il favoloso fiume umano del 1439, le feste cittadine dei Magi, i luoghi reali e immaginari. Non sarebbe stata un'*Adorazione dei Magi* con poche persone, come quella dipinta col maestro. Sarebbe stato un mondo gremito. Ci sarebbero entrati tutti: anche grazie allo spazio che gli aveva liberato nella mente il maestro. Animali. Uomini. Se li guardi bene puoi chiederti: che religione seguono in realtà quegli individui? Chi lo sa. Forse tutte. Portano certi cappelli, segno di qualcosa. E poi quel paesaggio. Dev'essere un posto da queste parti. Tuttavia non tutti possono raggiungerlo. C'è una strana luce, il dio del sole, che sgorga dalle rocce e dalla terra. Ci avrebbe messo anche ritratti di persone vere. Per esempio il ritratto di Pletone. E quello di fra' Giovanni invisibile dietro l'azzurro, più angelico che mai. "Sì," disse. Il corteo, dentro di lui, era già in movimento.

PIERO DELLA FRANCESCA

Gli esseri umani sono attraversati da una luce sovrannaturale, ma per renderla visibile occorre un tocco leggero e la capacità di immobilizzare la mente.

Piero della Francesca nacque a Borgo San Sepolcro e fu chiamato così perché Francesca era il nome della madre. Da ragazzo fu preso dall'inquietudine. Una notte che lui si agitava lei arrivò e disse: "Eccomi. Non stai mai fermo," e gli dette delle erbe calmanti. Queste parole dapprima lo ferirono poi gli insegnarono qualcosa. Doveva imparare a stare fermo, sospeso, così da raggiungere la pulizia interiore. Da allora la sua mente si mosse attorno all'immobilità. Per raggiungerla studiò la matematica e la geometria. A quindici anni divenne pittore, ma non abbandonò i suoi studi. Le due attività confluirono: le figure geometriche potevano diventare creature viventi. Il battesimo di Cristo poteva essere un triangolo isoscele, e viceversa.

A Firenze ebbe come maestro Domenico Veneziano. Da quelle parti si stava sviluppando la religione della prospettiva, a cui dette un contributo decisivo. Assorbì il fermento che faceva ribollire la città. "Ah ho capito," disse. Respirò, prese le erbe calmanti della mamma e se ne tornò in provincia, per immobilizzare quel fermento in una forma nuova. Lavorò nelle città importanti dell'Italia Centrale, per iracondi signori della guerra che erano in lotta fra loro, ma l'impassibilità delle sue figure, frutto della sua lunga battaglia interiore, sembrava placarli. Condivise i sogni architettonici con Leon Battista Alberti. A Roma dipinse due storie nelle camere del papa, poi distrutte per far posto a Raffaello, e conobbe Bramante da Urbino, da cui imparò a mostrare la lunghezza dell'impossibile.

Creò Madonne monumentali, gigantesse di misericordia che accoglievano e aiutavano gli umani, dicevano: "Silenzio: state fermi", come sua madre aveva fatto con lui. Divenne amico di Lazzaro Vasari, bisnonno di Giorgio, che descrive l'avo come un pittore famoso. In realtà il bisnonno era un sellaio, esperto nel dipingere piccole figure sulle bardature dei cavalli. Ma Giorgio quante volte ha immaginato gli intimi dialoghi tra Piero e il bisnonno! Costui era un uomo arguto che trasmise a Piero il gusto per gli enigmi insoluti, tanto profondi da essere beffardi. Nel dipinto della *Flagellazione*, Piero riuscì a mettere così tanti indizi che chiunque lo studi è convinto di capirne il senso ma non è mai d'accordo con gli altri.

A San Sepolcro dipinse una *Resurrezione* che secondo alcuni è il vero inizio del Rinascimento. Cristo esce dalla tomba ma non si stacca da terra e forse arriva direttamente dall'antichità classica. Il suo sguardo è indimenticabile. Cosa sta guardando? Forse noi. Lui è sveglio. Gli altri dormono. Sta per fare un passo in avanti e dice: "Eccomi", con una calma vegetale. A sinistra di Gesù c'è l'inverno, a destra il rigoglio. Certo questo allude a una verità morale, ma accade davvero, di vedere l'inverno e la primavera contemporanei e contigui, in certi microclimi della Valtiberina, vicino a San Sepolcro. Ed è possibile che il paesaggio insegni verità morali, a chi sa guardarlo. Certo questi paesaggi collinari di Piero della Francesca sono raffigurati così intensamente che si trovano dentro di noi anche se non li abbiamo mai visti e quando ci capitiamo ci sembra di esserci già stati.

C'è chi dice che il famoso quadro della *Città ideale*, di autore ignoto, sia di Piero della Francesca. Se non lo fece, certo lo immaginò. In ogni caso noi possiamo immaginare che l'abbia fatto. Un posto così fermo e silenzioso si presta a ospitare abitanti geometrici.

Ad Arezzo, nella chiesa di San Francesco, dipinse il ciclo *Storie della Vera Croce*. Inizia con Adamo che muore: è il primo uomo a sperimentare la morte. Suo figlio Seth gli mette in bocca un seme da cui spunterà un albero che diventerà molte cose, anche un ponte capace di trasmettere visioni alla regina di Saba. Il legno vivrà millenni di avventure, che Piero aveva sentito raccontate dalla madre mentre gli somministrava gli infusi calmanti. E sarà la croce su cui viene crocifisso Cristo.

Diventò cieco. A sessant'anni, secondo il Vasari. Magari invece dopo. Nel lungo crepuscolo imparò a riconoscere i colori col tatto, e questo lo calmava come le erbe della madre. Un ragazzino lo portava per mano. Forse dipinse anche da cieco, sempre più fermo. Nel frattempo non aveva smesso di intendere l'arte come forma di conoscenza ed era diventato maestro raro e divino nell'aritmetica e nella geometria, scrivendo opere che avrebbero illuminato il futuro. Ma ci fu un discepolo che, invece di essere riconoscente per gli insegnamenti ricevuti, dopo la morte del Maestro (avvenuta nel giorno della scoperta dell'America) si appropriò di certi scritti e finse che fossero opera sua. Empio e maligno Luca dal Borgo! Uno di quei tipi – e ce ne sono – che ricoprono la loro pelle di asino con la pelle del leone. Del resto, anche Domenico Veneziano, maestro di Piero, fu ucciso per invidia dal suo discepolo Andrea del Castagno, dice Vasari anche se non è vero. Il tempo è il padre della verità e alla fine la fa emergere. Ma a volte se la prende comoda.

C'è poi un episodio che Vasari non ha scritto solo perché non lo sapeva. Durante la seconda guerra mondiale Tony Clarke, capitano inglese, chiese: "Cosa bombardiamo oggi?" Gli risposero: "San Sepolcro, capitano." Allora Clarke si ricordò di un libro che aveva letto, un libro di Huxley, in cui si dice che la *Resurrezione* di Piero, a San Sepolcro, è il miglior dipinto al mondo. "*Ma l'essere che si leva dalla tomba dinanzi ai nostri occhi è molto più simile a un eroe di Plutarco che al Cristo della religione cristiana. Il suo corpo è sviluppato alla perfezione come quello di un atleta greco, ed emana una tale forza che la ferita sulla massa muscolare del fianco appare quasi irrilevante. Il volto è deciso, pensieroso; gli occhi freddi. L'intera figura è espressione del potere fisico e intellettuale. È l'ideale classico che risorge dalla tomba nella quale era giaciuto per molte centinaia di anni, incredibilmente più maestoso e bello della stessa realtà classica.*" Non se la sentì di bombardare l'ideale classico appena risorto dalla tomba e si mise in contatto via radio col quartier generale "Tedeschi? No, niente tedeschi in giro," mentì. Poi bevve un infuso calmante. E così la forza immobile di Piero della Francesca riuscì a sospendere le bombe e a spedirle nel manto della Madonna, che le assorbì senza problemi, come una madre solida e misericordiosa.

FILIPPO LIPPI

Ci sono uomini che riescono a farsi amare. Ma non bisogna credere che vengano al mondo pieni di qualità: nascono nudi e ridicoli come tutti. È solo grazie a enormi fatiche e alla coerenza dei loro sogni che raggiungono la pienezza del loro valore, nelle scienze o nelle arti. Uomini simili, se anche hanno qualche vizio, se anche fanno qualcosa di brutto, portano tra noi una bellezza tale da trasformare l'avarizia dei principi in generosità, e fanno evaporare l'odio: così che dove un altro verrebbe punito loro vengono premiati.

Filippo Lippi rimase orfano molto presto. Andò a vivere con la zia, Monna Lapaccia: per lei l'arrivo del bambino fu una grandissima calamità, così quando lui ebbe otto anni lo spedì nel convento del Carmine dove si fece frate. Lo studio non faceva per lui, era troppo agitato, si distraeva continuamente, imbrattava con disegnini vari le carte degli altri frati. Il priore invece di fargliela pagare gli disse: "Va bene. Se non puoi star fermo allora dipingi."

In quegli anni Masaccio stava affrescando la cappella Brancacci. Filippo lo guardava. Non aveva mai visto niente di simile. Masaccio, giovanissimo, tirava fuori figure del tutto nuove, senza che nessuno sapesse da chi aveva imparato.

L'incanto che questo spettacolo misterioso produsse nel suo animo non si può dire con le parole. Ci andava tutti i giorni. Si sentiva placato e al tempo stesso spinto a fare altrettanto. C'erano molti altri giovani che si esercitavano nella pittura ma lui li superò tutti e, dopo la morte prematura del maestro, dissero che lo spirito di Masaccio era entrato nel suo corpo. Tutti lo elogiavano. Allora lui, che era un tipo impulsivo, a diciassette anni lasciò il convento.

Un giorno se ne andava in giro per l'Adriatico, verso Ancona, sopra una barchetta insieme a certi amici, per divertimento. Furono catturati dai pirati saraceni, messi in catene e portati in Africa come schiavi. All'inizio fu terribile. Remò. Zappò. La prigionia durò un anno e mezzo. L'arte sembrava perduta per sempre. Una sera che era più morto che vivo, a Filippo venne voglia di raffigurare il padrone, il grande corsaro Abdul Maumen: senza dire una parola raccolse dal fuoco un carbone spento e gli fece il ritratto, vestito alla moresca, a figura intera, su un muro bianco. A tutti parve un miracolo, perché da quelle parti nessuno disegnava o dipingeva. Il padrone fu tanto colpito dalla sua arte che decise di liberare lui e i compagni. Filippo operò davvero un miracolo: invece di supplizio e morte ottenne libertà e affetto. Gloria alla forza che rende possibili simili eventi.

Tornato a Firenze lavorò per Cosimo de' Medici, diventarono amicissimi. Però era così libidinoso, dicono, che se vedeva una donna che gli piaceva non pensava ad altro, perdeva la concentrazione, impazziva. Quando si smarriva in questi suoi appetiti lavorava poco o nulla. E accadeva spesso. Così una volta Cosimo, che gli voleva bene ma non ne poteva più, disse: "Ci sono troppe donne in giro," e lo rinchiuse in casa, per fargli combinare qualcosa. Lui dopo due giorni, spinto dal furore amoroso, si calò dalla finestra con un lenzuolo e per molti giorni si dedicò ai suoi piaceri. Cosimo invece di punirlo si pentì di averlo rinchiuso esponendolo così, senza volerlo, ai pericoli della fuga. Da allora in poi lo lasciò del tutto libero di inseguire i suoi desideri. "Ci sono ingegni che sono forme celesti e non asini vetturini," concluse.

Una volta gli dissero che le mani che dipingeva erano difettose, allora lui per un po' le nascose sotto i vestiti, o le rese quasi invisibili con altri trucchi. Poi si stufò e si disse: "Non posso fuggire di fronte ai miei limiti." Realizzò mani magnifiche.

Nel 1456 si trasferì a Prato, vicino a Firenze. Doveva affrescare il convento di Santa Margherita. Mentre era lì che lavorava gli cascò l'occhio su una monaca giovanissima, Lucrezia Buti. A forza di insistere ottenne dalle monache il permesso di farle il ritratto. Lei in un momento di intimità gli sussurrò che non aveva tutta questa voglia di fare la monaca. "Figurati io di fare il frate," rispose lui. Nel giorno in cui si portava in processione la cintola della Madonna, reliquia importantissima a Prato, approfittando della confusione, Filippo e Lucrezia scapparono insieme. Fu uno scandalo enorme per le monache. Il padre della ragazza non fu mai più allegro. Ma Filippo era così innamorato delle qualità di Lucrezia che un anno dopo nacque il loro figlio, Filippino, destinato anche lui a diventare un grande pittore. Comunque, Filippo non era solo sorprendentemente libidinoso. Conobbe i molti aspetti della passione e seppe fonderli in una sola figura, che si sottrae alla voracità del tempo. Il volto dolcissimo e sognante di Lucrezia compare nella Salomè del duomo di Prato e in molte immagini della Madonna dipinte da Filippo (per esempio la Madonna oggi agli Uffizi, detta Lippina) e racconta tutta la storia, a chi sappia ascoltarla con gli occhi.

Il rapimento di una monaca avrebbe potuto costargli veramente caro. Erano tempi in cui non si scherzava. Ma anche stavolta fu perdonato dai più. Di sicuro da Cosimo de' Medici. Il papa sciolse dai voti i due amanti, che a quel punto avrebbero potuto sposarsi. Filippo disse: "Grazie, veramente grazie," ma non si sposò, aggiungendo che voleva disporre dei suoi appetiti come gli pareva.

Nel duomo di Prato dipinse affreschi che è impossibile guardare senza commuoversi: contengono i sentimenti per sempre. Ebbe l'idea di fare le persone più grandi del normale. Sollecitò l'animo della gente a uscire da quella semplicità che più che antica era vecchia. Con la luce del suo valore oscurò ciò che ci poteva essere di criticabile in lui. Fu amico delle persone allegre, seppe vivere. Aiutò molti artisti a fiorire, per esempio Sandro Botticelli. Dette tutto se stesso, sempre, con straordinaria generosità, soprattutto nelle cose dell'amore, infatti non smise mai di dilettarsi in queste faccende. Cosimo de' Medici lo mandò a dipingere a Spoleto, insieme con fra' Diamante, pittore suo assistente, assai lippesco, che lo seguiva sempre. A Spoleto lavorò molto bene ma non terminò gli affreschi perché morì. Fu avvelenato, dicono, perché con questi suoi beati amori aveva esagerato. E questa è l'unica volta in cui non fu perdonato.

SANDRO BOTTICELLI

Le persone capaci di percorrere lunghi tratti dell'esistenza in una condizione di soavità mentale sono fortunate, ma quando ne escono possono subire dei duri contraccolpi. Botticelli fu per molti anni lirico nella pittura e comico nella vita, sognante e goloso, non ebbe tempo di pensare al futuro e alla vecchiaia. La bellezza lo rese incauto.

Fu un bambino inquieto. "Che cervello stravagante!" pensò suo padre e lo mandò a bottega da un orafo. Tra orafi e pittori c'era uno stretto rapporto e così fu portato dal pittore Filippo Lippi. Imparò molte cose. Ascoltava i suoi racconti di mare, di quando Filippo fu rapito dai pirati e trascinato lontano. Si innamorò delle sue Madonne, del loro sguardo. Che poi era lo sguardo della donna amata da Filippo. A cosa pensavano quelle immagini? Cosa sognavano?

Secondo una fantasia ottocentesca incontrò una donna che si chiamava Simonetta. Magari è vero e gli sembrò di cogliere, nel suo sguardo, qualcosa delle Madonne del maestro. Certo è che dipinse in molte forme lo stesso volto, attribuendo i suoi tratti dolci e regolari a donne e ragazzi. La ritrasse perfino nei volti degli angeli. Che erano poi figure languide e sensuali, con ali ridotte al minimo per non intralciare lo slancio degli abbracci.

A un banchetto mediceo cercò di chiedere a quella donna fantastica quali fossero i suoi sogni ma lei non rispose, lo guardò malinconicamente. "Eccone un altro," pensò. Spesso gli uomini le ponevano domande complesse con intenti elementari.

Forse Botticelli frequentò anche la bottega del Verrocchio, dove incontrò un altro ragazzo: Leonardo da Vinci. Botticelli gli spiegò quanto contasse il mistero dello sguardo, perché lascia intravedere l'idea, che è più resistente della realtà. Gli disse anche che il paesaggio non è importante. "Se getti contro un muro una spugna piena di diversi colori e poi guardi bene vedrai un paesaggio." Leonardo disse "mmh...", estremamente perplesso. Poi però, quella stessa notte, prese una spugna e provò. "Troppo in anticipo sui tempi," pensò.

In giro per la città, in molte case, Botticelli dipinse donne parecchio nude. Le immagini erano ciò che raffiguravano ma anche un'altra cosa. Nell'ambiente dei Medici, in cui Botticelli raggiunse il massimo splendore, trovava persone dotte e sottili che davano suggerimenti per le allegorie. Per chi guarda il quadro c'è qualcosa da capire ma anche qualcosa da non capire. L'esistenza è cangiante come le idee. Sforzarsi di spiegare tutti i dettagli una volta per tutte è una tentazione forte ma è un atteggiamento grossolano che fa perdere di leggiadria. La donna fantastica, per esempio, pur vedendo che in tutte le opere di Botticelli c'era sempre lei, a volte vestita a volte no, sorvolava sul significato segreto di se stessa.

Botticelli, guardandola mentre parlava disinvolta di miti classici con uomini straordinari, ebbe una illuminazione. Ecco cosa sognavano le Madonne del Lippi, o almeno cosa sognavano le sue Madonne: antichi miti, che non erano in contraddizione con la religione cristiana, anzi la preparavano. Per esempio, Venere nasce dall'acqua ma anche i cristiani nascono nel battesimo.

"Bene," si disse. Ecco fatto. Dipinse la *Nascita di Venere*. Nel suo quadro la dea nasce adulta (a meno che non sia nata già da un po'), nella stessa posa in cui sta una statua greca ellenistica detta la Venere dei Medici, anche lei oggi agli Uffizi. Qui il mare è un accenno, una immensità stilizzata. Un'idea di mare, increspata da risonanze interiori. I racconti marini di Filippo Lippi risuonavano in lui, mescolandosi al volto sereno delle Madonne del maestro. Venere più che nascere approda, viaggiando su una conchiglia, in equilibrio precario. La grossa valva sarebbe infatti sul punto di ribaltarsi, se Venere fosse una creatura comune. Camminare – ma anche planare – sulle acque è un simbolo del dominio sulle tempeste e sulle passioni. Nella sua bellezza malinconica la dea è irreale, presenta numerose anomalie. Spalle spioventi, braccio sinistro disumano, collo troppo lungo, ombelico troppo alto, insieme sbilenco. Dicono che un organismo simile non sopravvivrebbe. Eppure è bellissima. Del resto, se emerge dal mare deve essere stata sottoposta a pressioni spaventose. Lui la guardò e le chiese: "Chi sei veramente?"

La nascita di Afrodite era anche un dipinto di Apelle, famoso pittore dell'antichità. E Botticelli nel gioco di specchi della sua mente si sentiva un po' Apelle. L'antico collega si era innamorato della modella, Campaspe, che era l'amante di Alessandro Magno. Il grande condottiero, accortosi dei sentimenti del pittore per Campaspe, gliel'aveva regalata. Botticelli pensò a questa storia mentre ritraeva Venere-Simonetta, che nella fantasia ottocentesca era l'amante di Giuliano de' Medici.

Dipinse *La Primavera*, piena di figure femminili incinte – una specie di gravidanza collettiva – eppure leggere, che non poggiano i piedi per terra. Masaccio amava i piedi per terra, Botticelli le teste nelle nuvole.

Nei suoi quadri attraverso il guizzare delle linee spiravano brezze leggere, spirituali e seducenti. Fuori dai quadri lui era un uomo piacevole. Prima di diventare triste faceva tantissimi scherzi. Poi il vento cambiò, dentro e fuori dai quadri. La tempesta fece sparire i Medici e innalzò Girolamo Savonarola. Il frate disse: "Pentitevi." Botticelli si pentì. Bruciò dei disegni. Non fu opportunismo, fu una vera crisi. Infatti anche dopo la morte di Savonarola il suo turbamento non sparì. Anzi crebbe. Era dentro di lui. Il contraccolpo per troppi anni di beatitudine. Dipinse altre opere. Ora non c'era più calma e splendore, serenità nello sguardo. La donna fantastica era morta molto giovane, anche se Botticelli continuò a dipingerla per tutta la vita. Non c'era più Lorenzo a ricordargli di essere lieto e a dirgli: "*Botticello ingordo... Oh, di quante tue ciance mi ricordo.*" Gli uomini sono anche chi gli sta attorno. Ora chi era lui? Un altro. Vedeva una drammaticità nuova in tutte le cose. Una mancanza di senso. Nel *Compianto del Cristo morto* i personaggi non riescono neanche a guardare il mondo, tengono gli occhi chiusi per il dolore. Sembrava a Botticelli che quelli fossero i veri sogni delle Madonne.

Morì povero, solo, trascinandosi su due bastoni dentro un vento che lo allontanava dagli altri e lo avrebbe reso uno sconosciuto per secoli. Poi, come emergendo dal mare della storia, rinacque e, bellissimo e irreale, galleggiando sui suoi quadri, approdò sulle coste di un'isola: il nostro tempo.

FILIPPINO LIPPI

Le persone che nascono con qualche macchia, reale o immaginaria, possono reagire in due modi: male o bene. Filippino Lippi, figlio di Filippo Lippi, sentì il bisogno di essere accolto. Aveva ereditato dal padre l'arte di farsi amare, ma a differenza di Filippo non aveva niente da farsi perdonare. Quando incontrava qualcuno, con pochi tocchi riusciva a spezzare la scorza di invidia e maldicenza che soffoca l'anima.

I suoi genitori formavano la coppia più scandalosa del secolo: il padre, frate e famoso pittore, era scappato con Lucrezia, monaca, e l'aveva dipinta sotto forma di Madonna. "Madre, modella e monaca," diceva Filippino parlando della mamma. Cominciò, minuscolo, a stare col padre quando lavorava e così imparò da lui molte cose. Sovrapponeva l'immagine della Madonna a quella di sua madre, dato che nei quadri del padre avevano le stesse fattezze. Giovanissimo, dipinse un'*Annunciazione*, e immaginò che l'angelo annunciasse la sua nascita a Lucrezia, felice e inquieta. Tornò sullo stesso tema anni dopo e dietro Maria c'è, presenza rara in questa raffigurazione, un orologio, a significare forse il lato terreno della sua nascita.

Fra' Filippo quando smetteva di lavorare inseguiva le donne e il piccolo Filippino rimaneva spesso a parlare con il suo allievo prediletto, Botticelli. Gli poneva delle domande infantili e adulte: "Non capisco dove abbiamo il rigo nero," chiedeva il bambino coi suoi grandi occhi. Parlava del contorno delle figure. "Noi non abbiamo il rigo nero, solo le figure dei quadri lo hanno," rispose Botticelli affascinato. "Tutti hanno il rigo nero," assicurò Filippino e questo dette da pensare a Botticelli. Un'altra volta il bambino dopo aver visto sua madre nuda e distesa disse: "Perché nessuno dipinge mai donne nude distese?" Botticelli ci pensò su una trentina d'anni e dipinse una Venere distesa con dei veli leggeri che la rendevano quasi nuda. Qualche tempo dopo l'idea della donna nuda e distesa divenne di moda. Filippino era bello, e fu il prototipo di molti angeli di Botticelli.

Quando fra' Filippo morì Filippino entrò nella bottega di un altro allievo del padre, fra' Diamante, uomo noiosissimo, ma ne uscì subito per lavorare con Botticelli. Fin da piccolo aveva sentito la storia del padre rapito dai pirati. Pensava fosse un'invenzione. Ma voleva credere a tutto. Botticelli lo capì e gli disse: "Ma quale invenzione, è tutto vero." Allora prese una barchetta e navigò verso Ancona, dove era stato rapito il padre. Nessuno lo rapì, ma dentro di lui rimase quell'emozione grande fino all'orizzonte. Dipinse Madonne che erano sua madre e dietro di loro in lontananza si vede il mare, un omaggio alla giovinezza del padre.

Terminò gli affreschi della cappella Brancacci. Molti anni prima, fra' Filippo ci era entrato bambino, e guardando lavorare Masaccio aveva deciso di diventare pittore. Filippino entrò dove tutto era cominciato come dentro una caverna incantata. Si sentì suo padre bambino. E siccome il padre era stato come posseduto dallo spirito di Masaccio anche il figlio lo fu. Quelle immagini lo attendevano da molti anni: fuse le sue figure con quelle di Masaccio, cercando di non disturbare. Ma finito il lavoro, guardando gli affreschi del Paradiso terrestre si disse: "Il paradiso è fatto per uscirne." E uscì senza voltarsi indietro.

Nella cappella Brancacci ritrasse tra gli altri Antonio Pollaiolo, che per una porta del Ghiberti aveva realizzato una quaglia inimitabile. "Per forza, sei un pollaiolo," gli diceva Filippino. Tale era infatti la professione del padre del suo amico. A volte Antonio apriva i polli per studiare l'anatomia e Filippino assisteva, e da questo derivano alcune sue creature fantastiche.

A Roma, si calò in grotte oscure che erano poi i resti della *Domus Aurea* di Nerone. Vi incise il suo nome e vide figure mostruose che lo segnarono per sempre. Gli piaceva la soavità di Botticelli ma aveva bisogno di mostri.

Chiese a sua madre: "Perché papà che ha avuto una vita così agitata è riuscito a dipingere immagini così tranquille e io che sono così tranquillo mi sento ribollire di immagini agitate?" Lucrezia rispose: "Secondo me perché... " Ma era già ripartito per Milano dove incontrò Leonardo da Vinci che gli disse: "Non importa vedere il rigo nero." "Nelle persone?" "Neanche nei quadri." Imparò che a volte è meglio non vedere tutto, sarebbe una noia. Leonardo gli raccontò la storia dell'unicorno. "Se incontra una donzella dimentica la sua ferocia e le si addormenta in grembo." "Davvero?" "Sicuro," sorrise Leonardo. Filippino voleva credere a tutto: tutti i pretesti, tutte le ragioni. Anni dopo dipinse un unicorno che immergendo il corno in un ruscello purifica l'acqua, così che la coppia di fronte a lui, un cervo e una cerva, possa bere: questa immagine è il simbolo dell'amore reso puro. Lui era l'unicorno, i cervi i suoi genitori.

A Firenze, a Santa Maria Novella, dipinse molte cose nuove che fecero impallidire Ghirlandaio, che lavorava a una cappella lì accanto. Le figure umane sono cariche di un'espressività deformata. San Giovanni Evangelista viene bollito, ma non muore. San Filippo fa uscire da sotto l'altare un mostro che ammazza col puzzo il figlio del re. E Filippino dipinse una buca talmente ben fatta che un suo garzone cercò di nasconderci qualcosa. Questo perché Filippino dipingeva bene, ma anche perché era riuscito a trasmettere al garzone la capacità di credere, l'arte di illudersi. "Credi a tutti i pretesti, a tutte le ragioni," gli ripeteva.

Quando Botticelli entrò in crisi perché troppa soavità gli aveva dato alla testa, Filippino continuò per la sua strada, con l'aiuto dei suoi mostri e dei suoi dettagli, che aveva imparato da uomini venuti dal Nord. Dipinse una *Visione di san Bernardo* che è ancora alla Badia fiorentina. Il santo sta scrivendo la sua omelia alla Vergine, e scrive talmente bene che Maria, evocata dalla forza delle sue parole, gli appare per fargli i complimenti. Il diavolo sta rintanato in un anfratto ed è un diavolo minorenne e imbarazzato. Dipinse un *San Girolamo* che forse sostituì un'opera di Leonardo, individuo spesso inadempiente. Nel *San Girolamo* di Filippino si vedono conchiglie e funghetti allucinogeni. Dipinse un *San Tommaso* a cui il crocifisso dice "Hai scritto bene di me, Tommaso."

Quando il vento di Savonarola soffiò più forte, portando la penitenza a Firenze, Filippino si pentì e soffrì senza esagerare. La moderazione è tutto. Aveva già espiato da bambino, credendosi in colpa per il grande amore da cui era nato.

ANTONIO E PIERO DEL POLLAIOLO

A volte abbiamo paura e ci muoviamo all'interno di un recinto invisibile. Ma se prendiamo coraggio e usciamo dal recinto e diamo il meglio di noi possiamo salire molto in alto. Antonio e Piero del Pollaiolo erano detti così perché venivano da una povera famiglia di venditori di polli.

Anche se Antonio era più grande stavano molto insieme. Andavano a vedere quelle giostre cavalleresche che erano di moda in città. Tra gli spettatori c'erano signori malinconici, attentissimi al proprio aspetto. Ma i due fratelli ammiravano i cavalieri in movimento e anche le donne immobili per cui quelli dicevano di battersi. Intimiditi dalla distanza sociale, Antonio e Piero non fissavano frontalmente quelle donne, solo di profilo. Posizionate così erano anche più belle, guardavano altrove. Presero a mettere in un recinto due galli e li facevano combattere, fingevano che fossero gli sfarzosi cavalieri di quei tornei spettacolari. Facevano indossare ai loro eroi pennuti vestiti che preparavano loro stessi, con panni colorati e pietruzze brillanti che parevano gioielli e broccati. Il padre, uomo semplice ma genitore perfetto di prodigiosa intuizione, vide questi galli che indossavano abiti splendenti e rischiaravano la penombra del mercato vecchio e comprese il destino dei figli. Mise

Antonio a bottega da un orefice e, più tardi, avviò Piero alla carriera di pittore. Antonio diventò un maestro nel maneggiare le pietre preziose, il fuoco e l'argento. Lorenzo Ghiberti gli dette un'occhiata e gli fece realizzare una quaglia per una porta del battistero, quella quaglia non vola ma è immortale. In quel periodo a Firenze c'era Maso Finiguerra, orefice insuperabile, Antonio lo superò e lavorò ai candelieri e alla croce per il battistero. Fece in terracotta il busto di un giovane impettito con l'armatura da parata, che è anche segretamente il ritratto del gallo da combattimento preferito di quando erano ragazzi, e appena lo vide Piero capì e si commosse. Quante cose realizzò Antonio scatenando la sua fantasia nell'argento e nell'oro e nel bronzo! Molte sono sparite, fuse o distrutte, per i bisogni della città in tempo di guerra. Antonio capì che i frutti della sua magnifica arte duravano poco e sentì il bisogno di vivere a lungo nella memoria degli uomini. Per cui abbandonò l'oreficeria, andò da Piero che nel frattempo era diventato pittore e gli disse: "Fratello, insegnami a dipingere." In poco tempo divenne un grande pittore. Questo è quanto racconta Vasari. A quanto pare non è vero. Antonio non smise mai di fare l'orefice, anche se cominciò a fare il pittore. Ma Vasari ha sempre interessanti ragioni per essere tendenzioso. Voleva dimostrare che la pittura è un'arte più alta dell'oreficeria. Nel Quattrocento, epoca di Antonio e Piero, non ci pensavano neanche. L'oreficeria andava benissimo. Ma questa gerarchia cinquecentesca è arrivata fino a noi, che infatti passiamo velocemente davanti alle croci o ai candelabri d'argento (per non parlare degli arazzi, c'erano artisti che ci lavoravano per decenni) e ci sembra di dover prestar maggiore attenzione ai quadri, senza sapere davvero la ragione del nostro atteggiamento. Vasari era fedele alle proprie storie: magari molti quadri di Piero li attribuì ad Antonio, per illustrare la sua ascesa prodigiosa. In ogni caso, in questa storia Piero risulta uno dei più grandi maestri di tutti i tempi e andrebbe ricostruito il suo metodo di insegnamento. A noi basterà pensare che dietro il nome Antonio a volte si cela Antonio, altre volte Piero e altre volte ancora loro due in coppia. Di nuovo insieme, i due fratelli ripresero segretamente i combattimenti dei galli: osservare la forza dei loro eroi li aiutava a dipingere. Raffigurarono alcune Virtù ma non la Forza, perché fu commissionata a Botticelli, questo li sconcertò, quell'uomo ornamentale con quell'aria soave sembrava loro il meno adatto. Si rifecero con il *Martirio di san Sebastiano*, l'opera più lodata di Antonio, anche se magari era di Piero. Qui c'è uno che per caricare la balestra gonfia le vene e i muscoli e trattiene il fiato, per fare più forza. Piero dipinse una *Incoronazione della Vergine* con gioielli e broccati talmente convincenti che ti viene voglia di scalzarli. Per casa Medici fecero insieme (e questo è certo, c'è una lettera di Antonio che ne parla) tre *Ercoli* in tre quadri. In uno si vedeva Ercole che stringe Anteo fino a farlo scoppiare. L'eroe digrigna i denti, e l'energia che attraversa il suo corpo arriva fino alle dita dei piedi che si sollevano. In un altro *Ercole uccide il leone*, e negli unghioni della fiera che gli graffia le braccia era facile riconoscere l'abbraccio di due galli, così carico di emozione. Nel terzo *Ercole uccide l'Idra* ed era veramente meraviglioso vedere il colorito del serpente, fino a quel momento in perfetta salute, e il veleno, il fuoco, la ferocia, l'ira, nella zuffa leggendaria. Questi tre quadri sono andati perduti ma di Ercole ed Anteo e Ercole e l'Idra esistono due piccole copie di Antonio, che furono trafugate dai tedeschi nella seconda guerra mondiale, finirono negli Stati Uniti e ora sono tornate a casa. Antonio disegnò gli uomini nudi più modernamente di chiunque altro. Ricordando le abili mosse del padre nella bottega del mercato vecchio, ne scorticò molti per vedere come erano fatti dentro. Scolpì un crocifisso di sughero (da portare in processione) che sgomenta per l'abbandono della mascella nella morte. Incise nel rame la *Battaglia dei dieci nudi*, una scena impressionante in cui non si sa bene cosa stiano facendo quelle persone, a parte uccidersi. Il loro gallo preferito si chiamava Milone di Crotone in onore dell'atleta invincibile dell'antichità. E così Antonio raffigurò su uno scudo l'atleta antico, quando, ormai vecchio ma sempre convinto, per dimostrare la propria forza apre una quercia con le mani ma ci rimane incastrato. Fece la tomba di due papi, detto questo ho detto tutto: divennero entrambi ricchissimi. Da anni non avevano difficoltà a frequentare quelle dame immobili che ammiravano da bambini ai tornei. Poi uno morì, per cui l'altro lo seguì poco tempo dopo. Forse se l'epoca non li avesse favoriti non avrebbero fatto quello che fecero. Abbiamo parlato del loro lato combattente, ma avevano anche bisogno di contemplazione. Dipinsero santi malinconici, attentissimi al proprio aspetto, come quelli della pala del cardinale del Portogallo. E soprattutto quattro dame: donne simili tra loro, ma di età diversa, sempre di profilo. Donne che guardano altrove.

ANDREA DEL VERROCCHIO

Conviene stare attenti, ma anche lasciarsi andare. C'è un punto di equilibrio, tra questi due atteggiamenti. Molti studiano studiano e imparano l'arte. Ma bisogna essere aiutati dalla natura, altrimenti manca qualcosa. Se ti sforzi troppo si vede. Devi assecondare. Andrea del Verrocchio fu orefice, studioso di prospettiva, scultore, intagliatore, pittore e musicista. Salì molto in alto. Però nell'arte della pittura e della scultura ebbe una maniera dura e crudetta, se capisci quello che voglio dire, proprio per il suo infinito studio. "Non pensare troppo, rilassati, respira," gli diceva Donatello, che gli insegnò molte cose. Ma a lui piaceva pensare. Quando provava a pensare meno gli veniva sempre in mente un nuovo pensiero. "Lo vedo che stai pensando," gli diceva Donatello, e ridevano insieme.

Nella giovinezza mentre studiava da orefice si dedicò alla scienza, in particolare alla geometria. Nel battistero di San Giovanni realizzò due storie d'argento e conobbe il Cecca, che inventò una creatura meccanica che puliva i mosaici. Poi Sisto IV lo chiamò a Roma dove lavorò come orefice meravigliosamente. Vide un'antica statua equestre di Marco Aurelio e pensò: "Ecco cosa voglio fare: statue di bronzo!" e fuse in bronzo statue che piacquero. Allora pensò: "Il bronzo alla lunga è stancante. Mi sento pronto per scolpire il marmo." In quei giorni morì la moglie di Francesco Tornabuoni, o forse era Giovanni, ma non importa. Il punto è che Andrea ebbe l'opportunità di lavorare al sepolcro scolpendo il marmo. Anche la sua prima opera di marmo fu ritenuta molto buona e tornò a Firenze pieno di soldi e gloria e gli commissionarono opere su opere. Modellò storie d'argento e scolpì quadri di marmo. Aprì una bottega dove si faceva di tutto. Non plasmava solo la materia morta. Aveva un occhio formidabile per la materia umana e accolse giovani artisti destinati a riempire i musei di mezzo mondo, per esempio Leonardo da Vinci.

Realizzò un Davide in bronzo, un giovane con un cauto sorriso, che forse è Leonardo ragazzino. La tomba di Giovanni e Piero de' Medici, in San Lorenzo, una struttura così particolare che è meglio andare a vederla, perché è pericolosissimo affaticarsi troppo nelle descrizioni, che sono una forma di studio. Poi c'era da mettere in Orsanmichele una statua con san Tommaso incredulo di fronte a Cristo risorto e i fiorentini, litigiosissimi, non si mettevano d'accordo se dovesse farla Ghiberti o Donatello. I due morirono e i fiorentini non se ne accorsero e continuarono a litigare, allora la fece Verrocchio, ed è bellissimo vedere la faccia di Tommaso: dubbioso, ostinato, ma anche pieno di amore verso Gesù. Andrea fu elogiato da tutti e avrebbe potuto continuare così per tutta la vita: ormai la strada era in discesa. Ma lui voleva durare fatica, voleva osare, esplorare sempre nuovi territori. Pensò: "Un pittore, da qualche parte dentro di me deve esserci un pittore!" ed ecco dei disegni così belli che Leonardo ci ripensava sempre.

In quel periodo la cupola di Santa Maria del Fiore era finita e bisognava fare la palla di rame da mettere in cima, secondo l'ordine lasciato da Brunelleschi. La fece Andrea, con grande ingegno, ci si poteva anche entrare da sotto e doveva resistere al vento e alle intemperie, come la sua mente alle idee sempre nuove.

Nel frattempo, realizzò la statua di un putto di bronzo che stringe un pesce e quella in marmo di una donna che stringe un mazzolino di fiori. Aveva bisogno di lavorare a più opere contemporaneamente altrimenti si stufava. Dipinse dei quadri e gli parve di aver fatto bene. Lavorò a un quadro in cui san Giovanni battezza Cristo e fu aiutato da quel ragazzino con quel sorrisetto: Leonardo, che dipinse l'angelo a sinistra. Era così bravo che Andrea disse: "Ah, va bene," posò i pennelli e non li riprese mai più. Un po' era ammirato e un po' innervosito. Prima di tutto Leonardo era bellissimo, e non si può dire lo stesso di Andrea, e poi Leonardo non si sporcava mai, e non si può dire lo stesso di Andrea. E poi Leonardo sosteneva che le figure non devono essere contornate da un rigo nero perché in natura il rigo nero non esiste.

"Te lo do io il rigo nero," mormorava Andrea. Aveva un amico, Nanni Grosso, scultore e pittore, che gli ripeteva: "Pensi troppo." "Me l'hanno già detto." Nanni era rigoroso: lavorava solo in posti che avessero vicino una cantina dove lui potesse bere senza chiedere il permesso ed era un artista nel non affaticarsi. Andrea per quanto fosse affascinato dalla sua saggezza non riusciva a imitarlo. In questa sua ansia di opere nuove cominciò a fare teste di quelli che morivano, lavorando una pietra dolce che si prende a Volterra e a Siena. Questo uso è poi diventato di moda ed è comodissimo, per sapere che faccia avessero le persone. Divenne amico di Orsino ceraiuolo e realizzarono ingegnose figure con cera e legno. Quando ci fu l'attentato che portò alla morte di Giuliano e al ferimento di Lorenzo de' Medici, fecero statue in cera di Lorenzo e le misero qua e là per Firenze così tu giravi l'angolo ed eccoti Lorenzo che pareva vivo e ti ricordava che con lui non c'era da scherzare.

Lo chiamarono a Venezia per un monumento equestre, il secondo del Rinascimento. Ripensò all'antica statua di Marco Aurelio e andò. Trovò il modo di far stare il cavallo con una zampa per aria, non c'era riuscito neanche Donatello. Venne fuori che Andrea avrebbe fatto il cavallo e Vellano da Padova il cavaliere. Vellano da Padova, pensa te! Un impiccione che sosteneva di aver imparato il mestiere da Donatello. Allora Andrea ruppe la testa al cavallo e tornò a Firenze. I Signori di Venezia gli scrissero: "Caro Andrea, non tornare a Venezia o ti tagliamo la testa." Lui rispose: "Sarebbe un peccato, non sapreste riattaccarla, specie una testa come la mia. Mentre io saprei rimettere a posto la testa del cavallo." La risposta piacque, allora Andrea tornò a Venezia e lavorò alla statua. Era quasi finita quando morì. Lorenzo di Credi, l'allievo più amato, nonché erede, prese le sue ossa e le portò a Firenze affinché riposassero e invece sparirono, perché anche da morto voleva darsi da fare. Secoli dopo Bukowski scrisse: "Tutto quello che scrivo suona bene perché quando scrivo è come se scommettessi. Molti sono troppo attenti. Studiano, insegnano e sbagliano." È il tema di questa *Vita*. Però: pensare troppo e studiare sempre fu per Andrea Verrocchio un modo per scommettere e per vivere. Un'ansia che lo rese felice.

PIETRO PERUGINO

La povertà è madre dell'arte. Il desiderio di avere qualcosa è il padre. Il luogo giusto è la casa in cui si sposano. Questo si vede nelle azioni di Pietro Perugino che, partito dalle disastrose terre di Perugia e arrivato a Firenze, non possedeva niente e passava la notte in una cassa. Invece di dormire disegnava e quei disegni erano i suoi sogni. Il suo unico piacere era affaticarsi nell'arte. Perché sentiva di poter salire in alto ma anche per il terrore della povertà. Se fosse stato ricco se la sarebbe presa comoda, la notte avrebbe dormito e cose del genere. Invece no, perché non poteva. E allora non badò al freddo, alla fame, al disagio, alla scomodità, alla fatica, alla vergogna. E ripeteva sempre che dopo il cattivo tempo viene il buono. La gente non ne poteva più delle sue ripetizioni e diceva: "Mah, guardandoti non mi sembra." Invece aveva ragione lui.

Questo racconta il Vasari. In realtà il Perugino era ricco. Ma, se non per lui, per qualcuno questa storia sarà vera, è questo l'importante. E poi forse era il Perugino stesso a raccontarla, e a forza di ripeterla non si ricordava più se da ragazzo era povero o ricco. Si ricordava solo la storia che raccontava, che dunque era la sua storia.

E allora nacque povero. Crebbe tra la miseria e lo stento. Fu dato come fattorino a un pittore che non sapeva dipingere ma parlava in modo affascinante e gli raccontava degli artisti antichi e moderni, di quanto fossero belli i sogni che si fanno dipingendo e di quanto questo portasse onore. Allora Pietro fu preso dal desiderio di imitarli e chiedeva notizie. Il maestro gli raccontò che uomini perfetti in tutte le arti venivano da una città chiamata Firenze. "Che posto è questo?" chiese Pietro che lo sapeva benissimo ma gli piaceva sentirlo ripetere. "In quella città c'è un'aria particolare," rispondeva il maestro, "rende gli ingegni liberi ma anche molto critici per cui non si accontentano mai. Quest'aria particolare alimenta l'ambizione e la voglia di fare." "Una bella cosa," diceva Pietro. "Oh, certamente, ma c'è il rovescio della medaglia. Quelli che non sono buoni di natura diventano maldicenti e ingrati. Per cui ti dico: va' in quel posto meraviglioso, respira, impara tutto quello che c'è da imparare e poi dattela a gambe. A quel punto potrai rivendere Firenze e la sua reputazione in giro per il mondo, ma lontano mi raccomando. Infatti Firenze è come il tempo, che disfa quello che fa: con la sua aria, distrugge gli artisti che crea, se non stanno attenti."

Perugino andò a Firenze, entrò nella bottega del Verrocchio, conobbe i più grandi artisti del suo tempo e crebbe con loro, fino a diventare il più famoso. Impressionato dal discorso che il suo maestro gli aveva fatto sull'aria benedetta e insidiosa, cercò in tutti i suoi quadri di riprodurne la luminosità. A Firenze c'era un posto incantato, dove ora c'è piazza Donatello. Era il convento dei Gesuati, qui realizzò tre opere che ora sono agli Uffizi. Per esempio un'*Orazione nell'Orto* dove, dipingendo gli apostoli che dormono, mostrò quanto sia utile il sonno contro gli affanni e i dispiaceri, lui che da ragazzo non dormiva.

Firenze, ma anche altri luoghi minori come l'Italia, la Francia, la Spagna e molti altri paesi si riempirono delle sue opere. Non potevi girarti senza vedere qualcuno assorto in preghiera di fronte a un suo quadro, che sembrava fatto apposta per questo, anche se Pietro non pregava mai. A Bologna dipinse una Madonna per aria piena di pace. A Roma papa Sisto IV fu molto contento di lui e gli chiese di sistemare la cappella Sistina. Lavorò dunque con altri grandi artisti e forse fu lui a coordinare i lavori. Tornò a Firenze pieno di soldi. Una voce dentro di lui diceva: "Va' via, lascia stare Firenze." Ma lui niente, aveva un carattere difficile e non dava ascolto neanche alle voci interiori. "Sta' zitto tu," rispose a se stesso. I fiorentini cominciarono a dire che dipingeva sempre le stesse cose. Pietro allora si incattivì, rivolgendo a tutti le stesse offese. Ebbe anche da ridire con Michelangelo e finirono in tribunale dove Pietro non fece una bella figura. Alla chiesa della Santissima Annunziata i frati avevano commissionato una tavola per l'altare maggiore a Leonardo, che però era partito, allora il lavoro era passato a Filippino Lippi, che però era morto. Alla fine, la commissione passò a Pietro ma l'esito finale si rivelò un disastro, tutti dissero che la sua Madonna era ordinaria, lui che aveva fatto venire i brividi con la tranquillità delle sue Madonne. E di nuovo dissero che si ripeteva. E allora? Pietro aveva sempre amato ripetersi, a parole e con le immagini, e non capiva cosa ci fosse di male. Gli sembrava una garanzia di sincerità. Ora saltavano fuori questi ultimi arrivati che volevano sperimentare e innovare di continuo perché andava di moda e perché erano degli squilibrati. Ogni vero artista cerca costantemente il modo migliore per dire una cosa che è quella. E ripeteva: "Io anche stavolta ho dipinto le figure che loro hanno lodato per tanti anni, gli piacevano infinitamente. Se non gli piacciono più è colpa loro." Ma la gente di Firenze, avvelenata da quell'aria che la rende ingrata e maldicente, si mise a far sonetti contro di lui. "Dattela a gambe," ripeté la voce interiore. Finalmente intese e tornò a Perugia. Da quelle parti lo derubarono e lui quasi ne morì. Si sentiva aggredito da tutti. Poi però riprese a dipingere e a cercare la verità poetica di quello che aveva da dire. Appartato, concentrato, tranquillo. Anni prima aveva sposato una donna bellissima, Chiara Fancelli, che gli dette cinque figli. Gli piaceva che avesse leggiadre acconciature, dentro e fuori casa. E spesso la pettinava lui stesso, lungamente. "Parlami ancora," gli diceva lei, che amava le sue ripetizioni. Chiara dette il volto alle sue Madonne e anche a quelle dei suoi allievi, come il miracoloso Raffaello. E così quel volto dilagò.

Fuori dall'arte Pietro era una persona poco religiosa. Non c'era verso di fargli credere all'immortalità dell'anima, a quel cervello di porfido. Credeva solo nei beni che riusciva a procurarsi e alcuni dicono che sia stato il primo artista imprenditore. Infatti gestì due botteghe contemporaneamente, una a Firenze e una a Perugia, e fece del bene a tanta gente. Dopo Pietro vennero altri, perché è così che va il mondo. Ma lui mostrò che chi lavora con continuità e senza ghiribizzi lascia qualcosa che resta.

DOMENICO GHIRLANDAIO

Si trovano spesso ingegni sottili che volentieri si darebbero alle arti e alle scienze ma i padri, o le circostanze della vita, li portano a fare qualcos'altro. E così hanno quell'aria tipica di chi si è perso nel mondo, perché, per quanto si diano da fare, si sentono inutili. Ma a volte la natura riaffiora, come un fiume sotterraneo, e riprende il suo corso. E allora in quattro e quattr'otto recuperano il tempo perduto. Per esempio Domenico Ghirlandaio fu mandato dal padre a imparare l'arte dell'orefice, e lui ce la metteva tutta, ma proprio non gli piaceva. Si sentiva solo. Voleva disegnare. E come entrava una persona nella bottega ecco che lui le faceva il ritratto. Non aveva molto tempo, dato che era un apprendista orefice, ma riusciva a cogliere in un attimo l'essenza della persona. Non tutti sono contenti quando cogli la loro essenza. Alcuni protestarono. "Perché lo fai?" gli chiese l'orefice capo. Lui rispose che non perdeva tempo perché voleva disegnare tutti i tipi umani: erano molti ma non potevano essere infiniti.

Il padre era di mente elastica: dopo tutto aveva inventato (si dice) le ghirlande da testa che riscuotevano grande successo presso le donne fiorentine, e lo mandò da Alesso Baldovinetti, qui imparò la pittura e il mosaico e conobbe Graffione Fiorentino, un tipo dallo strano cervello che dormiva in un cassone pieno di paglia senza lenzuola e apparecchiava la tavola solo con i cartoni che gli servivano per dipingere. Così Domenico imparò a dipingere anche mentre mangiava.

Quello che poteva fare lui stesso non gli bastava: voleva ampliare le possibilità. Ebbe un'intuizione: se un pittore può fare molto, una famiglia di pittori può fare di più. Era convincente. Così, dopo un po' di tempo, ecco che lavora con i suoi due fratelli Davide e Benedetto, anche loro diventati pittori. Non si sentiva più solo. Erano alla Badia a Passignano, dove Domenico con l'aiuto dei fratelli dipinse la sua prima *Ultima cena*. I monaci li trattavano malissimo. La goccia che fece traboccare il vaso cadde una sera in cui gli portarono da mangiare certe tortacce da manigoldi. Neanche avessero un buono per comitive. Una reazione si imponeva, per il decoro della famiglia. E Davide prese il frate e lo massacrò di botte. Poi spiegò all'abate che una cena schifosa come quella doveva davvero essere l'ultima e che, per quanto riguarda il frate moribondo, lo aveva fatto per amore del fratello: valeva più l'arte di Domenico di "quanti abati porci suoi pari furon mai in quel monastero". L'abate ci pensò su e da allora in poi li trattò bene.

Domenico fu tra quelli chiamati a Roma per dipingere la cappella Sistina. Il papa disse che avrebbe dato un premio supplementare, per chi avesse lavorato meglio. Nel gruppo c'era Cosimo Rosselli, che non era all'altezza degli altri. E allora cercò di occultare i suoi difetti con ori e azzurri oltremarini grossolani. Quanto sghignazzarono Botticelli, Pietro Perugino, lo stesso Ghirlandaio. Il papa non poteva essere così poco intelligente da farsi abbagliare da quei pastrocchi. Invece quando Sisto arrivò disse: "Ma che meraviglia tutto questo oro! Perché non fate tutti come Cosimo? Siete capaci?" E così dovettero smussare la loro finezza e fu Cosimo a ridere per anni.

Domenico tornò a Firenze con una grande voglia di lavorare e nessuna voglia di deridere. "Mi sento pronto a dipingere tutte le mura della città," disse. Ma i murales non erano ancora stati inventati. Mise su una grande bottega e intanto cercava di ampliare la famiglia. Se incontrava un pittore pregevole subito pensava a organizzare un matrimonio. È così che Sebastiano Mainardi era diventato marito di sua sorella. Era un maestro generoso e amorevole, che premiava la virtù dei discepoli. "Non ho abbastanza sorelle," pensava in certe sere di malinconia.

Disse ai suoi discepoli: "Accettate tutti i lavori. Anche se arriva una di quelle signore fiorentine insopportabili a pretendere un lavoro ridicolo, voi dite di sì. Se poi non vi va di farlo lo faccio io."

Aveva un occhio micidiale. Quando era a Roma ritraeva anticaglie come archi, terme, colonne, colossei. Lo faceva a occhio, ma quelli che poi hanno misurato i suoi disegni hanno visto che erano esatti. A Firenze lo adoravano per i ritratti, quelli che aveva cominciato a fare da bambino. Trasferiva gli avvenimenti dei testi sacri dalle nostre parti, e dava ai personaggi antichi le fattezze dei propri contemporanei con una naturalezza estrema. Oggi piacciono di più gli artisti tormentati, perché abbiamo tanti problemi, eppure questa piacevolezza nel rimaterializzare le persone faceva di lui un filosofo dei tipi umani.

A Ognissanti, prima di partire per Roma, aveva dipinto la seconda *Ultima cena*. E anche un *San Girolamo* veramente rilassato, che contrasta con il *Sant'Agostino* allucinato di Botticelli. E tra i vari ritratti c'è quello di Amerigo Vespucci giovane, che già sognava grandi viaggi.

Diventato famoso, riempì Firenze di autoritratti. Per esempio nella cappella Sassetti a Santa Trinita e nella cappella Tornabuoni a Santa Maria Novella dove, nell'affresco raffigurante *La cacciata di Gioacchino dal Tempio*, compaiono anche i fratelli e il cognato. A quanto pare c'era anche Michelangelo ragazzino che lavorava con loro. Alcuni giurano di riconoscere la sua mano in alcune figure nude. Di sicuro Ghirlandaio lo sorprese a disegnare i ponteggi e non lo rimproverò più di tanto, dato che anche lui da bambino faceva così.

La cappella Tornabuoni era un luogo affollatissimo. C'era anche Baccio d'Agnolo che lavorava al coro ligneo. Disse a Michelangelo: "Ragazzino brutto, non stare tra i piedi." Ecco perché Michelangelo lo odiò per tutta la vita e anni dopo trovò il modo di vendicarsi.

Intanto nella cappella accanto lavorava Filippino Lippi. Domenico trovava eccessive le sue figure, non erano veri tipi umani, solo esagerazioni adatte a far colpo sulle generazioni future.

Ghirlandaio dipinse anche un *Nonno e nipote*, unico caso nell'arte rinascimentale. Il vecchio ha un naso bitorzoluto. Il quadro oggi è al Louvre. Marcel Proust lo vide e disse: "Quest'uomo è identico al marchese di Can. La gamma dei tipi umani è troppo limitata perché non si provi di frequente, ovunque si vada, la gioia di rivedere persone conosciute." Questo Vasari non l'ha scritto solo perché Proust, celebre perché se la prendeva comoda, l'ha detto troppo tardi. Ma è così che gli uomini di Domenico Ghirlandaio vissero per sempre.

PIERO DI COSIMO

Piero di Cosimo si guardava le mani perché erano loro che dipingevano per lui. "Come vi sentite stamattina?" chiedeva. "Come stai mano destra? Come stai mano sinistra?" Riconosceva in loro due animali fantastici, portatori del suo talento. Bellissimo, tutto questo. Ciò che è bellissimo nasconde insidie superlative. Il talento può essere pericoloso, perché magari ti fa prigioniero e non pensi ad altro e allora, anche se non sei cattivo, sembri pazzo, disumano, ti chiudi in te stesso e a forza di amare la solitudine ti ritrovi solo davvero e la vita finisce.

Piero adorava stare rinchiuso per i fatti suoi e non voleva che lo vedessero lavorare. Conduceva una vita da bestia. Gli piacevano gli animali. In una delle sue prime opere, la *Visitazione con i santi Nicola di Bari e Antonio abate* compare, sullo sfondo, un grazioso porco: l'avanguardia di tutti gli animali che entreranno nei suoi quadri. Non voleva che venissero spazzate le stanze, mangiava quando aveva fame, non voleva che si zappasse la terra e si potassero gli alberi, lasciava crescere le viti e cadere i tralci per terra. Voleva che la natura facesse il suo corso senza che l'uomo la disturbasse. Un'idea pazzesca, per quei tempi. Andava in giro per osservare gli animali più strani e possibilmente malformati. Quando li incontrava provava una soddisfazione profonda. Ripeteva i suoi racconti così tante volte che le persone dopo un po' non lo reggevano. Iniziò a dipingere a olio dopo aver visto certe cose sfumate di Leonardo, tipiche di quando Leonardo voleva dimostrare di essere bravo. Ma Piero, pur credendo di voler imitare Leonardo, dopo aver discusso con le proprie mani fece tutta un'altra cosa. Gli piaceva fermarsi davanti a un muro su cui avevano sputato dei malati e, fissando le tracce degli sputi, vedeva battaglie fantastiche, città, paesaggi. A quel tempo i malati sputavano sui muri molto più spesso di oggi. E così Piero aveva continue occasioni di fermarsi in contemplazione. Se lui avesse vissuto in modo meno strano sarebbe stato adorato da tutti. Ma sarebbe stato ancora lui? A causa della sua bestialità sognante fu considerato pazzo, ma alla fine fece del male solo a se stesso. Ma come era arrivato a questo punto?

Da ragazzo imparò l'arte da Cosimo Rosselli, che era stato allievo di Benozzo Gozzoli. Non gli piaceva ascoltare lunghe spiegazioni. "Hai capito?" gli diceva Cosimo. "Certo," rispondeva lui svagato. "Ripeti," incalzava Cosimo. Piero non aveva capito nulla e Cosimo ricominciava da capo. Il maestro lo portò a Roma e lavorarono alla cappella Sistina. Qui Cosimo fu deriso dagli altri artisti perché metteva troppo oro e troppo azzurro nei suoi affreschi. Lo abbiamo già raccontato in un'altra vita, non importa ripeterlo. Piero ci rimase male, a vedere il maestro preso in giro ingiustamente. Fu in quel momento che decise che preferiva gli animali agli uomini: gli animali non si prendono in giro tra loro. E non è vero che Cosimo riempisse gli affreschi di luccicanze solo per impressionare la scarsa intelligenza del Santo Padre: Cosimo aveva una reale passione per tutto ciò che luccicava, gli veniva dalla *Cavalcata dei Magi* del suo maestro

Benozzo Gozzoli. Preferiva le donne bionde e, se anche dipingeva una mora, le metteva in testa una parrucca bionda, come si vede nel *Miracolo del Calice* nella chiesa di Sant'Ambrogio a Firenze, opera a cui lavorò con l'allievo prediletto prima di partire per Roma. Poi Cosimo morì, povero, per colpa dell'alchimia, a cui si era dedicato assurdamente: bisognerebbe studiare gli effetti disastrosi dell'alchimia nel mondo moderno. Fu dopo la morte del maestro che le stranezze di Piero, presenti ma sotto controllo, cominciarono a moltiplicarsi. Ciò non gli impedì di realizzare opere uniche al mondo. Non solo nel campo della pittura. Per le feste all'aperto, dette trionfi, ideò carri indimenticabili. Creò un *Trionfo della Morte* che impaurì la gente per generazioni. Con centinaia di figuranti scheletrici e cavalli macilenti. Fece sfilare gente che sembrava morta davvero, chissà come ci riuscì. Uno spettacolo splendido, nel suo genere, vorrei che l'aveste visto. Che notti, ragazzi! Raffigurò scene dell'umanità primitiva perché quella contemporanea cominciava a stancarlo. Dipinse centauri amorosi e struggenti: fino ad allora si erano visti solo centauri libidinosi e violenti. Mostri marini più veri del Leviatano: c'è chi dice che li vide davvero grazie a una maschera ideata da Leonardo. Molti di questi mostri si sono inabissati nelle altre dimensioni ma è ancora tra noi quello raffigurato in *Perseo che libera Andromeda* (agli Uffizi). Ripeteva che un giorno il mondo sarebbe stato un labirinto di recinzioni e che lui questo non voleva vederlo. La gente, stufa, scuoteva la testa. Gli piacevano i racconti che cominciavano ad arrivare dal Nuovo Mondo e parlavano di immense terre e nuovi animali. Quando li sentiva, le sue mani avevano un fremito di desiderio. Forse sarebbe dovuto partire.

Un giorno si ammalò di vecchiaia e smise di andare in giro. Stava sempre in casa. Mangiava solo uova sode. Le faceva bollire con la colla, per risparmiare la legna. E non sei o otto, ma cinquanta uova per volta. Poi le metteva tutte in una borsa e ci andava avanti per chissà quanti giorni. Detestava il pianto dei bambini, il tossire degli uomini, il suono delle campane, il canto dei frati; gli piaceva quando, durante il temporale, l'acqua si schianta sul mondo. Come arrivavano i fulmini si rintanava in un angolo, avvolto nel mantello, terrorizzato. Felice. Borbottava, protestava, ma godette della sua vita. A volte i suoi discorsi erano così buffi che facevano morire dal ridere, altre volte così strani che la gente non lo sopportava. Si arrabbiava con le mosche e litigava con la sua ombra. Odiava i medici e chi ti sveglia quando dormi. Sosteneva che è bello essere condannato a morte perché mentre ti portano al patibolo vedi tanta gente e sei confortato con confetti e buone parole. Una mattina le sue mani non risposero ai suoi comandi. "Come stai mano destra? Come stai mano sinistra?" Aveva voglia di dipingere ma quelle non rispondevano. Tremavano. Erano impazzite. "Ma cosa avete?" Avrebbe voluto staccarsele. Faceva compassione. Aveva voglia di partire. Morì. Ora le sue mani non ci sono più, eppure mi sembra di vederle.

BARTOLOMEO DELLA GATTA

Piero d'Antonio Dei fu iscritto alla compagnia degli orafi quando aveva cinque anni. Un giorno guardò dove non c'era niente ed esclamò convinto: "La gatta." "Quale gatta?" gli chiesero. Non rispose. La vide altre volte ed è per questo, dicono, che fu chiamato Bartolomeo della Gatta. Era magro, buono, pacato, praticamente un santo, ma aveva un lampo di gioiosa impertinenza negli occhi che gli rimase anche da adulto, come si vede nel ritratto presente in casa Vasari ad Arezzo, che è la copia di un autoritratto. Crebbe a Firenze. Divenne monaco e miniatore meraviglioso. Nella bottega del Verrocchio incontrò molte persone che grazie al maestro, senza saperlo, si preparavano a trasformarsi in capitoli della storia dell'arte. C'era un ragazzo bellissimo, Leonardo Da Vinci, che si interessò alla questione della gatta invisibile. "Non è una gatta materiale," spiegava Bartolomeo. Leonardo non capiva, provava un grande desiderio di vederla anche lui, ignoriamo se ci sia riuscito o abbia fatto finta, ma tempo dopo disegnò una Madonna con Bambino in cui il Piccolo tiene in braccio la gatta. Di queste cose fiorentine Giorgio Vasari, aretino, non parla perché preferisce soffermarsi sul fatto che Bartolomeo, cresciuto, andò a lavorare ad Arezzo. "Firenze va bene ma

Arezzo va meglio," pensava Vasari. Bartolomeo divenne abate di San Clemente.

Scoppiò la peste. Per colpa del morbo dovette stare chiuso in casa e non sapendo come passare il tempo provò a disegnare, lui miniatore, una figura grande. Poi un'altra. Le guardò. "Accidenti Bartolomeo se le sai fare!" si disse. La peste finì e Bartolomeo andò in giro. A Cortona dipinse certi apostoli sdentati che guardano la Madonna sospesa in cielo e la loro meraviglia umana è durata fino a oggi. Forse intravedono la gatta volante. Ad Arezzo dipinse un san Lorenzo con la sua graticola. Anni dopo Vasari dovette modificare molte chiese, per obbedire ai dettami della Controriforma o a quelli di Cosimo I. Ingaggiò una lotta con se stesso, perché in queste ristrutturazioni edifici furono abbattuti, opere andarono perdute. Ma quel san Lorenzo riuscì a salvarlo. E così tra tante cose che non ci sono più, lui c'è ancora.

Bartolomeo fu chiamato a lavorare alla cappella Sistina. Roma! Va detto che era veramente grande, ed era bello lavorare in compagnia di altri artisti. Luca Signorelli lo faceva ridere. "Guarda la faccia di Cosimo," sussurrava Luca parlando di Cosimo Rosselli, "dove l'avrà presa una faccia così?" Luca era più estroverso e disinvolto di modi. Però quando facevano qualche scherzo, era Bartolomeo che lo istigava con lo sguardo. "Oggi l'hai vista la gatta?" lo prendeva in giro Luca. Sapevano entrambi che era proprio l'inseguimento dell'invisibile che li portava lontano. Poi Bartolomeo tornò ad Arezzo. A volte si svegliava di notte in preda a un'angoscia inspiegabile, si sedeva sul bordo del letto in preda ai dubbi: avrebbe dovuto essere a Roma o Firenze? Forse intuiva che sì, sarebbe stato meglio lavorare altrove per poi andare in giro per il mondo nei musei del futuro. Ad Arezzo fu adorato e riverito e lavorò tantissimo.

Gentile de' Becchi vescovo aretino, ex precettore di Lorenzo il Magnifico, era molto amico della sua virtù e stavano sempre insieme. Bartolomeo dipinse un san Rocco e sotto la sua mano ritrasse la città di Arezzo com'era a quel tempo. Fece il ritratto del beato Jacopo Filippo Bertoni da Faenza, così alto e magro che sembra uscito dagli abissi deformanti della pressione spirituale. Era un maestro nella costruzione degli organi da chiesa. Di solito erano in piombo. Ma ne fabbricò uno in cartone che sprigionava suoni dolcissimi che restavano sospesi nell'aria e quasi si vedevano. È bello immaginare che delineassero la gatta che vedeva solo lui. Ne fece un altro con la tastiera in basso, al livello del coro, perché l'organista oltre a suonare cantasse con i suoi compagni, infatti lui suonava e cantava e diceva che il musicista non deve stare solo, altrimenti diventa un letterato. Percorrendo il confine tra pittura e musica dipinse lo sportello di un organo: è un san Michele Arcangelo che ai contemporanei parve meraviglioso mentre ai critici del nostro tempo non piace, questo sembrerebbe dimostrare che i tempi cambiano. Gaetano Milanesi, nell'Ottocento, ha sostenuto che Bartolomeo della Gatta potrebbe non essere mai esistito. O almeno ha alluso alla falsità della vita descritta da Vasari. Ma Gaetano! Se non fosse esistito non avrebbe potuto lasciare dipinti, organi e miniature. Forse hai detto questo perché le indicazioni di Vasari appaiono contraddittorie, d'altra parte Vasari aveva in mente qualcosa di più interessante della coerenza. E a casa sua ad Arezzo, tra i grandi del suo tempo, volle il ritratto di Bartolomeo, con quel sorrisetto di cui si diceva all'inizio. È vero però che proprio quel sorrisetto lo fa sembrare un altro, rispetto alle descrizioni che raccontano di un uomo serio e ascetico. Sembra quasi che abbia bevuto, ma non saremo noi a sostenere una cosa del genere. A Castiglion Fiorentino dipinse le *Stigmate di san Francesco*. Una scena nitida e misteriosa che mi fa pensare a Dalí. L'evento si svolge nella luce, ma sul ramo c'è un uccello notturno, per cui un attimo prima era buio. C'è chi dice che siamo in piena notte, chi alla fine. Ma non sarà l'ora a modificare il senso del miracolo. "In questa apparizione mirabile tutto il monte della Vernia parea che ardesse in fiamma isplendidissima, la quale risplendeva e illuminava tutti i monti e le valli d'intorno, come se fusse il sole sopra la terra; onde i pastori che vegliavano in quelle contrade, veggendo il monte infiammato e la luce d'intorno, ebbono grandissima paura." (*I fioretti di san Francesco*).

Ci sono le opere perdute. Ma ci sono anche le opere nascoste. Chissà quante figure dormono dietro i muri o dietro altre immagini. C'è un affresco di Bartolomeo della Gatta che è stato per secoli in clausura in un convento di Città di Castello, dietro un altro dipinto, poi, stanco di quella vita di segregazione, si è fatto restaurare da Giuliano Guerri e alla fine, identificato e descritto da Cecilia Martelli, ha palesato la sua identità. Bartolomeo era benestante e dipinse più per piacere che per bisogno. Fu un uomo molto amato, un motivo ci sarà. Continuò a vedere la gatta fino all'ultimo. E in alcuni suoi paesaggi lucenti, se ci concentriamo senza pensare, a seconda dei nostri meriti, possiamo vederla anche noi.

LUCA SIGNORELLI

È arrivato il momento di parlare di Luca Signorelli, che in Italia divenne famoso come nessun altro, insegnò ai pittori del futuro a dipingere le persone nude e fu un maestro nell'arte di vivere. Ci sono uomini rovinati dall'invidia e dal risentimento, che soffrono come se il mondo gli dovesse sempre qualcosa. Luca invece sapeva sopportare i dispiaceri e accogliere le gioie con grande serenità. "Come fai?" gli chiesero. "Essere vivi non è un diritto," rispose. Nato a Cortona, si trasferì ad Arezzo da suo zio Lazzaro Vasari, bisnonno di Giorgio e amico di Piero della Francesca. Divenne discepolo di Piero e passò la giovinezza a osservarlo. Piero si sentiva a disagio, per questa attenzione spasmodica, ma ne era anche felice. Presto le opere di Luca furono indistinguibili da quelle del maestro, e ci sono quadri di Piero che potrebbero recare l'impronta segreta di Luca. Il maestro ha pur diritto di riposarsi ogni tanto! Però, con tutto l'amore, il ragazzo soffriva l'assorta immobilità delle immagini di Piero. "Cosa avranno da stare assorti," pensava. Fosche nubi si addensavano sul mondo. Luca sentiva come un brulichio dell'immaginazione che presto lo portò altrove, attirato dal richiamo delle folle urlanti che non aveva ancora dipinto. Pitturò mezza Toscana. A Volterra fece una *Circoncisione del*

Signore che meravigliava chiunque fosse capace di intendere. Poi il Bambino si sciupò per l'umidità e fu rifatto dal Sodoma, molto meno bello. Questa mania dei restauri! A volte sarebbe meglio tenerci le cose fatte dagli uomini eccezionali in stato di grazia, anche se un po' sciupate, piuttosto che farle ritoccare da chi non è all'altezza. Ma voi preferite le opere rifatte, e allora tenetevele! Poi andò a Roma, per lavorare alla cappella Sistina insieme a Bartolomeo della Gatta. Entrambi chiamati dal Perugino. C'erano già diversi artisti al lavoro, alcuni si prendevano molto sul serio, come facessero chissà cosa. Luca ne rideva di nascosto e contagiava Bartolomeo. In particolare Cosimo Rosselli li faceva morire. Luca era esuberante, veloce, Bartolomeo più riflessivo. Si combinavano benissimo. Lavorarono soprattutto alle ultime *Storie di Mosè*. Uno iniziava una figura e l'altro la finiva. Qui Luca capì quanto gli piacesse mettere in scena più personaggi contemporaneamente e conobbe i volti espressivi immaginati da Bartolomeo, che non lo lasciarono più: certi vecchi apostoli intensi e sdentati divennero parte di lui e, negli anni, ripropose le loro fattezze sotto altre identità. Poi andò a Firenze per vedere tutti quei maestri di cui la città era piena e lavorò per i Medici. Regalò a Lorenzo due opere (dice Vasari), ma il Magnifico non volle mai essere vinto in liberalità da nessuno e gli dimostrò la sua magnificenza. Una di queste due opere era la *Scuola di Pan*, poi distrutta a Berlino nel 1945. I Medici ebbero dei problemi e lui ripartì. Nel duomo di Orvieto, nel 1499, si dedicò alla cappella di San Brizio, lasciata incompleta da Beato Angelico. Le immagini del suo predecessore erano così serene che gli mettevano angoscia. Aveva bisogno di qualcosa di tragico, per raggiungere la felicità. In soli tre anni fece quello che non aveva mai fatto nessuno: tutte le storie della fine del mondo. *Storia dell'Anticristo*,

Giudizio universale, *Resurrezione della carne*, *Inferno*, *Paradiso*. Era quello un periodo in cui la paura e la fine del mondo erano tornate di gran moda e Luca con invenzione bellissima, bizzarra e capricciosa dipinse angeli, demoni, terremoti, rovine, i miracoli dell'Anticristo, che ha le fattezze di Gesù, ma con una fiamma nera che traspare dai suoi tratti, mentre ascolta i suggerimenti del Demonio. C'è un suo autoritratto realistico e un altro, pare, in forma di diavolo che stringe una donna (perché Luca aveva avuto qualcosa da ridire con la donna raffigurata, si dice). Mostrò la grande arte che aveva raggiunto nel dipingere i corpi nudi in prospettiva, usando i più strani colori per la loro pelle, e raffigurò con belle forme il terrore di quei giorni. Credeva fermamente in Dante Alighieri. "L'importante è esagerare," canticchiava sulle impalcature. Il clima apocalittico da lui stesso evocato lo segnò. Più dipingeva cose terribili più diventava elegante e amorevole. Vestiva bene, mangiava meglio. Sembrava più un signore e un gentiluomo onorato che un pittore. Cercava di fare del bene alle persone che incontrava. "Se davvero arriva l'apocalisse, meglio non perdere tempo a soffrire," diceva.

Quando Michelangelo vide quello che Luca aveva fatto a Orvieto disse: "Ecco. Questo!" E così quelle scene del *Giudizio universale* e dintorni furono gentilmente prese e usate per il *Giudizio universale* della cappella Sistina. Con Michelangelo era così intimo che non gli volle rendere dei soldi che Michelangelo gli aveva prestato e così vi fu un processo. A Cortona gli morì un figlio, che era bellissimo e che lui amava molto. Luca chiese che lo spogliassero e lo dipinse, senza piangere, con grande forza d'animo. Quello stesso anno morì Bartolomeo della Gatta e Luca vide una grande frattura nella sua vita e si sentì dimezzato. Mentre invecchiava, arrivarono pittori più giovani che volevano andare avanti ma lui lavorando appartato dimostrò che non era rimasto indietro. Una volta, da Cortona andò ad Arezzo per seguire la sistemazione di una sua opera e rivedere gli amici. Alloggiò in casa Vasari e incontrò Giorgio Vasari che aveva otto anni. E Giorgio molto tempo dopo si sarebbe ricordato di quel giorno in cui incontrò quel vecchio grazioso e pulito. Dato che il bambino non era un fenomeno nelle materie letterarie Luca si rivolse al padre e disse: "Lascia che Giorgino impari a disegnare, vedrai che male non gli fa." E al bambino disse: "Impara parentino." In quel periodo a Giorgino usciva sempre il sangue dal naso, a volte ne rimaneva tramortito, e allora Luca, con infinita amorevolezza, gli dette un diaspro da mettere al collo, come cura.

Se poi questo ricordo fosse falso non cambierebbe nulla, i falsi ricordi contengono molte verità, penso che Freud sarebbe d'accordo. Infatti Freud andò a Orvieto vide le storie della fine del mondo e rimase impressionato come solo lui sapeva farsi impressionare, tanto che poi le sognò. Tempo dopo non si ricordava il nome del pittore e questo fatto gli sembrò così clamoroso che per spiegarlo inventò la teoria psicanalitica. Si può dunque dire che Signorelli sia alla base della psicanalisi.

Morì lavorando: cadde da un'impalcatura a ottantadue anni.

Visse splendidamente.

ANDREA MANTEGNA

La virtù da sola va bene, ma va meglio quando viene premiata. Altrimenti arrivano i pensieri maligni, l'animo si intristisce, l'artista entra in depressione, i colori si inaridiscono, l'animo non dà più frutto. Per fortuna Andrea Mantegna fu stimato, onorato e premiato. Ma non subito. Nacque nelle campagne di Mantova, da stirpe agricola. Appena ebbe imparato a camminare gli dissero: "Che fai lì impalato? Muoviti!" e lo mandarono a badare alle mucche. Ma era un bambino prodigio, si vedeva a occhio nudo, e nella solitudine dei campi fu notato da Francesco Squarcione, pittore padovano che passava di là e lo condusse in città per fargli imparare l'arte nella sua bottega. "Contento lui," dissero i genitori. Squarcione lo adottò. I genitori non ebbero niente da ridire. Francesco Squarcione non era solo pittore, ma anche sarto, viaggiatore, scultore in gesso, parlatore instancabile, collezionista di cose antiche. Bravissimo nel far lavorare gli altri. Raccoglieva intorno a sé tanti disperati senza un soldo ma pieni di talento, sfruttandoli e riempiendoli di illuminazioni. Così Andrea crebbe come una specie di Oliver Twist, però circondato da cose belle, in una competizione continua con gli altri vagabondi famelici e geniali che Francesco Squarcione, pifferaio magico dell'arte, era riuscito a ingaggiare. Era bello perdersi nell'ombroso labirinto di oggetti preziosi e antichi che Squarcione aveva portato dai suoi viaggi comprandoli o prendendoli a prestito. C'erano luci improvvise e seducenti: soprattutto una statua, bella, nuda, di cui Andrea si innamorò fin da piccolo. A volte credendosi non visto la carezzava. Squarcione lo derideva per questo. In quegli anni a Padova lavorava Donatello. Andrea lo guardava. Donatello aveva un modo di modellare le figure che ispirava confidenza. Allora Andrea, che aveva bisogno di qualcuno con cui dialogare, ma non aveva nessuno, gli parlò di certe sue questioni sentimentali. La prese larga, ma l'altro capì, perché aveva gli stessi gusti. Donatello spiegò che non c'era niente di male ad amare le statue. "Se la ami vuol dire che anche lei ti ama," gli disse. Andrea non era sicuro che il ragionamento tornasse ma imparò a prendere molto sul serio, proprio sul piano personale, la bellezza delle cose antiche. Ora non si vergognava più ad accarezzare la statua. Squarcione era un uomo impulsivo: esasperato dall'allievo, prese la statua e la gettò nel lago di Garda. Da allora i rapporti tra lui e Andrea non furono più gli stessi. Uno aveva perso una statua l'altro l'amore. Però Andrea continuò a lavorare per Squarcione e così dipinse la cappella Ovetari nella chiesa degli Eremitani a Padova, poi bombardata durante la seconda guerra mondiale. Iniziò il lavoro insieme a Niccolò Pizzolo, un altro di quella bottega piena di esagitati. Niccolò in vita sua dipinse poche cose, tutte buone: se si fosse dedicato alla pittura quanto prese gusto alle armi avrebbe fatto meglio, infatti con questo suo animo bellicoso si procurò molti nemici e fu ucciso a tradimento. Andrea era precoce in tutto, giovanissimo capitò a Venezia e sposò Nicolosia Bellini, che veniva da una famiglia di grandi pittori: pittore il padre, pittori i fratelli. Questo peggiorò i rapporti con Squarcione, che era un individuo possessivo e si mise a dire che le figure dipinte da Andrea nella cappella Ovetari non erano per niente buone, si vedeva che Andrea aveva imitato le antiche statue di marmo, e non le persone vere. "Quello ama solo le pietre, è così fin da piccolo," ammiccava Squarcione, e inventava episodi piccanti tra il ragazzino e la statua. Forse queste parole di Squarcione derivavano anche dal fatto che Andrea lo aveva ritratto come un omaccio corpacciuto. Andrea ci rimase male. Ma riconobbe che c'era del vero in quelle parole. Aveva una imponente collezione di minerali e aveva dipinto un'*Orazione nell'orto* in cui il paesaggio – anche gli edifici – era come pietrificato. L'amore per l'arte classica, combinato con i sogni geologici, aveva cristallizzato la sua strada? Si confidò con Giovanni Bellini, fratello di sua moglie. "Ma non è vero che ami solo le pietre, ami anche mia sorella. Ispirati a lei." Queste parole lo sollevarono. Era vero: amava sua moglie, che tra l'altro era morbida. Si allontanò da Squarcione e i suoi tratti divennero più morbidi e meno secchi. Si trasferì con la famiglia a Mantova, dove divenne amicissimo del marchese Ludovico Gonzaga, e nel castello di San Giorgio dipinse la *Camera degli sposi* che è un miracolo di illusionismo: inventò il soffitto sfondato (in realtà sembra sfondato: c'è un cielo dipinto) che poi andrà di gran moda, e di questa invenzione era in qualche modo debitore a Squarcione che gli ripeteva: "Tu illudili sempre, perché è questo che vogliono." Nella *Camera degli sposi* si ritrasse in forma floreale, mettendo in pratica le *Metamorfosi* di Ovidio. Dipinse i *Trionfi di Cesare*, una delle cose migliori che abbia mai fatto. Riuscì infatti a riportare in vita la pittura antica. Se poi dal punto di vista del filologo ci sono delle inesattezze non importa: sant'Agostino diceva che i filologi inventano quasi tutto, sono come gli interpreti dei sogni. Ottenne da Ludovico Gonzaga di fare ricerche archeologiche nel lago di Garda e cercò di ripescare la statua amata, che non aveva dimenticato. Fu chiamato a Roma da papa Innocenzo VIII e dipinse una cappella con tale amore che quelle figure, anche se sono grandi, hanno l'intensità concentrata delle miniature. E si vedeva uno che, volendosi togliere una calza appiccicata per il sudore alla gamba, se la toglie al contrario, e sul suo volto si leggono lo sforzo e il disagio. Di questo fu particolarmente fiero perché le statue non sudano: dunque aveva definitivamente raggiunto l'essere umano con la sua arte. La cappella fu fatta demolire nel Settecento da un altro papa. Gli morirono due figli e dipinse un *Cristo morto* purissimo, senza citazioni classiche, che tenne solo per sé. Per quanto riguarda la statua che aveva amato nella giovinezza, forse la trovò, nel lago di Garda, ma nel momento di issarla a bordo la lasciò sprofondare di nuovo, perché in definitiva preferiva sua moglie. Ma guardò sempre quel punto del lago con una certa emozione.

GIOVANNI BELLINI

Nella storia della famiglia Bellini si possono leggere i segni di un'altra storia: quella dei rapporti tra Venezia, Firenze e Costantinopoli, legate da un triangolo segreto. Iacopo Bellini, pittore veneziano, aveva vent'anni quando andò a Firenze al seguito del suo maestro Gentile da Fabriano, che lasciò in città una *Adorazione dei Magi* quasi fosforescente. Iacopo tornò a Venezia e fece due figli, Giovanni e Gentile (chiamato così in omaggio al maestro) e li immerse neonati nei colori. "Sei mani sono meglio di una," diceva. Spronava i figli a fare come i toscani, che gareggiavano tra loro per migliorarsi. "Attraverso di me siete stati a Firenze prima di nascere. In quel periodo avrete pur imparato qualcosa." Dipingevano su tela, come quasi tutti da quelle parti. A Venezia non si facevano tavole, e quando si facevano non erano di pioppo, legno dolce e mirabile per dipingere, ma di abete, che scendeva in gran quantità dalle terre tedesche galleggiando sull'Adige. Quando il padre vide che erano diventati bravi disse: "Bene, ragazzi, ora lavorate voi." Venezia era avvinta a Costantinopoli, c'era tutto uno scambio di merci e figure: arrivavano navigando visioni orientali, la fissità filosofica delle madonne bizantine, che guardano qualcosa che gli uomini non possono vedere. I due fratelli sentivano questo richiamo verso le città mai viste: Firenze e Costantinopoli. Giovanni assorbiva gli stimoli con una velocità spaventosa e ricordava tutto, Gentile aveva una pessima memoria e riempiva i suoi dipinti di figure fitte per non dimenticarle. La loro sorella Nicolosia sposò Andrea Mantegna e quello stesso anno Costantinopoli cadde in mano ai Turchi, guidati da Maometto II. Giovanni rimase colpito dall'amore che il cognato provava per le statue – Andrea sosteneva di sentirle parlare – e dipinse una *Pietà* in cui Gesù, morto, sembra sussurrare qualcosa a Maria. Andrea andò a Firenze e ritrasse Carlo de' Medici, che era figlio illegittimo di Cosimo e di una schiava circassa comprata a Venezia. "Sei stato davvero a Firenze?" chiese Giovanni. "Forse," rispose Andrea.

Un giorno Giovanni se ne andava verso Pesaro per dipingere *L'incoronazione della Vergine*, durante il viaggio conobbe Piero della Francesca e acconsentì a farsi influenzare da lui. Quando dipinse la sua seconda *Trasfigurazione di Cristo* (tema caro a Costantinopoli) la montagna biblica si contrasse diventando un'altura del Centro Italia in un ampio paesaggio e la luce del miracolo è al tempo stesso la luce naturale del giorno. In quel periodo, alcuni ritratti furono portati a Costantinopoli e donati a Maometto II. Infatti nonostante il cambiamento di religione i rapporti con quelle terre continuavano tranquillamente. Il Gran Turco rimase impressionato e chiese che gli mandassero il maestro migliore in quell'arte, che da quelle parti era proibita. Qualcuno pensò a Giovanni. Ma qualcun altro gli disse: "Non lo vedi come sei ridotto? Non puoi affrontare un viaggio simile, manda Gentile." Infatti in quel periodo Giovanni non stava bene. Anche se poi è vissuto tantissimo, più di quanto usava a quei tempi, e ha fatto in tempo a farsi influenzare da quelli venuti dopo di lui. Comunque, a Costantinopoli andò Gentile, e

Maometto II lo ammirava e lo carezzava, guardandolo dipingere si diceva che doveva contenere una grossa dose di divinità, per esprimere con tanta naturalezza le cose della natura. Gentile imparò che tutti sognano qualcos'altro: lui e Giovanni avevano sognato Firenze e Costantinopoli. Maometto II, il grande conquistatore, parlava spesso di Rodi, e alla sua morte volle che sulla sua tomba fosse scritto "Avrebbe voluto conquistare Rodi". Gentile gli fece un ritratto mentre parlava di Rodi e a Maometto II quel dipinto parve un miracolo. Poi il Gran Turco gli propose di realizzare un autoritratto e Gentile lo fece, guardandosi allo specchio. Maometto II avrebbe voluto tenerlo sempre con sé, ma visto che la pittura era proibita e chi adorava le statue veniva messo a morte lo rimandò a Venezia e gli disse di domandare qualsiasi cosa. Gentile si limitò a chiedere una lettera di raccomandazione presso la Serenissima e fu così che partì raccomandato e con una grossa collana d'oro lavorata alla turchesca che il Gran Turco gli mise al collo personalmente. Gli concesse l'immunità per tutti i luoghi del suo impero.

Gentile viaggiò tutto contento, ebbe un felicissimo ritorno. Era passato un anno e mezzo dalla sua partenza da Venezia, quando riabbracciò il fratello che gli disse: "Scommetto che non ti ricordi niente," e invece stavolta Gentile ricordava tutto, si vede che era fatto per Costantinopoli e inondava Giovanni di racconti e ragionamenti misteriosi: così Giovanni dipinse *L'allegoria*, oggi agli Uffizi, che chi abita in un mondo solo non può capire. I due fratelli dipinsero molte storie, oggi perdute, nella Sala del Maggior Consiglio in Palazzo Ducale, luogo molto importante. Gentile fece un'armata di galee che sbarca in piazza San Marco, e battaglie in cui si vede la forza, la difesa, le diverse morti, l'acqua tritata dai remi, e si capisce che si intendeva di guerra marittima non meno che di pittura. Dipinse anche la storia del papa che a causa di certe sue vicissitudini, per un certo periodo si era finto cuoco in un monastero. In un'altra storia il papa regala al doge un anello d'oro per sposare il mare. Giovanni invece dipinse un'altra parte della sala, insieme ad Alvise Vivarini che si fece molto onore ma trovò lo sforzo eccessivo, infatti morì. Poi Gentile cominciò a dipingere per la Scuola di San Marco. *La predica di san Marco ad Alessandria*, dove profuse tutta la sua nostalgia per l'Oriente e il suo amore per le scene affollate. Voleva che il fratello lo aiutasse ma Giovanni preferiva ritrarre poche persone e si rifiutava. Gentile quando sentì appressarsi la morte disse: "Senti, fratello, lo vuoi il libro con i disegni segreti di nostro padre su Firenze?" "Sì sì," disse Giovanni. "Allora promettimi che finirai la *Predica di san Marco*, o quel libro non lo vedrai mai." "Va bene." "Non solo: userai qualche dettaglio di quei disegni per finirla. Tanto Firenze, Venezia, Alessandria, Costantinopoli, sono tutte collegate." Oriente e Occidente, così come i due fratelli, si fusero ancora una volta.

ANTONELLO DA MESSINA

Un giorno si levò una brezza leggera dal mare e i migliori ingegni pittorici del Quattrocento provarono all'unisono una dolce inquietudine: avevano raggiunto la perfezione nel disegno, ma per quanto riguardava i colori mancava qualcosa, una certa morbidezza e vivacità, e la capacità di resistere alle percosse. Era dai tempi di Cimabue e Giotto che non accadeva niente di veramente nuovo in quel campo. Allora si misero a cercare nuove vernici e strane mescolanze. Ci provò Alesso Baldovinetti, ci provò Pesello, ci provarono molti altri, anche in Francia, in Spagna e in Germania: a quel tempo i pittori non si limitavano a dipingere ma investigavano infiltrandosi nel regno della natura. Tuttavia i risultati non furono quelli sperati. Non avevano neanche chiaro cosa speravano di trovare. Fu Jan van Eyck, sostiene Vasari, lassù nelle Fiandre, a imboccare la strada giusta inventando la pittura a olio. Era un pittore molto stimato e si dilettava di alchimia. Lasciò un suo dipinto su tavola al sole, perché si seccasse. Il risultato fu disastroso, il calore rovinò tutto e spaccò il quadro a cui lui teneva molto. "Mai più!" si disse Jan e decise di cercare un legante che seccasse all'ombra. A forza di sperimentare intrugli trovò che usando come legante l'olio di semi di lino e quello di noce si ottenevano colori morbidi, delicati eppure vivaci, resistenti alle subdole avversità che spesso insidiano l'innocenza delle opere d'arte. Potevi creare figure che non avevano paura dell'acqua e sembravano in rilievo, sul punto di uscire dalla superficie dipinta e camminare per il mondo. Questi quadri realizzati con la nuova tecnica fecero scalpore in tutta Europa e dei mercanti fiorentini ne portarono uno a Napoli, ad Alfonso V d'Aragona. Qui lo vide Antonello da Messina.

Antonello, che appunto era nato a Messina, da piccolo trascorreva ore sulla riva, guardando il colore del mare che cambia continuamente eppure è sempre lo stesso. Poi, ispirato dai racconti dei mercanti veneziani, era stato un po' qua un po' là e a Napoli era diventato apprendista del pittore Colantonio. Col maestro cercarono di capire come fare la pittura a olio ma per quanto si lambiccassero il cervello il segreto rimase tale. Antonello però accostando il naso a quelle figure venute da lontano riconosceva un odore che gli ricordava il profumo di certe spiagge siciliane, con le alghe secche che si sgretolano. Il segreto divenne irresistibile. Allora lasciò perdere tutti i suoi altri pensieri e andò nelle Fiandre dove diventò intimo di Jan van Eyck, che Vasari chiama Giovanni da Bruggia. Costui, ormai vecchio, gli disse: "Vieni qui," e gli rivelò il segreto della pittura a olio. In realtà a quanto pare Giovanni morì quando Antonello aveva meno di dieci anni, e la storia serve a illustrare l'influenza della pittura fiamminga sul pittore siciliano. Può darsi che la nuova tecnica (o meglio il raffinamento di una tecnica che già esisteva) l'abbia appresa a Napoli. Però è bello immaginare questo bambino impavido che attraversa l'Europa, magari da solo, attratto dai colori brillanti.

Comunque, in un modo o nell'altro, Antonello raggiunse l'età adulta e lo ritroviamo a Venezia. Si era ambientato splendidamente perché era una persona tutta dedita ai piaceri e parecchio venerea, se capisci cosa intendo, e Venezia era perfetta per questo genere di interesse. "I colori vanno bene ma non sono tutto," ripeteva alle ragazze. A Venezia conobbe Giovanni Bellini e realizzò la *Pala di san Cassiano*. Non avrebbe rivelato il segreto della pittura a olio neanche per una grossa somma. Domenico Veneziano gli era così simpatico che glielo rivelò gratis. Domenico portò il segreto a Firenze dove fu ucciso da Andrea del Castagno (sempre secondo Vasari).

Antonello conobbe forse Piero della Francesca e, dato che la sua immaginazione era come certi gorghi dei fondali sabbiosi e inghiottiva e mescolava tutto, si lasciò influenzare anche da lui, ma non sopportava l'impassibilità delle sue figure, che sembrano non mettere a fuoco niente. Un bambino che ha attraversato l'Europa a piedi per raggiungere dei colori non può essere impassibile. Portò l'arte del ritratto dove non era mai stata, ritraendo anche persone comuni e mettendole in pose nuove. In Sicilia dipinse il cosiddetto *Ritratto dell'ignoto marinaio*, un tipo beffardo che non si sa cosa stia guardando e dà il titolo a un romanzo di Vincenzo Consolo: "Teneva quel sorriso per insopportabile per un eccesso di felicità e quello sguardo troppo indagatore, come se sapesse i fatti suoi... A chi sorride? Ai pazzi allegri come voi e come me e agli imbecilli." Dipinse L'*Ecce Homo* del collegio Alberoni di Piacenza, anche lui ti guarda, o guarda qualcosa dietro di te. Ti verrebbe la tentazione di voltarti. Ma è davvero un *Ecce Homo*, cioè Gesù che viene mostrato da Pilato alla folla dopo che è stato flagellato? O è appena risorto e ha negli occhi il riflesso di un viaggio nell'altro mondo? Dipinse *Il condottiero*, che dà il titolo a un romanzo di Georges Perec rimasto inedito per trent'anni. Anche in questo caso lo scrittore è rimasto ipnotizzato dal mondo del suo sguardo. "Fissato in una sdegnosa eternità, il Condottiero guarda il mondo. La bocca s'incurva appena: né un sorriso né una smorfia; espressione, forse, d'una ferocia ignota a se stessa, o introiettata. Non cerca di capire il mondo. Non ha bisogno di capirlo. Lo domina già. È proprio quello che vuole essere: un cattivo ragazzo." A Palermo dipinse *L'Annunciata*: qui si vede Maria ma non si vede l'Angelo, che è dato per sottinteso, forse è dietro di noi, forse è dentro di lei. Forse l'angelo, dopo il lungo viaggio ultraterreno, è confuso e tace e Maria alza la mano e gli dice: "Non dire niente, non importa, so già tutto." Cosa sta guardando? Forse, come l'ignoto marinaio e il condottiero, sta guardando il colore del mare. Comunque sia, sostiene Vasari, ad Antonello dobbiamo riconoscere il merito di aver portato la pittura a olio in Italia, una bellissima invenzione di Giovanni da Bruggia, molto comoda. Può anche darsi che, come non si dice cosa che non sia stata detta, non ci sia nulla che non sia già stato. Tutto, e dunque anche la pittura a olio, ha bisogno di diligenza e amore per splendere.

LEONARDO DA VINCI

Quando Leonardo da Vinci si presentava ai governanti per illustrare uno dei suoi meravigliosi progetti, tutti lo ascoltavano ammirati. Per esempio spiegava come sollevare il battistero per metterci sotto delle scale. Anche i sapienti (a quel tempo ce n'erano) ammutolivano. Poi lui andava via e loro rimanevano in silenzio finché uno aveva il coraggio di chiedere: "Ma che ha detto?" Ora che Leonardo era uscito, l'impresa sembrava impossibile. Leonardo aveva il dono di convincere chiunque, o di confondergli le idee per sempre. Lo stesso accade a chi accumuli appunti su di lui per molto tempo e poi li rilegga: gli si confondono le idee. Leonardo sembra uno di quei fogli su cui lui faceva un disegno, e poi scopri che sotto quel disegno ce n'è un altro, e poi magari un altro, e non sai qual è quello giusto. Tutti, probabilmente. Era bellissimo, diverso dall'uomo barbuto che immaginiamo. Con il suo aspetto e le sue parole era capace di rendere allegre le persone tristi. Aveva una forza eccezionale: poteva bloccare un uomo furibondo con una mano mentre con l'altra torceva un ferro di cavallo. Apparteneva dunque al ristretto gruppo dei geni supereroi, dotati di eccezionali capacità fisiche, come per esempio Leon Battista Alberti. A parte i capolavori artistici, ci vorrebbe una vita anche solo per elencare e le anticipazioni e le invenzioni che gli vengono attribuite. Personalmente pensavo fossero esagerazioni. Il personaggio è così bello che sembra finto. Poi, clamorosa scoperta, sono venuto a sapere che era tutto vero.

Da bambino girava per la campagna con lo zio vagabondo che tutti dovremmo avere. C'erano giorni in cui vedeva certe montagne azzurrine, all'orizzonte. Le stesse che poi torneranno come sfondo in quasi tutti i suoi quadri. "Le vedi zio?" Lo zio rispondeva di sì, non riusciva a dire di no a quel bambino, ma stentava a vederle. Del resto, l'alpinista René Daumal le ha cercate invano per una vita. Leonardo andava pazzo per particolari ramarri bitorzoluti, i piccoli draghi della campagna toscana, li fissava. C'era, in quella attenzione, qualcosa di meraviglioso, un dono. Allora lo zio gli disse: "Oggi ti piacciono i ramarri. Magari domani non ti piaceranno più allo stesso modo. Devi stare attento a quando succederà." Questo insegnamento si piantò nella mente del bambino. La presunta volubilità che accompagnerà la sua vita – saltava da un progetto all'altro senza finire (quasi) mai niente – era una forma di fedeltà all'attenzione. Quando vedeva che l'interesse per qualcosa si affievoliva passava subito ad altro. Fu così che la sua attenzione non si indebolì mai. La sua vita può essere vista come il tentativo riuscito di mantenere uno stato mentale, una condizione di grazia in cui i problemi non prevalgono sulla curiosità. Quando Vasari parla (e mi sembra sia l'unica volta) di doti sovrannaturali, forse è questo che intende, dato che gli uomini spesso non si accorgono di cosa li interessa davvero.

Si trasferì a Firenze ed entrò nella bottega del Verrocchio. Qui imparò di tutto e lavorò a qualche capolavoro. Rendeva visibili i concetti grazie alle sue mani pensanti. Cantava e suonava meravigliosamente. Sempre bello e pulito, fu lui a suggerire al

Verrocchio quell'indumento succinto ed elegante per Gesù (nel *Battesimo di Cristo*). Intanto immaginava come deviare fiumi e forare montagne. Progettava congegni stupefacenti. Disegnava gruppi di corde: nulla era senza importanza per lui. Anche la bruttezza lo affascinava. Il Verrocchio studiava tantissimo e questo modo di lavorare che oggi diremmo ossessivo, perché non sappiamo dire appassionato, passò a Leonardo. Da lì cominciarono i suoi sbalzi d'umore. Per fortuna chi ha conosciuto la bellezza del vagare da solo nella campagna non dimentica quelle improvvise profondità sconosciute, dove appaiono le figure: vere, sfumate, pulsanti. Quelle dei suoi quadri. Ci tornava come a un rifugio segreto. Il padre arrivò con una rotella di legno ricavata da un tronco di fico. Un contadino gli aveva chiesto di farla dipingere da Leonardo che andò a giro per le colline e di nuovo gli apparvero quelle montagne azzurre. Sembravano le montagne di lapislazzulo di cui parla Marco Polo. Leonardo raccolse lucertole, ramarri, grilli, serpi, farfalle, cavallette e altri animali. Li portò in una sua stanza e qui, guardandoli con paura e desiderio, dipinse un mostro che infuocava l'aria. Poi disse al padre che poteva andare a prendere lo scudo dipinto. Lo sistemò con grande arte, tra la luce e l'ombra. Leonardo era attento all'effetto che provocava sugli altri. Il padre quando entrò nella stanza in penombra e vide il mostro si spaventò, pensando che fosse vero. "È questo che deve fare l'arte," disse Leonardo. "Senz'altro," disse il padre. Poi di nascosto comprò da un merciaio un'altra rotella con sopra un cuore trafitto da una freccia e la donò al contadino, che gli fu riconoscente per tutta la vita.

* * *

Leonardo lasciò la bottega del Verrocchio. Non aveva nulla e lavorava poco, eppure tenne servitori e cavalli, dice Vasari. Questa idea che in fondo fosse uno sfaccendato inconcludente (anche se divino) è per noi sorprendente. Perché contrasta con la nostra: cioè che fosse uno degli uomini più affaccendati della storia. Penso che derivi da quello che si è detto: la capacità di accorgerti di quando una cosa non ti interessa più e quindi passare ad altro. Vennero periodi in cui la pittura gli pesava. "Se ci fosse un premio per il pittore più lento lo vincerebbe Leonardo," dissero. A volte era il desiderio di far bene a bloccarlo.

Era un uomo generoso. Quando passava nei luoghi dove si vendevano uccelli li comprava per lanciarli in aria e restituirli alla libertà. Se per strada incontrava qualcuno con un aspetto strano lo seguiva per tutto il giorno, per imparare a memoria il suo aspetto. Poi tornava a casa e lo disegnava. Inventò l'arte della caricatura. Gli piaceva osservare i muti, per studiare i loro gesti. C'era in lui qualcosa di diverso, rispetto agli altri artisti. Qualcosa che affascinava ma anche preoccupava: a volte, segretamente, disturbava. Era capace di fare discorsi bellissimi a favore della pittura come alta forma di invenzione e di conoscenza ("Inventare viene da *invenire*, trovare," diceva agli intimi anche se non conosceva il latino). Ma poi venivano giorni in cui dipingere lo infastidiva. "Dà opra forte alla geometria, impazientissimo al pennello," scrisse un emissario di Isabella d'Este, che desiderava un suo dipinto. Lui diceva di sì a un committente, accettava un incarico come pittore, si piazzava da qualche parte con il suo seguito, faceva disegni che impressionavano tutti, ma poi passavano i mesi e non consegnava il quadro. Il committente cominciava a provare una certa inquietudine. Quando Lorenzo il Magnifico mandò un gruppo di artisti fiorentini ad affrescare la cappella Sistina Leonardo fu escluso. Andò invece a Milano da Ludovico il Moro, come musicista. Portò uno strumento a forma di testa di cavallo che aveva costruito lui: fu dunque l'unico uomo a suonare un cavallo. Sentirlo cantare e improvvisare rime era un'esperienza. Alcune profezie, che noi adesso leggiamo nei suoi scritti e che ci sembrano serie, erano degli scherzi. Si appuntava come dirle: "Dilla in forma di frenesia o farnetico, d'insania di cervello."

Poteva scorticare un cadavere per fini di studio (una pratica malvista) senza macchiarsi. Era attentissimo a come si presentava, l'abbiamo detto. Fu un genio nel non farsi schiacciare dal suo narcisismo. Scrisse una lettera di presentazione a Ludovico il Moro dicendo che poteva costruire ponti leggeri e forti, macchine per distruggere fortezze, bombarde comodissime, navigli innovativi, impianti di riscaldamento, acquedotti formidabili, e aggiunse che, volendo, era in grado di dipingere qualcosa, se ce n'era bisogno. (Veramente nella lettera gli impianti di riscaldamento non ci sono, ma a quanto pare li realizzò). Ideò un monumento equestre come non si era mai visto prima e non si vide neanche dopo: infatti, per le interferenze della Storia, realizzò solo il modello in argilla. Dipinse il famoso *Cenacolo*, in cui inventò un nuovo modo di far sedere Gesù e i discepoli a tavola. È infatti importante sottolineare che ci teneva molto alle idee nuove. Gli venivano in mente, le distribuiva in giro e a volte le realizzavano i suoi allievi. Per noi fa una grande differenza la mano che le realizzò concretamente, ma per loro a volte no. C'erano giorni in cui passava dal *Cavallo* al *Cenacolo*, dal *Cenacolo* al *Cavallo*, osservava i due lavori incompleti e sembrava non far niente. Raccontava la storia di Filippo Lippi rapito dai pirati, di cui abbiamo scritto qualche capitolo addietro. Allora il priore del convento, che aspettava il *Cenacolo*, disse a Ludovico il Moro: "Leonardo se ne va in giro a raccontare storie di pirati e non dipinge." I maligni sostenevano che Leonardo cominciasse le opere proprio per non finirle e non dover sloggiare. Ludovico convocò Leonardo, che però riuscì a farlo ridere e la questione fu risolta.

Leonardo sapeva far ridere le persone. Con gli amici scherzava sempre, mantenendo però un'aria seria. E le figure dei suoi quadri hanno spesso un sorrisetto misterioso che deriva dalle cose che diceva Leonardo. Questo non è affatto in contraddizione con l'immagine di Leonardo uomo profondissimo, che indaga incessantemente le leggi segrete che regolano gli avvenimenti: ne è anzi la conferma. Citava spesso un antico testo in cui si dice che l'universo fu creato da una risata. A noi è arrivata l'immagine di Leonardo sempre serio perché l'umanità, allontanandosi da quella risata iniziale, sta perdendo il senso dell'umorismo. Alcuni scherzi che Leonardo faceva con i suoi amici oggi non si potrebbero raccontare senza provocare qualche disagio. Francesco Melzi, gentiluomo milanese, all'epoca era un bellissimo fanciullo, molto amato da Leonardo, "così come oggi è bello e gentile vecchio" scrive Vasari. A Francesco passarono molte carte del maestro. E a chi legge quelle carte pare impossibile che Leonardo ragionasse così bene di tutte quelle cose. Vasari dice proprio così: pare impossibile, che in fondo è la sensazione che è rimasta fino a noi. Leonardo prese a bottega anche un ragazzino che chiamò Salaì, in onore di un gigante descritto da Luigi Pulci. Leonardo era un appassionato di giganti e, quando incappava nel pubblico adatto, raccontava con convinzione di averne incontrato uno che veniva dai deserti della Libia. Salaì aveva dei riccioli bellissimi che piacevano al maestro. "Riccioli tipici da gigante del deserto, per difendersi dal calore," argomentava il maestro. Leonardo era capace di organizzare feste stupefacenti. Una volta che il re di Francia era in visita a Milano costruì un leone che camminava, poi gli si apriva il petto che era pieno di gigli. Quando a Milano la situazione peggiorò Leonardo non perse tempo, andò via. Qua non possiamo dar conto di tutti i suoi spostamenti, dato che fu un genio errante. Comunque a un certo punto lo ritroviamo a Firenze dove fa il ritratto a Monna Lisa. Teneva buffoni e cantanti nella stanza, per far sorridere la *Gioconda* (lei non sapeva di chiamarsi così, ma noi sì). Non ne poteva più di quell'aria malinconica che assumono sempre le modelle. Iniziò altre opere per non finirle, causando scompigli organizzativi e problemi a tutti. Tuttavia a Firenze finalmente alcuni cominciarono a sospettare che forse avevano per le mani un genio universale. "Facciamogli fare qualcosa di grosso" dissero. L'idea era che più l'affresco è grande e meglio è. Gli commissionarono la *Battaglia di Anghiari*, in quello che ora è chiamato Salone dei Cinquecento. E così si sentirono sicuri di avere qualcosa che sarebbe durato per sempre. A Roma Leonardo prese uno strano ramarro e ci appiccicò sopra ali, corna, barba, così da farlo sembrare un mostro. Lo ammaestrò e lo mostrava agli amici per spaventarli. Invecchiando, l'antica tenerezza per i ramarri e gli animali in genere riprendeva in lui la forma del genio infantile.

Realizzò il sogno del volo umano, ed ebbe l'accortezza di non volare di persona. Per tutta la vita ho pensato che quel volo da Monte Ceceri fosse stato un disastro, io tra l'altro abitavo là sotto: invece il suo amico Zoroastro da Peretola (basta vedere come si faceva chiamare per immaginare il tipo) volò davvero. E questo la dice lunga su tutta la vicenda di Leonardo, piena di false leggende. Episodi che sembrano falsi e poi scopri che sono veri. Dipinse i sorrisi più misteriosi di tutti i tempi e creature che vanno oltre l'uomo e la donna. Ebbe la trovata di morire in Francia. Celebri le opere che, dipinte con tecniche sperimentali, si sono dissolte. C'è chi sostiene che Leonardo l'avesse calcolato e che, sorridendo dentro di sé come la *Gioconda*, sapesse che quei capolavori fantasma, avrebbero risuonato per sempre dentro di noi.

GIORGIONE

Giorgione fu chiamato così perché era grande e grosso. Da ragazzo, a Castelfranco Veneto, lo prendevano in giro per questo. Quando andò a Venezia a fare il pittore tirò un sospiro di sollievo perché lì c'era un certo movimento e la gente era di larghe vedute. Potevi incontrare giganti bizantini che in confronto lui era normale. Però certi traumi giovanili sono duri a morire e si chiedeva se ci fosse un nesso tra la corporatura di una persona e il modo in cui fa le cose. Se c'era, intendeva sfuggirgli. Non voleva essere condizionato dalla statura. Gli dicevano: "Chissà che quadri grandi che fai, con quelle manone," allora lui cominciò a dipingere quadri piccoli, dal significato quasi invisibile. Nonostante l'aspetto voluminoso e le umili origini fu delicato, buono, e gli piacevano soprattutto le cose dell'amore e suonare il liuto con un suo gruppo moderno. Cantava come nessun altro. Veniva chiamato dai signori nei giardini gorgoglianti perché li riempisse di musica. Fu allievo di Gentile e Giovanni Bellini, rivelando una natura dotata per il disegno. Ma si chiese: e se la mia natura fosse un'altra? Ci sono tanti che, essendo riusciti a fare qualcosa di buono, si fermano e vivono il resto della vita seduti sulla vanagloria. Giorgione invece si alzò, salutò i fratelli Bellini e prese le distanze dal disegno.

Dipingeva, procedura inaudita, senza disegni preparatori. Sentiva la musica dei colori. Il colore per lui era più morbido e vero delle linee, creature secche e poco espansive. Gli piaceva dipingere dal vivo: si metteva di fronte a qualcosa, la assorbiva, e non cominciava fin quando non si sentiva pronto.

Leonardo da Vinci capitò a Venezia per proporre certe sue invenzioni militari, tra cui una gigantesca balestra subacquea per trafiggere i mostri marini. Era in uno di quei suoi periodi problematici in cui non ne voleva sapere della pittura, però dicono che incontrò Giorgione e questa teoria dei colori come fonte di tutte le cose lo riavvicinò all'arte, anche se non era sicuro di aver capito. Giorgione aveva visto delle opere di Leonardo piene di sfumature che fiammeggiano nell'oscurità e se ne era innamorato. Confessò a Leonardo che a volte si sentiva sgraziato. Leonardo, che era più adulto e aveva già un'aria tremendamente autorevole, gli spiegò la bellezza dei giganti e questo confortò Giorgione. Tutti e due, percorrendo strade diverse, avevano deciso di abolire il rigo nero che delimita il contorno delle figure, perché le creature non hanno confini. Parlarono del mondo crudele: Leonardo era perseguitato dalla fama di inadempiente, Giorgione non tornava a Castelfranco perché lo infastidivano con questioni di tasse. Dopo questo incontro leggendario, in molti dipinti di Giorgione si propagò quell'aria azzurrina che aleggia a volte nei quadri di Leonardo; e nei dipinti di Leonardo spuntarono certe macchie profonde di colore gorgogliante. Leonardo capì che questo nuovo mondo (il colore senza preparazione) in cui si stava inoltrando Giorgione derivava anche dal fatto che il maestro di Castelfranco non ci vedeva bene, come si può notare dallo sguardo della testona del *David*, che è un suo autoritratto. Avrebbe potuto guarirlo ma non lo fece perché ci sono difetti che diventano benedizioni.

Nelle opere di Giorgione si vedono spesso degli astrologhi, per esempio nel ritratto di *Giovanni Borgherini con il maestro astrologo*. E anche *I tre filosofi* a quanto pare sono astrologhi di mondi diversi. Giorgione voleva capire come i corpi influenzano gli avvenimenti, anche i corpi celesti. Gli astrologhi bravi temevano la grande congiunzione di Saturno, Giove e Marte, nel 1504. Quell'anno ci fu un incendio terribile nel Fondaco dei Tedeschi, cioè il posto dove, a Venezia, tenevano le merci i mercanti tedeschi. Allora Giorgione fu incaricato di decorarne tutta la facciata (ogni tanto gli commissionarono anche qualche opera monumentale). E si accese talmente nel fare, dice Vasari, che realizzò un'opera viva. La capacità di accenderti o ce l'hai o non ce l'hai. Vasari esprime ammirazione per la qualità artistica ma è anche innervosito dall'assenza di una storia riconoscibile: Giorgione non ritrae nessun personaggio noto, né passato né presente. Non c'è verso di capire cosa vogliano dire quelle immagini. Vasari ha anche chiesto in giro, perché quando si metteva in testa di risolvere un problema non lo fermava nessuno. Ma niente. Questa idea di Giorgione di dipingere soggetti non identificati, cioè quello che gli passava per la mente, non aveva precedenti. Ad aiutarlo nell'impresa del Fondaco c'erano i suoi allievi Tiziano e Morto da Feltre, un pittore dalla vita avventurosa (morirà soldato) che aveva trascorso gran tempo nelle grotte sotto Roma e ne era uscito con immagini antiche impresse nella memoria. Giorgione dipinse una tempesta di mare piena di lampi, e sembra che il quadro tremi. Ma poi pensò che un lampo è meglio di molti lampi. E così realizzò *La tempesta*, in cui un unico bagliore divide in due l'aria elettrica, come volesse dire qualcosa. Giorgione seguiva le proprie passioni: fu il primo a raffigurare donne nude distese. Botticelli ci era andato vicino, ma aveva messo qualche velo a coprire un po'. Invece Giorgione dipinse una *Venere dormiente* che è completamente nuda. Forse è ispirata a una gemma scolpita che gli aveva portato Morto da Feltre. Sullo sfondo quell'aria azzurrina. Questa *Venere* secondo me è una gigantessa, infatti Giorgione dopo l'incoraggiamento di Leonardo aveva deciso di abbandonare i propri complessi. Sta in una posa nuova che poi è stata ripresa molte volte. Dorme. Perché Giorgione era convinto di poter svegliare qualsiasi donna. Però il committente non la trovava abbastanza sensuale e così ci lavorò anche Tiziano, ragazzo promettente che dipinse un Cupido tra le gambe di Venere. Poi il Cupido è sparito. Durante una festa piena di musica Giorgione si innamorò di una donna piccola e variopinta e, senza aride linee che li separassero, si fusero insieme nei paradisi dell'amore. Si combinavano perfettamente. Poi lei si ammalò di peste e prima di rendersene conto lo contagiò. E così il corpo influenzò gli avvenimenti. Giorgione morì, a soli trentaquattro anni. Un lampo, come quello del suo quadro, che illumina il mondo per un attimo e lo colora per sempre.

IL CORREGGIO

Il Correggio da ragazzo era timidissimo. Quando viaggiava aveva paura di arrivare perché all'arrivo avrebbe dovuto parlare con qualcuno. Era sicuro che gli altri giudicassero ogni suo gesto. Arrossiva. Si diceva: tranquillo, non devi arrossire. Cominciava a sudare, diventava paonazzo. Rimuginava. Non sorrideva. Decise di fare il pittore perché almeno poteva stare zitto. Andò a bottega da Andrea Mantegna, che era diventato un vecchio infiammabile. Correggio si dispiaceva di tutto, sentiva di essere in colpa. "Ma sorridi, cretino!" gli diceva il Mantegna. "Tu pensi che tutti ti guardino, invece nessuno ti considera." Questa frase dette un certo sollievo al Correggio. Mantegna gli raccontava di quando, molti anni prima, era nella bottega di Francesco Squarcione, insieme ad apprendisti disperati e vagabondi che per salutarsi si offendevano. Gli descriveva quel posto pieno di statue: antichi dèi, interi o a pezzi, emettevano segnali nella penombra. Correggio intuiva, in questi racconti, un messaggio che lo riguardava. Quando la tensione dentro di lui si allentava faceva un bel respiro e dipingeva figure soffici. Maneggiava i colori come nessun altro. Sognava di parlare normalmente. Anni dopo dipinse una *Sacra conversazione* in cui per la prima volta la Madonna parla davvero con qualcuno. Lavorò alla *Camera della Badessa* del monastero di San Paolo a Parma. Sentiva il bisogno di aprirsi e aerare il cervello: trasfigurò quell'ambiente chiuso come se fosse aperto sul cielo. In certe lunette si vedono dei bambini che giocano con un cane, lo stringono: quel cane è Bellino, il cane del Correggio, chiamato così in onore dei fratelli Bellini, una creatura non giudicante che riusciva a far comunicare il pittore.

A quel tempo Correggio aveva preso con sé il Parmigianino: ragazzo piccolo, gracile, bellissimo, dotato di un talento meraviglioso. Aveva un carattere estroverso, guizzante come il mercurio. Il Correggio lo osservava, avido di comportamenti diversi dal suo. Il Parmigianino si era messo in testa di essere non solo un pittore, ma anche un alchimista e parlava della trasformazione degli elementi. A forza di perdere tempo con i suoi esperimenti deliranti creò un nuovo tipo di formaggio. Correggio si diceva: anche io sono un elemento che può essere trasformato. E le antiche storie della mitologia, raccontate con nuove forme, potevano diventare oro. Mentre dipingeva Giunone qualcuno gli raccontò che la prima notte di nozze tra la dea e Giove era durata trecento anni. Quando lui si era alzato lei gli aveva detto: "Vai già via?" Allora Giove innervosito l'aveva appesa a una nuvola. Il Correggio cominciò a pensare agli amplessi divini. L'anno dopo sposò una donna bellissima, che vediamo ritratta nella *Sant'Agata*. "È stato un amplesso divino?" le chiese. Le persone molto timide, quando si sforzano di comunicare, possono fare il passo più lungo della gamba. Non conosciamo la risposta della moglie. Ma da questo momento in poi l'arte del Correggio prese a salire fino al cielo. Va detto, infatti, che non è che gli artisti stratosferici nascano solo in Toscana, anche se insomma, lascia stare, in Toscana ne nascono di più. Però Correggio fece aprire gli occhi alla

Lombardia e a un sacco di località che dormivano da secoli con il pennello in mano. A Parma, nella cupola di una chiesa, dipinse la *Visione di san Giovanni Evangelista*, con un Cristo a mezz'aria e gli apostoli rotanti. San Giovanni, ormai vecchio e in punto di morte, rivede gli altri apostoli giovani. E Correggio ripensava a quando era ragazzo e non riusciva a parlare con le persone. Ora si sentiva come liberato, leggero, volante: avrebbe potuto parlarci e anzi lo fece, anche se loro non c'erano e non potevano sentire. Nell'affresco non appaiono edifici o elementi terrestri, è una specie di prospettiva galattica. Le galassie però ufficialmente ancora non c'erano e l'opera suscitò freddezza. La definirono una zuppetta di rane. La vita è così: dove uno vede galassie un altro vede zuppette di rane, e non è detto che le due cose siano in contraddizione.

Cercando di far ragionare la propria timidezza dipinse quadri pieni di sguardi. Nella *Madonna di san Girolamo* c'è una Maddalena di cui El Greco, grande pittore, disse che è "l'unica figura" della pittura di tutti i tempi. E Vasari sostiene che l'angelo a sinistra sorride così bene che chiunque lo guardi scaccia la malinconia. Dipingerlo fu per Correggio un miracolo e una vittoria dato che, per una trentina d'anni, la malinconia era stata per lui la condizione più prossima alla felicità e non riusciva a guardare in faccia nessuno. Dipinse una *Natività* in cui Gesù Bambino è così luminoso che una donna dentro il quadro non riesce a fissarlo. Fece una serie di quadri sugli *Amori di Giove*: qui le figure umane sono così rosee perché rappresentano la trasformazione dei violenti rossori di Correggio in qualcos'altro: fu questa, per lui, la trasmutazione alchemica di cui parlava Parmigianino. *Danae*, che si unisce a Giove travestito da pioggia, è una donna timida che però trova il modo di non farsi rovinare la vita dalla propria timidezza. Bellissima *Io* avvolta dalla zampona libidinosa di Giove in forma di nuvola. In questi quadri tutto si ricompone, i frammenti di statue di cui gli parlava Mantegna, i pezzi della psiche di Correggio: gli dèi della mente riprendono vita in forma contemporanea. E così alla fine quando affrescò la cupola del duomo con l'*Assunzione* di Maria che sale al cielo, il gorgo galattico raggiunse il massimo splendore. Passò da Parma Tiziano, altro grande pittore, guardò quel vortice che sale e disse "Rovesciate la cupola, riempitela d'oro e non l'avrete ancora pagata a sufficienza." Pare impossibile anche solo immaginarla, una fantasia del genere, sostiene Vasari. È meraviglioso, nella vita, quando ascendi al cielo: cioè sfuggi alle tue preoccupazioni trascinato su da qualcos'altro. Fortunati quelli a cui accade. Ma non è una condizione che dura per sempre. Correggio si preoccupava per la famiglia, perché avevano pochi soldi. Risparmiava su tutto. Una volta che era stato pagato si mise in cammino per portare i soldi a casa. Ora non era più quel ragazzo che aveva paura di arrivare. Si era trasformato. Aveva così fretta e faceva tanto caldo che si distese, guardò il cielo aprirsi e morì.

BRAMANTE

"Come siamo poveri bambino mio," gli ripeteva la mamma. Non era vero, ma l'idea della povertà lo faceva sentire insicuro. Non che capisse la parola: la associava a una specie di disordine generale. Erano agricoltori, vivevano in campagna vicino a Urbino. Lui si mise a sradicare e potare le piante. E poi misurava tutto: i campi, gli alberi. Calcolava quante volte un albero stava in un campo. Quante volte un campo stava nella valle. "Hai visto che bravo, si impegna per la famiglia," dissero i parenti. Ci volle poco tempo perché emergesse la verità: i suoi interventi erano inutili, anzi dannosi dal punto di vista economico. Lui voleva solo che le piante si disponessero ordinatamente nello spazio. Ci sono scorci in cui un albero senza pere è meglio di un albero con le pere. Creava architetture vegetali. A quel punto le guardava, sorrideva, si sentiva rasserenato, al sicuro. Anche se tutto andava rotoli. Un anno riuscì a portare alla catastrofe l'intero raccolto. Potevi vedere la felicità nei suoi occhi. Purché si allontanasse dai campi, la famiglia incoraggiò il suo ingresso nel mondo dell'arte. Divenne allievo di Piero della Francesca, che gli disse: "Quello che per me sono gli infusi calmanti, per te sono le misure. Va', e misura tutto." Bramante misurò anche i quadri del maestro, come se gli edifici dipinti fossero architetture reali, e anni dopo cercò di dar loro vita tridimensionale.

Andò in Lombardia e lavorò di qua e di là, ma mai a cose importanti, non avendo ancora né nome né credito. Si trasferì a Milano per vedere il duomo in costruzione Discutevano su come finirlo. C'era chi parlava di una cupola. Divenne amico di Leonardo: erano tutti e due musicisti e amanti degli enigmi e degli indovinelli. Sembrava loro che il confine tra un enigma profondo e un buffo indovinello fosse sottile. C'era gente che scappava al loro arrivo, temendo un indovinello. E Bramante dava rifugio a Leonardo quando era lui a scappare, inseguito da qualche signora che pretendeva l'idea per una nuova acconciatura, o qualche stoffa preziosa. Alla giovane amante di Ludovico il Moro, di cui non facciamo il nome, Bramante e Leonardo riuscirono a vendere a caro prezzo una vecchia poltroncina della nonna del Bramante, che non valeva nulla. E quello fu uno dei loro più grandi colpi di genio. Bramante scrisse una poesia sulla povertà usando le parole di sua madre che si lamentava sempre delle calze bucate. Maturò come architetto illusionista: realizzò edifici in cui sembra che lo spazio sia più grande di quello che è. Tu guardi e ci metti un po' a crederci. Devi svegliarti per capirlo. Come se l'architettura fosse una forma di sogno. Fece questo, per esempio, a *Santa Maria presso san Satiro*. Non era bello ma aveva un carattere piacevole e divenne amico anche del Boltraffio, un pittore che stava dipingendo una *Madonna con Bambino* in cui Gesù protende la mano verso un fiore di melograno. Allora Bramante metteva un vero melograno di fronte al Boltraffio perché indovinasse il numero dei chicchi che conteneva. Con questo bisogno di misurare tutto inventò il metodo di contare le pecore per entrare nel sogno. Nel 1499 andò a Roma e, dato che si era portato un po' di soldi, passò un lungo periodo a misurare le costruzioni degli antichi romani. Solitario e pensoso, misurò tutto quello che poteva da Roma a Napoli. Misurando imparò. Misurare era il suo modo di appropriarsi delle cose. Per quanto il raccolto possa essere catastrofico, quello che misuri non ti sarà sottratto. E così continuò l'opera di Filippo Brunelleschi, che aveva risvegliato sapienze dimenticate.

Bisogna dire che la Natura, nel creare l'ingegno di Bramante, ha fatto veramente un bel lavoro. Ma perché saltino fuori le opere non basta l'ingegno del singolo, ci vogliono le circostanze. Inutile, anzi crudele, creare l'ingegno del Bramante se poi lo lasci solo. E così la Natura, nello stesso periodo, creò Giulio II, pontefice animoso, infallibile nella gestione degli altri, un uomo che aveva un gran desiderio di lasciare memoria di sé. L'incontro tra Bramante e Giulio II innescò la fioritura di Roma. Bramante calcolò a occhio le misure dell'anima di Giulio II e constatò che combaciavano con la superficie dei suoi sogni. Riqualificò lo spazio tra l'antico palazzo vaticano e la villa di Innocenzo VIII: il cortile del Belvedere. Finalmente, come aveva provato a fare da bambino, fece piovere la sua mente architettonica nei giardini: modificò le piante perché prendessero forme regolari e vivessero una vita geometrica. Creò così il giardino all'italiana anni prima che fosse inventato ufficialmente. Fece una scala a chiocciola che si ispirava a quella della chiesa di San Nicola, a Pisa (realizzata forse da Nicola Pisano) e a una conchiglia a spirale che gli aveva mostrato Boltraffio. A volte si sentiva improvvisamente povero, piombava nella spossatezza. Se avesse avuto le forze uguali all'ingegno avrebbe riqualificato il mondo. Nel cuore di Giulio II spuntò un desiderio inaudito. Demolire la basilica di San Pietro per costruirne una nuova. Bramante disegnò molti progetti. Aveva con sé un allievo impressionabile, che da allora in poi si fece chiamare Bramantino e gli piacevano talmente questi progetti che di lui è rimasta un'unica architettura reale, la cappella Trivulzio, e molte altre soltanto dipinte. Invece Bramante alle idee fece seguire l'azione. Scelse un progetto e buttò giù tutto quello che, essendo pericolante, non era misurabile. La distruzione del disordine lo rendeva felice. I romani lo soprannominarono "maestro ruinante". Dopo di lui furono in molti a lavorare a San Pietro alterando il progetto originario: Raffaello, Giuliano da San Gallo. Anche Michelangelo: che però si riteneva solo un esecutore della visione di Bramante. Fu sepolto nella basilica. Nessuno ha mai trovato la tomba. E anche questa è una magia di illusionismo architettonico. C'è chi dice che san Pietro in persona, quando poi Bramante si presentò nell'aldilà, lo rimproverò per il suo eccesso di zelo distruttivo. Bramante rispose proponendo di ristrutturare il Paradiso. Un dialogo satirico del 1517 lo testimonia (*Scimmia*, di Andrea Guarna). Discussero un po'. Ma poi, credo, san Pietro gli fece i complimenti per il risultato finale. E con questo, la cristianità era a posto.

RAFFAELLO

Raffaello non sopportava il dolore ed è per evitare urti di qualsiasi tipo che acquisì, fin dai primi anni, una grazia innaturale nei movimenti e nei pensieri. Era cauto, soave. Il padre Giovanni Santi, pittore e letterato alla corte di Urbino, immerse il figlio nell'arte. Gli narrava i successi amorosi di Leonardo e del Perugino e al ragazzo venne voglia di imitarli. Crebbe. Piacque. Fu amato. Ma temeva la sofferenza amorosa. E così, per sicurezza, rimaneva inafferrabile. C'era in lui, così disponibile all'incontro, qualcosa di labirintico. Avendo un carattere abissale, cercava di restare in superficie. La maggior parte degli artisti, prima di lui, avevano come una pazzia selvatica. Raffaello invece era di modi così gentili e piacevoli che, se anche aveva dei vizi, era come se non li avesse. La sua arte di esistere suscitava negli altri arrendevolezza: apparteneva alla specie rara delle divinità mortali. Andò a Perugia dal Perugino e lo imitò così intensamente che finì per fare un'altra cosa. Il maestro veniva trascinato da rabbie improvvise, in quei momenti il suo volto si torceva fino a diventare orribile. Raffaello, desideroso di piacevolezza, gli fece un ritratto in cui lo ingentilì, per viverci meglio accanto.

A Raffaello piacevano molto le donne e si impegnava per non deluderle. A causa di questo suo interesse per il piacere fisico combinò anche diversi disastri ma siccome i suoi amici non lo criticavano lui continuava. Fuggiva il dolore, soprattutto quello altrui, e riusciva a non accorgersi di niente. Un suo caro amico era Pinturicchio, che si amareggiava per qualsiasi cosa, e Raffaello cercava di essere l'opposto. Sotto sotto era emotivo e ansioso, ma imparò a rallentare i battiti del suo cuore fin quasi a fermarlo. In quei momenti era felice. A Firenze dipinse sante e Madonne che hanno qualcosa di voluttuoso. Prima le raffigurava nude e poi le rivestiva. Spesso siedono in mezzo a fiori e fragole. Nei primi anni replicava il sorriso della moglie del Perugino, ma poi viaggiò e conobbe nuovi sorrisi, appena accennati. Raggiunse una tale perfezione che pensò: meglio di così non si può fare. Poi vide le opere di Leonardo e di Michelangelo che lo entusiasmarono e lo cambiarono. Studiandole, imparò in pochi mesi quello che altri imparano in una vita; e a volte non basta. Poi però a forza di riflettere su Leonardo e Michelangelo si insinuò nella sua mente un pensiero deprimente: per certi aspetti, non li avrebbe mai superati. Non sopportava i pensieri deprimenti. Ebbe un colpo di genio: al diavolo quegli aspetti! Meglio essere un buon Raffaello che un cattivo Michelangelo. Inutile voler fare chissà cosa: meglio fare quello che puoi. Anche in questo Raffaello fu divino: riuscì a salire in alto arrampicandosi su se stesso. Chi si arrampica fuori da se stesso, infatti, finisce per cadere. Fu chiamato a Roma da Bramante e fece un ritratto in cui il papa Giulio II è seduto e gli ha appena detto: "Non ti conviene farmi arrabbiare." Ma Raffaello sapeva ammansire chiunque e gli parlò dell'importanza che aveva avuto per lui suo padre. "Anche io a volte penso a mio padre, un uomo troppo virtuoso," disse Giulio II – il papa di ferro – con inaspettata dolcezza. Raffaello affrescò le Stanze vaticane. Nella *Scuola di Atene* appaiono i più grandi filosofi di tutti i tempi con le fattezze di personaggi contemporanei. Raffaello si sforzò di ricavare piacere dalle dottrine filosofiche, non si sa se ci sia riuscito. Nello stesso periodo Michelangelo dipingeva la volta della cappella Sistina e parlava male di Raffaello, così preciso e pulito. Disse che solo i pittori mediocri dipingono ritratti. Così Raffaello, che era un maestro del ritratto, sentì una grande rabbia. Come doveva reagire? In quei giorni gli arrivò la notizia della morte del suo amico Pinturicchio: a Siena aveva preteso che portassero via un cassettone dalla stanza del monastero di San Francesco in cui era ospitato, perché quel mobile aveva qualcosa di provocatorio. Poi si era scoperto che il cassone era pieno di monete d'oro, che furono assegnate ai frati, e così Pinturicchio era morto dalla rabbia. "Non devo finire così, devo vincere la rabbia," si disse Raffaello. All'ultimo momento aggiunse il ritratto di Michelangelo, con le fattezze di Eraclito, nell'affresco della *Scuola di Atene*. La sua reazione fu un omaggio.

Si è detto che Raffaello era attivo nell'amore, ma che per paura di soffrire manteneva una certa distanza. Nell'amicizia invece si lasciava andare, come si vede nell'*Autoritratto con un amico*. Fece un ritratto del suo amico Baldassarre Castiglione e gli voleva così bene che il risultato fu di intensità sovrannaturale: il ritratto calmava i figli di Baldassarre quando lui non c'era. Mentre lavorava a Roma dipinse un *Cristo che porta la croce* per il monastero di Santa Maria dello Spasimo a Palermo. La nave che lo portava fece naufragio e, onda su onda, il quadro andò alla deriva per giorni nel Mediterraneo, finché approdò a Genova, miracolosamente illeso: una metafora della capacità di Raffaello di non farsi affondare.

Divenne papa Leone X, Raffaello continuò a lavorare tantissimo. A volte in realtà non faceva quasi niente: perché gli piaceva così. Però lavoravano per lui i suoi allievi, che erano infiniti. Aveva sempre attorno a sé almeno cinquanta persone. Alcuni di loro, come Giulio Romano, erano artisti di grande valore. Ancora non sapevano che momenti così belli non sono la norma, ma l'eccezione. Anni dopo, col pontificato di Adriano VI, che odiava l'arte e gli artisti, molti di loro sarebbero morti di fame. Ma negli anni di cui parliamo, Raffaello fece praticare delle aperture nei muri dei palazzi vaticani per metterci le botti col vino per amici e collaboratori. Voleva che stessero bene. Nessuno doveva essere triste. Fece anche l'architetto, e lavorò a una mappa delle antiche rovine romane. Non smise mai di andare dietro alle donne, ma ce ne fu una che amò fino alla fine. Gli amici di Raffaello la chiamavano la Fornarina, soprannome che lui non amava: ma evitava di polemizzare. Nei due quadri che la raffigurano (*La Fornarina* e *La Velata*) la donna tiene una mano sul cuore perché non era d'accordo sugli esercizi che faceva Raffaello per rallentarlo. Il cuore deve battere, diceva. Raffaello morì giovane, per l'intensità e la frequenza delle sue pratiche amorose, in un eccesso di felicità terrena.

ANDREA DEL SARTO

Andrea del Sarto imparò i rudimenti del disegno da Gian Barile, un individuo rozzo e plebeo, che quando non dormiva era ubriaco, dipingeva bevendo e lo trattava male. Andrea aveva un ingegno così profondo che a prima vista non lo vedevi. Quello che si notava subito era il suo carattere semplice e dimesso, che gli faceva accettare i maltrattamenti. Però un giorno non ne poté più e passò nella bottega di Piero di Cosimo, pittore raffinatissimo che gli volle bene. Le stranezze di Piero con la vecchiaia si accentuarono e Andrea cominciò a provare un eccezionale desiderio di normalità. Piero non faceva che parlargli di una giraffa che era stata donata a Lorenzo il Magnifico nel 1487 e tutta la città si era innamorata di lei. Lo stesso Piero l'aveva ritratta (nel dipinto *Vulcano ed Eolo*). Quella giraffa era attenta a tutto e nello stesso tempo superiore, ti guardava dall'alto in basso. Quando le offrivi da mangiare lo prendeva dalle tue mani chinandosi con grazia e degnazione, quasi che tutto le fosse dovuto. Era una regina dai movimenti soavi. E aveva una particolare sensualità quando fissava il cielo notturno, come se, piena di desiderio, cercasse le stelle perdute del mondo da cui veniva.

Quando Andrea conobbe il pittore Franciabigio mise su bottega con lui: almeno non avrebbe più sentito la storia della giraffa. Cominciò a dipingere nel Chiostro dello Scalzo, luogo in cui avrebbe lavorato per anni, a più riprese. Si separò dal Franciabigio perché lo trattava troppo bene e divenne amico di Jacopo Sansovino. Un frate della Santissima Annunziata gli disse: "Vieni a dipingere da noi, non ti aspettare un pagamento, e neanche di essere pregato. Dovresti anzi ringraziare per l'occasione." Questo lungimirante religioso era in anticipo sui tempi, a quell'epoca un discorso del genere equivaleva a trattar male. Ad Andrea piacque, si sentì stimolato e accettò l'offerta. Anche in questo luogo lavorò a più riprese per molti anni, con allievi che lui, proprio lì, rese geniali. Andrea dipingeva con velocità e naturalezza, senza fatica. Quando, in altre occasioni, provò a sforzarsi, non fu molto lodato. Nel refettorio di San Salvi si lasciò andare e fece miracoli.

Era povero ma se la cavava. Si innamorò di una giovane donna bellissima, che abitava in via San Gallo ed era sposata a un berrettaio. Non intendo parlarne male. Lucrezia era superba e guardava tutti dall'alto in basso, come se tutto le fosse dovuto, si sentiva una regina, anche se suo padre era un individuo povero e vizioso. Si faceva volentieri corteggiare e intrattenere dagli uomini, che gestiva come topolini ammaestrati. Quando il marito morì, lei sposò Andrea che per lei era disposto a tutto e smise di aiutare i genitori per dare i pochi soldi che aveva alla famiglia di Lucrezia. Diventò anche molto geloso, perché lei lo tormentava facendosi ammirare considerevolmente. Andrea cambiò e gli amici non lo cercavano più. A parte i più eroici, come Becuccio Bicchieraio, un artista del vetro che veniva da Gambassi. "Lui è un bicchieraio, e tu sei figlio di un sarto," diceva lei con disprezzo. Andrea trovava segretamente stimolanti i maltrattamenti di lei. Così le rispondeva: "E tu sei la vedova di un berrettaio," per farsi trattare ancora peggio.

Un giorno Andrea capì quello che per noi è già ovvio: lui vedeva in lei la giraffa di Piero di Cosimo, in qualche modo l'affascinante animale di cui gli parlava il suo maestro l'aveva raggiunto. Si ricordò un discorso che gli aveva fatto Leonardo da Vinci. Il camaleopardo (così chiamavano la giraffa, pensando fosse un incrocio tra il cammello e il leopardo) era un animale lussurioso. Questa illuminante fandonia non fece che alimentare la sua gelosia, che prendeva alimento da qualsiasi cosa, perfino dalla realtà. "Sei così perfettino," gli diceva lei. Lo aveva soprannominato Maiunerrore. Lasciando intendere che gli uomini imperfetti le piacevano di più. E il problema è che di uomini imperfetti ne trovi ovunque in quantità. Quando doveva dipingere una bella donna dipingeva lei e solo lei, con il suo collo lungo. La possiamo vedere, per esempio, nella *Madonna delle Arpie*, e anche nella *Disputa sulla Trinità*, opera in cui è ripresa con chiarezza la posa della giraffa nel *Vulcano ed Eolo* di Piero di Cosimo.

Andrea ebbe la straordinaria occasione di lavorare in Francia, chiamato dal re Francesco I, che si innamorò della sua naturalezza artistica. Tutto andava bene, Andrea stava abbandonando la povertà per approdare alla gloria. Ma in verità gli mancava qualcosa, sentiva la vena artistica affievolirsi. Aveva bisogno non solo di vivere, ma anche di ripensare. Già una volta, a Roma, aveva sentito il bisogno di andar via per ripensare a quello che stava vedendo. E poi gli piaceva raccontare le cose a Lucrezia, per sentire le sue reazioni energiche. Da Firenze arrivarono una serie di lettere della moglie in cui parlava male di tutti e bene di sé. E poi era così piena di ammiratori! Era bravissima ad apparire come vittima. Andrea se ne rendeva conto. La amava anche per questo. Gli mancavano i suoi maltrattamenti, le sue lunghe dita, la sopraffazione, quell'amore tossico.

Così tornò e fecero faville insieme. Solo che aveva abbandonato il re di Francia con una scusa assicurandogli che sarebbe tornato presto e non tornò mai. Francesco I per diverso tempo non volle più pittori fiorentini tra i piedi, e disse che se gli fosse capitato Andrea tra le mani gli avrebbe procurato un grosso dispiacere. Andrea riuscì a sfuggire alla vendetta del re di Francia ma perse l'occasione per cambiare vita. Nella villa Medicea di Poggio a Caiano raffigurò molti animali e soprattutto lei: la giraffa (una vera giraffa) nella solita posa di profilo. Fece un quadro con Giovanni Battista mezzo nudo, per mandarlo in Francia e recuperare i rapporti con il re. Lucrezia lo guardò in un certo modo e lui non lo mandò mai. Una volta disse alla moglie: "Senti, mi avanzano dei colori, se vieni qui ti faccio un ritratto su una tegola," lei si offese e Andrea dipinse un autoritratto. Poi lui si ammalò di peste e lei gli stava più lontano possibile, per paura del contagio. Andrea guardò il languido splendore del camaleopardo all'orizzonte e disse: "Siamo stati bene insieme." Ed era vero.

PONTORMO

Il piccolo Pontormo era perseguitato dalla sfortuna. Gli morì il padre. Gli morì la madre. Gli morì il nonno. Poi tutto andò peggio. Però aveva la buca. Era la buca più bella del mondo, forse la tana abbandonata di un tasso, o una di quelle buche dove un tempo i campanari erranti fondevano il bronzo. Si infilava là dentro, via da tutti. Tormentato e cullato da strane idee. Abbozzava un disegno col fango. Per sopportare i dispiaceri si metteva in strane pose e restava così. Si preparava a una vita piena di errori. Andò a vivere con la nonna Brigida, morì anche lei. Abitò con la sorella, che non ebbe migliore fortuna. Che la morte fosse un male di famiglia? Diffidava del corpo umano e sorvegliava il proprio, come non fosse suo: stava attento a quello che faceva e mangiava. Non si lamentava mai: indurito dalle sventure, sembrava indistruttibile, proprio nei momenti in cui stava per crollare. Ma non è che può andare sempre tutto male. La sfortuna aiuta gli audaci.

Lavorò brevemente nella bottega di Leonardo Da Vinci, poi lo troviamo con Mariotto Albertinelli e con Piero di Cosimo. Raffaello predisse grandi cose per lui. Un giorno i suoi maestri se ne andarono tutti. Entrò nella bottega di Andrea del Sarto, lavorò nel chiostro della Santissima Annunziata. C'era un altro giovane problematico, poi noto come il Rosso Fiorentino. Il Rosso camminava su e giù e gli parlava del mare, mentre Pontormo si rintanava come una patella negli angoli bui. Quando non litigavano il Rosso proponeva a Pontormo di andare a dissotterrare cadaveri ma Pontormo era già abbastanza impaurito dalle figure del suo amico: soffrivano di un morbo spirituale che tendeva a deformarle. Andrea del Sarto ammirava Pontormo, ma dopo neanche un anno lo cacciò. Pontormo era malinconico, solitario, pieno di stranezze. Andrea del Sarto era stato allievo di Piero di Cosimo e quindi non ne poteva più di stranezze asociali. Preferiva la serenità. Per questo era diventato un pittore perfetto, un uomo che non sbagliava mai. A volte gli sarebbe piaciuto avere quello slancio che porta all'errore. Invidiava la capacità di sbagliare, dote di cui il Pontormo era ricco. Andrea ci provò: ma niente, non riusciva a sbagliare. Era un incubo avere attorno dei giovani che sbagliavano così bene. Insomma la permanenza di Pontormo nella bottega fu breve.

"Ora potrò studiare in pace," disse; continuava a sembrare forte. Ma era senza lavoro e senza soldi. Sembra che sia passato chissà quanto tempo dall'inizio della storia, ma aveva solo diciannove anni. Lavorò con Andrea di Cosimo. Il suo ideale era dipingere al riparo da sguardi indiscreti, così quando l'opera era finita poteva cancellare tutto e ricominciare. Solo che Andrea di Cosimo con un colpo di mano tolse le impalcature quando lui non c'era e tutti, anche Michelangelo, furono ammirati dalla maniera nuova che aveva Pontormo. Che però si arrabbiò perché l'affresco era stato scoperto prima che potesse cancellarlo. "Jacopo," gli disse Andrea (il Pontormo in realtà si chiamava Jacopo, ma noi non abbiamo tempo da perdere), "non capisci niente. Dovresti togliere le impalcature anche dal tuo cervello." Quando le cose andavano bene, a Firenze non si faceva che festeggiare facendo carri fantasiosi. Pontormo ne dipinse tre, su uno di questi sfilava un fanciullo nudo e dorato, che prese freddo e morì. L'episodio fece riaffiorare in lui un senso di allarme per la fragilità: riprese a sorvegliare il proprio corpo, annotava le sue reazioni, cercando di coglierlo di sorpresa.

Nel 1523 ci fu un po' di peste in città e chi poteva se ne andò. Pontormo trovò rifugio nella Certosa, a tre miglia da Firenze. Portò con sé il suo allievo Bronzino. Infatti nonostante Pontormo fosse una bestia d'uomo, selvatico con tutti, tremendo con molti, faticoso con se stesso, Bronzino fu così paziente e amorevole che Pontormo fu obbligato a volergli bene. E poi Bronzino lo faceva ridere, componeva e gli recitava versi come questi: "Io vidi a questi giorni un buon ritratto / d'un uomo e d'una donna: erano ignudi, / dipinti insieme in un piacevol atto..." Pontormo, anche quando sembrava respingerlo, aveva bisogno di lui. Scommettevano su tutto. L'arrivo alla Certosa fu indimenticabile: quei silenzi, quella solitudine. Quello spazio in espansione, impossibile da intuire quando lo guardavi dall'esterno. Era come la buca in cui si rifugiava da bambino. Assaporò la libertà del luogo chiuso. Si raggomitolò, rintanandosi per anni. Insieme a Bronzino dipinse affreschi che Vasari critica perché, dice, Pontormo ci mise troppo impegno: e a volte quando vuoi strafare fai male. Inoltre, dice, sono affreschi troppo tedeschi. Ma non sapeva Pontormo che i tedeschi e i fiamminghi venivano in Italia proprio per liberarsi dalle loro pessime abitudini e imparare la maniera italiana? C'è chi sostiene, però, che Vasari, con suprema astuzia, criticò gli affreschi per salvarli: rischiavano di essere sgraditi ai dettami della Controriforma. Criticarli era un modo per dire: ma lasciali perdere, non ne vale la pena.

Nella cappella Capponi, a Santa Felicita, nell'ebbrezza dell'incontentabilità, dipinse una *Deposizione* così misteriosa e senza croce che in realtà non è una deposizione. Il corpo di Gesù è tenuto da figure sospese nell'irrealtà. Forse era anche un modo con cui Pontormo offriva il proprio corpo al destino. A San Lorenzo dipinse un ciclo di affreschi smisurato, con cui intendeva superare Michelangelo, che amava. Oggi quel ciclo non c'è più, e fa parte delle opere fantasma, visibili ai medium. I Medici non lo convincevano. Ma lavorò per loro. Affrescando qualche villa medicea fece arenare i lavori. Così, per dispetto politico. Però il duca Alessandro continuava a chiamarlo. Con i soldi che ottenne ristrutturò la casa. Ne fece un luogo più adatto a un pazzo solitario che a una persona normale. Saliva fino alla camera da letto grazie a una scala che poi tirava su con una carrucola, così che diventava irraggiungibile. A volte il Bronzino chiamava e chiamava ma lui non rispondeva, anche se era lì, sotto il letto. Se però il Bronzino non lo cercava si arrabbiava. Era un solitario desideroso di compagnia. Arrabbiato e felice. Nella sua buca aerea. Alla fine, come aveva sempre sospettato, morì.

ROSSO FIORENTINO

Ci sono forze occulte che ci governano e fanno di noi ciò che vogliono se non riusciamo a spiarle, magari attraverso un dipinto che le colga sul fatto. Rosso Fiorentino era bello, poetico e stravagante. Parlava con grazia, era musicista e filosofo. Nel dipingere fu invincibile. Cercava la verità su se stesso anche a costo di incontrarla nell'ombra. Le sue opere sono prive di quel tisicume che indebolisce chi cerca di sembrare migliore di ciò che è. Il suo tempo gli pareva poco attuale. Non frequentò molto le botteghe dei pittori ma lavorò sotto Andrea del Sarto, insieme al Pontormo, nel cortile della Santissima Annunziata. Ammirava talmente il maestro che si accorse di non essere come lui. Lo spedalingo di Santa Maria Nuova gli commissionò una tavola (*Pala dello Spedalingo*) ma quando la vide abbozzata indietreggiò facendosi il segno della croce: tutti quei santi parevano diavoli. Lo spedalingo rifiutò l'opera e non si fece vedere mai più. Il punto è che il Rosso, sostiene Vasari, aveva l'abitudine di fare certe arie crudeli e disperate, nella prima fase della lavorazione, per poi addolcirle fino alla bontà nella fase finale. Questa mi sembra proprio una spiegazione strana. Forse il Rosso cercava di vedere ciò che abbiamo dentro davvero e in quel periodo aveva visto santi cannibali.

Girò molto, non trovava una sistemazione adeguata, era spesso insoddisfatto degli altri e loro di lui. A Volterra fece una *Deposizione* dai colori fiammeggianti, un'immagine lontana dalla *Pala dello Spedalingo*. Il Rosso, sotto quell'aria ragionevole e ponderata, covava un'impulsività segreta che lo portava a salti stilistici ed esistenziali. E ne era intimamente soddisfatto. Infatti quel Cristo morto, mentre tutti piangono, sorride. Aveva un'inventiva così grande che non gli bastava lo spazio delle tavole e neanche quello dei luoghi dove stava. Cercava sempre nuove vie d'uscita. Tornò a Firenze, abitava in una casa che si affacciava sugli orti di Santa Croce. Aveva con sé una scimmia, un bertuccione affascinante. Lo amava. Questo bertuccione si innamorò di Battistino, un garzone del Rosso. Il Rosso era geloso, perché il bertuccione faceva tutto quello che gli ordinava di fare Battistino. Ma ripensò ad Andrea del Sarto, a come il suo maestro – a proposito di forze che ci governano – fosse stato condizionato dalla gelosia per la moglie Lucrezia. Magnanimo, decise di lasciare libero il bertuccione. La scimmia, istigata dal Battistino, si dette a rubare l'uva dei frati. Ne derivarono alcuni disastri e un processo discutibile, in cui il bertuccione non ebbe la possibilità di difendersi e fu condannato a girare con un peso attaccato al culo, così che non potesse saltare dalla finestra e rubare l'uva. Il Rosso invece di dire: "Te l'avevo detto di non dare retta a Battistino," gli costruì un rullo che permetteva al bertuccione di andare in giro nonostante il peso. Diventò così abile che saltò sul tetto dei frati e lo distrusse con quel peso che, da condanna, divenne strumento. Ma certi frati sono ipersensibili. Il Rosso, la scimmia e Battistino scapparono a Roma. Qui il Rosso dipinse la peggiore delle sue opere, non ne parliamo nemmeno. La stessa cosa era capitata a fra' Bartolomeo e ad Andrea del Sarto che, storditi e stupefatti, erano dovuti fuggire. L'aria di quella città – il fenomeno è noto – allontana alcune persone da se stesse. Il Rosso non fece in tempo a fuggire perché ci fu il sacco di Roma e venne fatto prigioniero dai tedeschi che lo spogliarono e lo costrinsero a lavorare come una bestia e a portare pesi. Capì come si sentiva il bertuccione. Fu proprio la scimmia insieme a Battistino a liberarlo. Quella notte, ormai al sicuro, lontani da Roma, in viaggio verso Perugia, due uomini e una scimmia, brindarono alla libertà. Fu uno dei momenti più intensi. A Sansepolcro dipinse un *Compianto sul Cristo morto* con una luce tenebrosa e tra gli altri personaggi spunta una faccia demoniaca che secondo alcuni è il bertuccione, ma è un'idea sbagliata perché il bertuccione era attraente.

La situazione continuava ad essere precaria. Non aveva soldi. Cercava una via d'uscita. Ricorse alla magia. Una sera ad Arezzo, in chiesa, insieme a un bambino, accese dei fuochi vicino all'altare, perché aveva in mente certi rituali segreti. Fu scoperto dai preti che diventarono violenti. Riuscì a raggiungere Venezia dove lo ospitò Pietro Aretino, un uomo che ha aiutato così tante persone che ci dovrebbe essere una sua statua in ogni città. Durante il rito divinatorio nella chiesa aveva capito una cosa: doveva andare in Francia. Lo fece e la sua vita cambiò. Fu accolto benissimo dalla comunità fiorentina di Parigi. Il gran re Francesco I apprezzò tutto di lui, gli dette subito lavoro, soldi e una casa a Parigi. Ma più che altro il Rosso viveva a Fontainebleau dove diventò capo generale dei lavori. Francesco I lo condusse in un magnifico corridoio e gli disse: "Fanne ciò che vuoi." Il Rosso, incredulo e felice, cominciò a camminare in un nuovo mondo. Fece di tutto. Dai lavori più importanti a disegni per saliere e vasi. Disegnò certi paraocchi per cavallo a forma di conchiglia, lui li chiamava "paraocchi a forma di Pontormo" perché Pontormo non voleva staccarsi da Firenze, stava attaccato come una patella. Chissà per quale ragione. In Toscana gli artisti tendevano alla povertà, mentre ora il Rosso viveva come un principe. Diventò anche canonico della Sainte-Chapelle.

Evitò l'errore di Andrea del Sarto: quello di tornare a Firenze. Tutti lo ammiravano per la sua ragionevolezza. Ma un saggio ha detto: non ti sfuggirai. Covava in lui quell'impulsività segreta. Un giorno era ospite a casa sua Francesco di Pellegrino, che veniva da Firenze. Sparirono dei soldi e il Rosso fece arrestare e torturare l'amico perché confessasse il furto. Invece era innocente. L'amico picchiò il Rosso, lo denunciò e scrisse un libello contro di lui. Il Rosso crollò. Gli apparvero quei santi simili a diavoli che aveva dipinto nella *Pala dello Spedalingo.* Lo circondavano giorno e notte, con quei sorrisi adunchi. Erano le forze occulte che dormivano dentro di lui, ma ora si erano svegliate, parevano riposatissime e niente poteva fermarle. Il Rosso cercava una via d'uscita. Genialmente si suicidò.

BRONZINO

È bello quando sei te stesso, ma lo diventi anche grazie alle persone che incontri. Agnolo di Cosimo, detto il Bronzino, imparò i rudimenti della pittura da Raffaellino del Garbo, caso tristissimo e straordinario di artista che, dopo una partenza eccellente, peggiorò sempre. Il Bronzino fece tesoro di questo sfortunato esempio e preferì migliorare, incoraggiato dal padre, un macellaio che invece di tenere il figlio legato al bancone lo lasciò correre verso le immagini. Per molti anni fu allievo del Pontormo, che aveva un carattere impossibile. Nessuno riusciva a stargli accanto. Il Bronzino sì: gli dava sempre ragione. Ma non in modo ipocrita: riusciva davvero a mettersi nei suoi panni. "Quello è un cretino," diceva il Pontormo. "Hai ragione," diceva il Bronzino. "Mi ero sbagliato sul conto di quella persona," si correggeva il Pontormo il giorno dopo. "È vero," diceva Bronzino. "Ma perché mi dai sempre ragione? O avevo ragione ieri oppure ho ragione oggi," diceva irritato Pontormo. "Anche questo è vero," rispondeva il Bronzino, con un'aria di così profonda partecipazione che il Pontormo metteva da parte il dubbio di essere preso in giro. Si amavano.

Passarono anni memorabili alla Certosa del Galluzzo presso Firenze, mentre fuori c'era la peste. E alla fine le opere dell'uno erano indistinguibili da quelle dell'altro. Il Bronzino scrisse delle poesie sul maestro. Andò a lavorare a Pesaro, conquistando una sua autonomia, ma il Pontormo lo richiamò a Firenze perché dipingessero insieme gli affreschi di Villa Medici a Poggio a Caiano, non poteva stare senza di lui.

Il Bronzino lavorò agli addobbi per le nozze di Cosimo I con Eleonora di Toledo, che noi immaginiamo sempre in posa ma in realtà erano dei ragazzini. La coppia fu contentissima del Bronzino e tutte le persone importanti della città vollero farsi fare il ritratto da lui. Lui contava sempre fino a dieci, prima di rispondere a queste persone pericolose. Poi li guidava dove voleva. La gente faceva di tutto per assomigliare ai suoi ritratti. Bartolomeo Panciatichi, per esempio, magari era un uomo simpatico: la faccia da schiaffi che vediamo nel suo ritratto gliela impose il Bronzino. Lo stesso vale per Lucrezia Panciatichi e tanti altri.

Diventò il pittore ufficiale di casa Medici. Ritraendo grandi e piccoli ne modellava la personalità. Disegnò arazzi di seta e d'oro. Affrescò la cappella di Eleonora in Palazzo Vecchio: lei gli faceva dipingere qualcosa, poi cambiava idea, lui contava fino a dieci. Pontormo avrebbe reagito diversamente. E anche Benvenuto Cellini, che ebbe da ridire su tutto, anche sulle perle indossate da Eleonora.

È arrivata fino a noi l'immagine del Bronzino come pittore integrato, attento a muoversi nei meccanismi della dittatura medicea. Però nessuno sta anni col Pontormo senza conseguenze. Lui aveva il maestro dentro di sé: l'irregolare e il conformista, il moralista e il provocatore, erano fusi in un'unica persona. "Dimmi quello che non devo fare," gli chiedeva Cosimo, ancora molto giovane. Lui gli descriveva tutta una serie di pratiche erotiche che erano da condannare. Come sintesi di questi ammonimenti morali dipinse *Allegoria del Trionfo di Venere*, quadro di erotismo glaciale che Cosimo fissava ipnotizzato, finché Eleonora non fece sì che venisse regalato al re di Francia, e in questo modo la questione fu chiusa. Ma Cosimo non perse mai l'interesse per le donne fredde e lisce. Il Bronzino dipinse un ritratto di *Eleonora e il figlio Giovanni* in cui la duchessa è scafandrata in un abito che non esisteva, ma poi fu realizzato. La duchessa indossa anche quelle perle odiate dal Cellini. "Non lo sopporto," disse Eleonora al Bronzino parlando del Cellini. "Lo capisco," rispose il Bronzino. "Cretina," disse il Cellini. "Già," fece il Bronzino.

Che fosse chiamato così per la faccia di bronzo è teoria indimostrata. E poi lui era sempre sincero, cercava solo di capire gli altri. Apprezzava sia Eleonora di Toledo che Benvenuto Cellini, a cui dedicò delle poesie. Dipinse Morgante, il nano preferito di Cosimo, in un quadro che lo ritrae nudo davanti e di dietro. Mentre Morgante posava ebbero splendide conversazioni. Il modello diceva cose beffarde e cattive (era uno specialista, lo pagavano per questo) pensando di scandalizzare il Bronzino, che aveva un'aria così per bene. Il Bronzino reagiva con amabilità imperscrutabile. Uno che ha il Pontormo dentro di sé non si turba per così poco.

Quando morì il suo amico Cristoforo Allori, Bronzino si piazzò a casa sua per sostenere la famiglia e si legò al figlio, Alessandro Allori, che trasformò in pittore. Diventò amico di Laura Battiferri, poetessa che fu proclamata superiore a Saffo, moglie dello scultore Bartolomeo Ammannati. "Tutta dentro di ferro, e fuor di ghiaccio," scrisse Bronzino. Il suo nome, presso l'Accademia degli Intronati di Siena, era Sgraziata. Il suo aspetto non corrispondeva ai canoni di bellezza della sua epoca, forse di nessuna epoca. Il Bronzino l'adorava, non ne poteva più della dittatura delle donne belle, del resto preferiva gli uomini. Le dedicò dei sonetti. Pubblicarono un libro insieme, con poesie dell'uno e dell'altra. La dipinse. Cercò di ingentilirla. "Sciocco, fammi il nasone," disse lei. Così lui cancellò il nasino e immortalò la donna di carattere che possiamo ammirare ancora oggi a Palazzo Vecchio.

La morte di Pontormo fu un duro colpo, Bronzino continuò il lavoro del maestro a San Lorenzo. Invecchiando diventò sempre più bravo, perché avendo dentro di sé l'esempio di Raffaellino del Garbo riuscì a capovolgerlo. Ritrasse altre volte Cosimo ed Eleonora, una coppia frutto di un matrimonio combinato che aveva funzionato benissimo.

A poco a poco, Vasari lo sostituì come pittore di corte. Lui parlò al destino e gli disse: "Non hai tutti i torti." Vasari racconta che il Bronzino fu un amico dolcissimo, di piacevole conversazione, amorevole, quieto e che furono amici dal 1524, quando il Bronzino stava nella Certosa col Pontormo e Vasari tredicenne andava a trovarlo per trarre disegni dai suoi dipinti.

Alla sua morte Alessandro Allori pronunciò l'orazione funebre e da allora in poi si fece chiamare Bronzino. Così il pittore che aveva dentro di sé il Pontormo si trasferì nel corpo di un nuovo Bronzino, in una resurrezione senza fine.

Nota. Il diario perduto del Bronzino: una pagina

Ero un ragazzino quando ci siamo incontrati la prima volta. Ormai lo conosco. È per me un privilegio e una condanna. Ma tornassi indietro vorrei ancora stare vicino a lui. So come ragiona. È lì nella cappella Capponi che lavora e dice: "Oh, come sto bene da solo. Potessi stare sempre rintanato." Ha sprangato la porta e nessuno riuscirebbe a entrare. Poco dopo dice: “Ma dov’è finito Bronzino?” E mi manda a chiamare. Arrivo di corsa, immagino una questione urgente. Mi parla di qualcuno che una volta se ne è andato mentre lui si sentiva male e dice che se lo ricorderà per sempre. Jacopo si sente male spesso: non fa che parlare di quanto si sente male o di quanto si sente meglio. La storia del tipo che lo abbandonò è un messaggio per me, è il suo modo di manifestare il sentimento. Mi chiede: “Ieri ho mangiato troppe uova per lavorare? Quel pesce d’uovo che mi hai preparato era enorme. Mi sento strano.” “Ma no,” lo rassicuro. Sono qui per dipingere con lui ma anche per rassicurarlo. E per portargli le uova. Ne consuma tantissime: le mangia, le usa per dipingere. “Voglio essere ciò che dipingo,” afferma. Mi ha fatto lavorare ad alcuni evangelisti che stanno nei tondi in alto. “L’importante è che siano felici e che non caschino di sotto,” spiega. “Mi sento così pesante. Loro almeno devono essere leggeri.” Io guardo il suo lavoro e intanto parliamo. “Ma se questa è una Deposizione, dove è la croce?” gli chiedo. “Non è una Deposizione,” risponde. L’altro giorno mi aveva fatto capire che lo era. Lui è così. Oscilla. Vuole stare solo ma cerca compagnia. Ama il silenzio ma pretende che io parli anche mentre dipinge. “Altrimenti penso troppo e mi complico la pennellata,” dice. Guardo quei colori mai visti, quei grandi corpi snodabili che si allungano nel contatto ultraterreno. Dove guardano? Su cosa poggiano? Sull’aria. Non torna niente. Dovrebbero crollare tutti a terra, invece vanno verso l’alto. Provo a porgli delle domande ma lui non risponde. È tremendo. Come la sua mania di nascondere le sue opere. Ma è anche un uomo generoso, cerca di dirmi la verità. Per questo spesso sta zitto.

Dice: “A volte sento che qualcuno mi guarda. Vuole cogliermi di sorpresa.”

Allora per fargli vedere che gli credo chiedo: “Un fantasma? Un diavolo?”

Fa la sua tipica faccia spazientita.

“Ma no. Quale fantasma, quale diavolo. È una presenza benigna. Abita nei tondi con gli evangelisti. Sento che li vuole felici.”

"Ma chi è?"

"Non lo so. Provo a parlargli. A volte mi risponde. Chiunque sia vorrei raggiungerlo," sussurra.

Dunque la sua è una solitudine apparente. Prendo coraggio: "Ecco perché questi colori strani, l'assenza di peso: stanno per partire verso di lui."

Scuote la testa. "Certo che non capisci mai niente," mi risponde.

Sento che non lo lascerò mai.

DOMENICO PULIGO

È possibile sciogliere la musica dentro i colori. Questo si vedrà nella vita di Domenico Puligo, talento naturale che rifiutò la fatica di migliorarsi: preferiva cantare. Fu allievo di Ridolfo del Ghirlandaio, che continuava la tradizione del padre, coltivava l'arte di stare bene e non volle lasciare Firenze. Quando Raffaello gli disse: "Ridolfino, vieni a Roma," lui non si mosse, perché non voleva perdere di vista la cupola che lo aveva allattato. Questi atteggiamenti passarono nell'allievo Domenico, e anche il senso della famiglia, che Ridolfo aveva ereditato dal padre.

Domenico Puligo era eccellente nel disegno, delicato nel colore, comprensivo con se stesso. Quando si accorgeva di aver commesso qualche errore sorrideva, non si preoccupava, continuando a cantare sfumava i contorni, velava le figure in una nebbia che rendeva invisibili le imperfezioni.

Divenne amicissimo di Andrea del Sarto, un uomo capace di eccezionale concentrazione. Ci sono artisti che non mostrano mai a nessuno quello che stanno facendo: questo fu un errore che Domenico non commise. Chiedeva spesso consiglio ad Andrea che sorprendeva gli errori dentro la nebbia e dava indicazioni utilissime. Domenico recepiva, era riconoscente, si sentiva a casa. Poi però, tutte le volte, arrivava Lucrezia, la moglie di Andrea e, infastidita da quel continuo canticchiare, lo mandava via. Domenico camminando da solo ebbe un'illuminazione e si disse: "Ho un gran senso della famiglia ma non ho famiglia." Aveva bisogno di gente attorno a sé, rumori, voci, calore umano. Ma non di una moglie come Lucrezia. Dipinse una *Morte di Cleopatra* in cui la donna che si fa mordere il seno da un serpente è in realtà Lucrezia. "Ecco fatto, e non se ne parli più."

Si circondò di persone allegre, maghi del divertimento, maestri del travestimento, musicisti, donne di tutti i tipi. Una volta Giorgio Vasari lo trovò ubriaco e lo rimproverò perché, trascurando il duro lavoro, non dipingeva abbastanza. Puligo aprì un occhio e rispose: "Mi sveglio domani. Al massimo domani l'altro," e ricominciò a russare al ritmo dei suoi sogni.

Conobbe le armonie di Barbara Salutati, bellissima cortigiana, amata da molti per la bellezza e per la civiltà, ottima musicista, dotata di una voce divina. Col canto profano, nel Cinquecento le donne (a cui era vietato cantare in chiesa) ebbero accesso a un mondo e alcune si trasformarono in primedonne. Appena Domenico la sentì cantare se ne innamorò. "Anche tu non canti male," mentì lei. Inventarono un sacco di giochi. Facevano cantare i quadri. Si mettevano davanti a un dipinto e improvvisavano il canto dei personaggi ritratti. Non erano quasi mai soli: Barbara aveva una sua compagnia di cantori ed era molto amata da personalità importanti, Domenico aveva una grande capacità di amare, così si creò una specie di famiglia allargata. Ovunque andassero improvvisavano uno spettacolo. Le loro feste erano capolavori. Dettero vita così all'*happening*, forma d'arte la cui invenzione è attribuita a Allan Kaprow nel 1959, ma in realtà è nata prima di essere inventata. Domenico dipinse *Madonne* che appaiono nella nebbia colorata.

Barbara conobbe Niccolò Machiavelli. Subito lui si innamorò. Per Barbara scrisse la *Clizia*, in cui si parla dell'amore di un vecchio per una giovane (Machiavelli aveva una certa età). Machiavelli voleva un ritratto di Barbara e lei lo mise in contatto con Domenico. Niccolò e Domenico si presentarono e finsero di vedersi per la prima volta. In realtà si conoscevano per certe inconfessabili frequentazioni comuni, che loro comunque confessarono dopo pochi giorni. Barbara trovava quelle storie molto divertenti e lanciò una gara di racconti postribolari tra i due.

Bisogna chiarire che Barbara era una "cortigiana onesta", cioè una donna di classe le cui eventuali manifestazioni sessuali venivano dopo la conversazione e la musica; apparteneva a un mondo molto più elevato rispetto a quello delle prostitute di basso rango. Machiavelli era un uomo divertente e ricco di aneddoti. Anni prima era stato accusato di prendere parte attiva al fermento sodomitico che percorreva Firenze. Ma il suo cavallo di battaglia era il racconto della prostituta di Verona: una vecchia la cui bocca somigliava a quella di Lorenzo de' Medici ed era anche torta da un lato, e da lì perdeva la bava, perché non aveva denti per trattenerla. Barbara era deliziata dalla descrizione di Machiavelli che ha a che fare con la bocca di Lorenzo il Magnifico attraverso una vecchia sbavante. "I miracoli della vita!" esclamava.

Domenico Puligo si credeva un uomo di aperte vedute ma scoprì di essere geloso. Fra l'altro l'autore del *Principe* era un musicista eccellente. Pare che, nonostante le apparenze, di classici latini ne sapesse poco, e di classici greci niente. Invece la sua competenza in fatto di musica è testimoniata da numerose fonti ed era molto bravo nell'improvvisazione. Così si inserì negli spettacoli di Domenico e Barbara e partecipò all'animazione musicale dei quadri. Domenico si rabbuiò. "Ma ha più di cinquant'anni!" disse lei. "Qualsiasi cosa faccia, non puoi essere geloso di un uomo che ha più di cinquant'anni." Del resto, Barbara aveva diversi "amici fermi", protettori di cui Domenico comprendeva il senso.

Niccolò e Domenico ragionavano spesso del ritratto di Barbara: alla fine, più che una cortigiana, venne fuori una sacerdotessa sapiente (il quadro è oggi in una collezione privata di New York). Entrarono in confidenza e Domenico lo accettò nella famiglia allargata. Gli amici di Machiavelli, schematici, dicevano che Barbara si serviva di lui. Lo invitavano a comprendere ciò che è, non sognare ciò che dovrebbe essere. Questo era l'approccio che Niccolò aveva teorizzato in politica, ma nel caso di Barbara non ne voleva sapere. "Ma perché dovrei guardare a ciò che è. Preferisco sognare ciò che dovrebbe essere." Alla luce di questa rivelazione avrebbe voluto rivedere alcune pagine del *Principe*, ma non lo fece mai.

Barbara era una persona sorprendente. Se era una manipolatrice, era una manipolatrice benefica. Molto influente, grazie alle sue relazioni, aiutò sia Niccolò che Domenico. Procurò loro incarichi e commissioni. E fu così che l'amore, trasformandosi in musica, aiutò il pensiero e la pittura.

BACCIO BANDINELLI

Baccio Bandinelli visse lamentandosi. Fece a pezzi fisicamente molte opere altrui. Fu magnifico nell'offendere le persone. Aveva le sue ragioni. Nacque durante la famosa epidemia di geni della fine del Quattrocento. Operò al tempo di Leonardo, Raffaello e Michelangelo: un periodo impegnativo. Reagì eroicamente: si convinse di essere il migliore. "Per lo meno migliore di Michelangelo," si disse. Ma qualche dubbio lo covava. La sua vita fu una lotta contro questi dubbi.

Quando era ragazzo ci fu una grande nevicata. Qualcuno disse: "Pensa se ci fosse un artista in grado di realizzare un gigante di neve." Baccio si sentì offeso: "Ci sono io!" e modellò un gigante sdraiato. I presenti provarono ammirazione non tanto per il risultato quanto per il coraggio. Quando andava nella villa del padre, famoso orefice, faceva spogliare i lavoratori per disegnarli, metteva in posa anche gli animali. La posa non gli andava mai bene, si arrabbiava, le persone lo prendevano in giro ma lui non se ne curava. Andò a bottega da Giovan Francesco Rustici, scultore che aveva fondato *L'antica compagnia del paiolo*. Il motto della compagnia era: "L'arte si fa a cena." Durante una di queste cene Leonardo apprezzò i suoi disegni e lo incoraggiò a scolpire.

Nel 1512 ci fu confusione in città. Baccio si intrufolò nella stanza che ospitava i cartoni della *Battaglia di Cascina* di Michelangelo. Li fece a pezzi e li portò via nascondendoli. A casa, negli anni, li studiò. Certe notti, guardingo, tirava fuori un pezzo da una botola, lo fissava, lo sminuzzava, lo annusava, lo portava alla bocca. C'è chi dice che in questo modo si sia mangiato la *Battaglia di Cascina*. Ammirava quell'opera e odiava Michelangelo.

Era un disegnatore favoloso ma nessuno gli aveva insegnato a mescolare i colori. Provò ad apprendere quest'arte da Andrea del Sarto, la moglie di Andrea lo mandò via. Rosso Fiorentino era disposto a insegnargli ma la cosa risultò complicata. Baccio tornò al disegno e alla scultura. Realizzò dei giganti di stucco. Fece una statua di marmo raffigurante *Orfeo e Cerbero*, per Palazzo Medici. "Bella," gli dissero, "ma ingombrante." La gente non era buona con lui. Vasari dice molte cose negative su Baccio. Ma gli dedica uno spazio enorme. La sua fama di disegnatore si sparse in Europa. Il papa gli chiese di fare la copia di una statua classica, il *Laocoonte*, per regalarla al re di Francia Francesco I, che non aveva statue in marmo, né antiche né nuove. Quel papa morì e ne venne un altro, che odiava l'arte. Grazie a Dio morì anche lui e fu eletto Clemente VII così Baccio finì la statua. Clemente la tenne per sé e spedì a Francesco delle statue antiche. Quindi: il papa preferì una copia a degli originali, grazie al genio di Baccio. E questa è una verità che scappa di bocca persino a Vasari.

A Carrara fu estratto un grosso pezzo di marmo e Michelangelo pensò di farne un *Ercole e Caco*. Invece poi il marmo fu assegnato a Baccio. Durante il viaggio il marmo cadde nell'Arno e affondò nella rena, non c'era verso di tirarlo fuori. Alla fine un vecchio muratore, Piero Rosselli, fece deviare il fiume e riuscì a liberare il blocco. Furono scritti dei versi a proposito del marmo che si suicida perché invece di esser scolpito da Michelangelo finisce nelle mani di Baccio. Ma non finisce qui. I Medici furono cacciati da Firenze. Il marmo fu nuovamente assegnato a Michelangelo. Poi però i Medici tornarono e la statua la fece Baccio. I fiorentini ostacolarono il lavoro e quando alla fine la statua fu sistemata in piazza della Signoria la presero in giro e non hanno ancora smesso, anche se oggi non sanno perché. Infatti all'epoca la deridevano perché era un simbolo del potere mediceo, oggi se ne sono scordati.

Baccio ebbe un figlio da una donna che aveva in casa e lo chiamò Clemente, ma non fu amorevole con lui. Iniziò delle sculture a Roma, appena fu pagato le tirò via, facendole finire a due garzoni. Tornato a Firenze si accorse che lo trascuravano: c'erano opere importanti assegnate ad altri! Convinse il duca Cosimo a consegnargli dei marmi abbozzati da Michelangelo e li fece a pezzi. Distrusse anche statue di Giovannangelo Montorsoli. Ne traeva enorme soddisfazione. Chiamava gli amici a guardare, mentre distruggeva. Nessuno ha mai sbriciolato opere così belle.

Progettò il pavimento del Salone delle Udienze nel Palazzo della Signoria. Il duca Cosimo stabilì che ogni settimana, per il tempo del lavoro, Baccio aveva diritto a quanti soldi volesse. Quel lavoro non vide mai la fine. Un genio. Scolpì una statua di Cosimo, gli dissero che non era somigliante, la decapitò. Realizzò statue per Santa Maria del Fiore. Fece Adamo ma ne fu scontento, non gli sembrava lui e lo mutò in *Bacco*. Fece Eva ma ne fu scontento, non gli sembrava lei e la trasformò in *Cerere*. Poi scolpì un nuovo *Adamo* e una nuova *Eva* e questi furono sistemati nel duomo ma la gente prendeva in giro anche loro.

Baccio deve aver sofferto molto. Vasari sostiene di no: che non faceva che comprarsi proprietà e non badava a quello che diceva la gente.

Arrivò in città Benvenuto Cellini che fu apprezzato dal duca Cosimo. Baccio gli riversò addosso tutte le cattiverie che gli venivano in mente. Solo che stavolta aveva trovato uno capace di rispondergli. I due si dicevano cose orrende. Il duca era divertito da tutto questo e li incoraggiò a offendersi, col patto che una volta fuori da quelle stanze non se ne tenesse conto.

Dalle Apuane venne un altro gran pezzo di marmo. Lo volevano in molti. Baccio corse a Carrara e lo rimpicciolì: così se avessero vinto gli altri non avrebbero avuto a disposizione quella meraviglia. Poi si dette tanto da fare con la duchessa che il blocco di marmo fu assegnato a lui: rimpicciolendolo aveva danneggiato se stesso. Ma non fece in tempo ad usarlo.

Improvvisamente si accorse che suo figlio Clemente era morto. Finì una statua cominciata da lui. Volle metterla sopra la tomba di famiglia. Facendo i lavori spostò le ossa di suo padre. Provò un così grande dolore, per la morte del padre e quella del figlio, che disse: "Avrei potuto essere più buono... ma non mi andava," e morì. Baccio Bandinelli era così scontento di se stesso che durante la sua esistenza cambiò perfino il nome. In realtà si chiamava in un altro modo.

TRIBOLO

Era un'epoca di nomi straordinari, che condizionavano le persone. C'era un falegname chiamato Riccio dei Pericoli. Ebbe un figlio che aveva paura di tutto, vedeva ovunque i pericoli contenuti nel soprannome del padre. Questo ragazzo era così agitato che faceva tribolare sé e gli altri, allora lo chiamarono Tribolo.

Il padre lo prese a bottega con sé, ma Tribolo si faceva male, dimagriva, inciampava, non era adatto. Un falegname chiamato Ciappino disse a Riccio: "Mandalo da Nanni Unghero." Nanni non era un falegname comune, più che altro intagliava il legno: più che all'utilità puntava alla bellezza, ci voleva più arte e meno fatica. Sempre troppa, per il fisico sofferente del Tribolo. Le pialle lo angosciavano, i martelli gli facevano paura. La bottega di Nanni Unghero era frequentata da grandi artisti che lo guardavano e lo ascoltavano. Per esempio Andrea del Sarto e Jacopo Sansovino. Jacopo notò che il ragazzo era bravo nel disegno e nel bassorilievo e, poco prima che stramazzasse piallando, lo prese con sé. Gli insegnò come respirare per non affaticarsi.

Tribolo in un attimo diventò uno scultore di prim'ordine, si vede che dentro di sé lo era già. Lavorò in Santa Maria del

Fiore. Fece camini, putti, sepolture e medaglie. Si separò dal Sansovino e scolpì due *Sibille* a Bologna. Ma quando arrivò la peste si prese paura e tornò a Firenze.

In quel periodo Giovanbattista della Palla mandava pitture e sculture al re di Francia Francesco I, a cui non bastavano mai perché aveva un sacco di stanze vuote. Tribolo scolpì una *Dea della Natura* con tre file di poppe che andò a Fontainebleau.

Nel 1529 si preparava l'assedio di Firenze, il papa Clemente VII e l'imperatore volevano riportare al potere i Medici, che erano stati cacciati. Clemente incaricò Benvenuto di Lorenzo della Volpaia, orologiaio e topografo, di preparare segretamente una mappa dettagliata di Firenze e dintorni. Benvenuto chiese aiuto a Tribolo e così i due se ne andavano in giro nottetempo misurando tutto. Che notti! Monti, case, strade, fiumi, campanili, visti insieme formavano un ingranaggio: come se il mondo fosse un orologio al chiaro di luna. Fecero un modello di sughero e lo mandarono al papa, smontato e nascosto dentro balle di lana. Molto pericoloso. Tuttavia, per qualche strano motivo, quelle notti sulle colline, a misurare il mondo, piacevano al Tribolo, che, preso dall'esaltazione, non si accorse di avere paura. Il modello di sughero era così accurato che l'assedio riuscì, i Medici tornarono a Firenze e il papa disse al Tribolo di finire la chiesa di San Lorenzo insieme a Michelangelo. Roba da diventare immortali.

Quando il papa morì, Tribolo perse la fede nell'immortalità. Il lavoro si interruppe e lui si ritrovò stordito, terrorizzato da una vita senza scopo. Vasari cercò di aiutarlo, incoraggiandolo e parlando di lui al duca Alessandro, che però era distratto. Jacopo Sansovino, da Venezia, gli scrisse di raggiungerlo, perché gli avrebbe dato lavoro. Benvenuto Cellini lo accompagnò. Erano amici, Benvenuto aveva fatto da padrino a un figlio del

Tribolo. Aveva una pericolosa tendenza a risolvere le controversie con l'omicidio. Ne venne fuori un viaggio terribile (per Tribolo) raccontato da Cellini nell'autobiografia, in cui le scene di routine vedono Benvenuto che sfodera la spada e urla: "Vi ammazzo tutti," con Tribolo tremante in un angolo che lo prega di smettere. Arrivati a Venezia, Jacopo Sansovino disse a Tribolo che aveva cambiato idea, non aveva bisogno di lui. "Pazienza," rispose Tribolo. Cellini spiegò a Sansovino quanto facesse schifo, con questo comportamento da uomo importante, mentre Tribolo lo pregava di star zitto. Cellini non uccise Sansovino, il che è già qualcosa.

Tornato a Firenze, il duca Alessandro cominciò finalmente ad apprezzare Tribolo e lo fece collaborare alle favolose decorazioni per l'arrivo dell'imperatore, realizzate in un'atmosfera di frenesia generale, sotto la direzione di Vasari. Un esercito di artisti trasfigurò la città. Tribolo doveva, fra l'altro, scolpire una statua equestre dell'imperatore, ma fece in tempo a realizzare solo il cavallo di terracotta. Allora una notte Cellini ci salì sopra fingendo di essere l'imperatore. Tribolo pensò: "Sarò considerato complice della beffa. Verrò condannato a morte. Ma io non sono come Benvenuto: non ci sono abituato. Ora mi prenderà una paura terribile." Invece arrivò una paura ragionevole.

Il duca Alessandro fu ucciso. Divenne duca di Firenze Cosimo de' Medici, che chiamò Tribolo perché lavorasse ai giardini e alle acque di Villa Castello. Qui Tribolo sognò grandi prati, dolci scalinate, piacevolissime ombre, frutteti che finiscono tra gli abeti, labirinti, fonti, ruscelli che corrono lentamente, con pesci e gamberi. Progettò il paradiso terrestre che era, per lui, un disegno geometrico in cui la natura prende forma architettonica, una specie di orologio vivente. Vorrei potervi portare in quel luogo di delizie.

Purtroppo non tutto quello che aveva pensato fu realizzato perché quando Cosimo aveva ancora la voglia di spendere soldi per quel progetto, Tribolo non seppe approfittarne. Bisogna saperli spremere al momento giusto questi duchi, imperatori e papi. Sono lì per questo. Ma Tribolo era troppo timoroso, e quel momento passò. Cosimo gli disse: "Senti, basta gamberi, il parco va bene così. Invece, vorrei veder finite le scale della biblioteca di San Lorenzo. Va' a Roma e chiedi a Michelangelo se viene a Firenze a finirle." Michelangelo rispose che non si muoveva da Roma e, quanto alle scale, non si ricordava quasi niente. Cosimo comprò Palazzo Pitti e chiese a Tribolo di sistemargli il Giardino di Boboli. Un'altra occasione di creare il paradiso in terra.

In tutti questi giardini, in quello di Castello come in quello di Boboli, ci sono fontane e statue che rappresentano i fiumi. Così la gente si era fatta l'idea che Tribolo, maestro delle acque, fosse responsabile anche del comportamento dei fiumi veri. Quando in Toscana capitarono tremende alluvioni si disse che era colpa sua. Ma lui era lì, nel centro dell'orologio vivente, a costruire e piantare. A forza di vedere di cosa erano capaci i semi nel tempo, aveva sviluppato un amore fortissimo per il futuro. Non aveva paura di nulla.

PROPERZIA DE' ROSSI

Properzia de' Rossi nacque a Bologna. Era una bambina bellissima e soave. Se la ascoltavi cantare scivolavi nell'incantesimo. Aveva mani tenere e bianche, che abbagliavano. Quando fu sorpresa a spaccare pietre in giardino, con quelle mani delicate, lo sconcerto fu terribile. Sembrava che se ne fosse stritolata una. Poi la polvere si diradò e videro che la bambina era tutta intera. "Voglio diventare una femmina scultora," spiegò tranquilla. Appena il padre riuscì a calmarsi disse: "Quello è un lavoro per omaccioni violenti. Le tue mani non sono adatte. Non farlo mai più." Non si era mai sentito di una femmina scultora, da quelle parti. Lei obbedì, ma era inquieta. Aveva in sé una determinazione che non sapeva come usare ma sentiva che doveva usarla, o l'avrebbe spezzata. Capitarono nella zona degli scultori erranti, se possiamo definirli così. Giravano di casa in casa e scolpivano figurine modellando la mollica di pane, in cambio di qualcosa. Che bella idea! Properzia cominciò a scolpire mollica. Modellava figure che poi mangiava o nascondeva. Il padre le chiedeva "Che fai?" "Le faccende di casa, preparo il pane," rispondeva lei. "Brava bambina," diceva lui, un uomo molto occupato. La mamma non c'era. Properzia fu madre di se stessa e si dette ottimi consigli. Diventò un genio delle figurine di pane. Di nascosto riprese a spaccare pietre e divenne più forte, cercava di trasformarsi in un omaccione violento, non sapeva cosa fosse ma le piaceva l'espressione. Nonostante tutto quell'esercizio, le sue mani rimanevano magnifiche e, all'apparenza delicate. Lo stesso valeva per lei. Imparò a intagliare noccioli di pesca, di albicocca e perfino di ciliegia. "Che fai?" chiedeva il padre. "Preparo la macedonia per il pranzo." "Brava ragazza."

Divenne capace di scolpire innumerevoli figurine in un nocciolo. Raggiunse una grande arte non solo nell'intagliare le singole figure, ma anche nel modo di comporle. Scolpì addirittura la *Passione di Cristo*, su un piccolo nocciolo. Un miracolo di bellezza e pazienza. Il padre un giorno le disse: "Non ne posso più di mangiare tutta questa frutta. Lo so cosa stai facendo. Scolpisci quello che vuoi, quando vuoi." Lei lo guardò sbalordita. "Mi piaceva tanto la donna col cagnolino," aggiunse il padre, riferendosi a una figura di pane di tanto tempo prima. Properzia si commosse. Liberata, si scatenò. Sperimentò tutto quello che le veniva in mente. Per gioco, provò a piantare dei noccioli scolpiti, per vedere se ne nascevano alberi come statue, ma non funzionò. Se in casa ora era libera, fuori molto meno. Il mondo era pieno di muri e lei ci andava a sbattere, ma non rinunciava: aveva imparato a rompere le pietre.

In quel periodo ci volevano tre statue di marmo, per la facciata della basilica di San Petronio. Properzia ormai era conosciuta e si propose come scultrice. I responsabili dei lavori le risposero: "Sì, certo, come no, ma prima portaci un tuo lavoro in marmo, come prova." E giù a ridere, appena se ne fu andata. Quella donna era famosa per scolpire i noccioli, il marmo era un'altra cosa. Figurati! Aveva mani troppo delicate. Non sapevano che si esercitava da quando aveva cominciato a camminare. Era piena di forza invisibile. Se ne tornò con un busto di marmo e ottenne il lavoro. Poi fece una formella magnifica in cui sfogò tutto il suo amore per un giovane che non la voleva. Questo dice il Vasari. Pare che invece la volesse. Si chiamava Anton Galeazzo Malvasia e con Properzia condivideva molte passioni. Bisogna sapere che Properzia oltre a fare la scultrice si dedicava ad affari di vario tipo: infatti veniva da una famiglia benestante (il padre era notaio) e investiva in case e coltivazioni. Se qualcuno la ostacolava, ci rimaneva male. Lei e Anton Galeazzo furono denunciati per aver abbattuto viti e alberi da frutta di un vicino di Properzia. Quando lei riteneva di aver subito un torto era difficile fermarla. Al processo fu definita "concubina" di Anton Galeazzo. Un'altra volta Properzia aggredì un pittore, tale Vincenzo Miola, per divergenze artistiche. Lei lo graffiava sul volto con le sue mani soavi, mentre un altro pittore, Domenico Francia, lo picchiava e Anton Galeazzo lo teneva. È vero però che la storia fu raccontata da Amico Aspertini, che a quanto riferisce Vasari odiava Properzia e faceva di tutto per danneggiarla. Di sicuro lei e Anton Galeazzo si intendevano benissimo, fu lui a prodigarsi per farle avere il lavoro da scultrice in San Petronio. Certo, ogni tanto litigavano. Lei parlando cercava di incidere lunghe frasi d'amore in quella testa piccolissima, e ci metteva la stessa pazienza con cui scolpiva un nocciolo di ciliegia. Ma non ci entravano. "Troppi discorsi, non ne posso di più," diceva Anton Galeazzo e se ne andava. Comunque era molto bello, questo è testimoniato da tutti.

Properzia scolpì una formella in cui la moglie di Putifarre, maestro di casa del faraone, innamorata dello schiavo Giuseppe tenta di farlo suo. Ma lui scappa. Giuseppe, contrariamente alla tradizione, è ritratto in posizione defilata. Al centro della scena c'è lei, la moglie di Putifarre, energumena erotica, bella e robusta, già seminuda, che tenta di trattenere e spogliare in un colpo solo quell'esile maniaco della castità. La scena riprende un po' un affresco di Giulio Romano, che era anche l'autore di disegni erotici che fecero scandalo e facevano sognare sia Properzia che Anton Galeazzo. I due si mettevano spesso in posa per verificare fisicamente il realismo della situazione. Properzia, donna dall'anima repentina, abbandonò i lavori a San Petronio perché non si sentiva considerata. Si ammalò di sifilide, finì all'ospedale e da lì continuò a gestire i suoi affari con piglio indomabile e aiutata da Anton Galeazzo. Che non sopportava i lunghi discorsi ma per il resto le fu sempre accanto. Noi abbiamo questo mito dell'eroe solitario contro il mondo e dell'eroina solitaria contro gli uomini. Non andò così. Ebbe compagnia. Ma certo dovette superare difficoltà inimmaginabili, proprio nel senso che non riusciamo a immaginarle. Quando morì, uno di quei noccioli scolpiti che aveva piantato cominciò a germogliare e piano piano, spinta da una forza invisibile, una nuova scultura fece capolino dalla terra.

PLAUTILLA NELLI

Il culto della novità è una vecchia storia, ma nulla può battere la forza della ripetizione. Plautilla da bambina era imprevedibile, sembrava sempre nuova, per una eccitabilità nervosa dell'anima. In famiglia temevano le sue domande. Chiese alla vecchia zia, una donna monumentale: "Zia, perché ripeti sempre le stesse storie?" Calò il silenzio. Nessuno aveva mai avuto il coraggio di porre una domanda del genere. La zia la guardò come la vedesse per la prima volta e rispose semplicemente: "Sei te che stai troppo attenta. E poi a me piace ripeterle." Questo insegnamento entrò così in profondità nella mente di Plautilla che se ne dimenticò. La sua inquietudine aveva bisogno di un territorio libero in cui galoppare. La vecchia zia le regalò gli strumenti per dipingere. In famiglia questo gesto suscitò un certo stupore venato di scandalo: Plautilla era una femmina, non doveva dipingere. Ma nessuno osava contrastare quella zia monumentale. A Plautilla molte strade erano precluse: ne cercò altre. Imparò a disegnare da sola, avviandosi a diventare la prima pittrice fiorentina della storia.

A tredici anni entrò nel monastero fiorentino di Santa Caterina da Siena e a quattordici, nel 1538, prese i voti. Disegnava figure sempre nuove. Le dissero: "Non fare così. C'è una via da seguire." La tradizione domenicana esigeva il rispetto di un modello. Le immagini dovevano servire per la preghiera. Plautilla scalpitava. Ma poi si ricordò delle parole della zia e finalmente le capì. Quello che le era sembrato un vincolo si rivelò una liberazione. Cercare figure sempre nuove era stancante, a volte artificioso: una forma di vanità. Cominciò a imitare le pitture di maestri eccellenti, e a forza di imitarle aveva delle visioni. Le case dei gentiluomini si riempirono dei suoi quadri. Immagini dipinte da una donna pia avevano un effetto fenomenale sull'anima. Restò nel convento cinquant'anni, tutta la vita.

A volte avrebbe voluto partire, andarsene. Poi ripensava a fra' Bartolomeo, di cui seguiva gli insegnamenti, anche se non l'aveva mai conosciuto perché era morto qualche anno prima. Fra' Bartolomeo, un giorno aveva avvertito la necessità di partire. Si era trasferito a Roma. Ma lì, con tutte quelle opere diverse, si era sentito stordito e le sue capacità artistiche erano defluite. Così aveva lasciato Raffaello a finire alcuni quadri ed era tornato di corsa nel convento di San Marco a Firenze. In quel luogo percepiva la presenza di Savonarola, così tranquillizzante nel suo fuoco semplificatorio.

Plautilla si convinse di essere felice. Fece carriera. Divenne tre volte priora. Non era più la ragazzina inquieta di un tempo. La sua agitazione si era trasformata in volontà organizzativa e capacità di comando. Con una certa soddisfazione si accorse di essere diventata come la vecchia zia. Faceva sempre domande spudorate, che aprivano delle porte nella mente delle persone che non si offendevano. Creò e diresse una bottega d'arte composta da artiste monache. Cantavano musiche semplici, perché così prescriveva Savonarola. Realizzavano statue di Gesù Bambino che cullavano fino all'estasi. Riprendevano le immagini di fra' Bartolomeo, ma imitandole le cambiavano, il tocco era diverso. Perché era la loro vita a essere diversa. Erano capaci di grandi lacrime, che si vedono nei quadri di Plautilla. Non avevano a disposizione uomini come modelli. Plautilla anche se doveva dipingere un uomo seminudo si basava sulle sue colleghe monache. La prendevano in giro dicendo che non dipingeva Cristi ma Criste. Fu l'unica donna a dipingere un'*Ultima cena*. Le monache posarono per lei molte volte fingendo di essere apostoli e mangiando davvero, mentre Plautilla dipingeva. "Questa cena è l'ultima," dicevano, ma poi ne facevano un'altra. Nel *Compianto* (Museo di San Marco) per la figura di Cristo avrebbe usato una consorella morta. Fu una grande collezionista. Ereditò le opere della collezione di fra' Bartolomeo e i suoi strumenti di lavoro artistico. Anche un manichino snodabile, un modello che non si stanca. Leggeva le storie di Rosvita, una monaca tedesca vissuta nel X secolo, una delle prime testimonianze di teatro europeo. Ancora non era stata ufficialmente riscoperta, ma le vie della chiesa sono infinite. E così Plautilla e le consorelle mettevano in scena quegli episodi di santità semplice e ripetitiva che a noi possono sembrare comici. Queste scene esercitavano su Plautilla un effetto ipnotico, entrava in una specie di visione, come le accadeva dipingendo.

In quegli stessi anni, in un convento di Prato, viveva Caterina de' Ricci, considerata santa già in vita (da non confondersi con santa Caterina da Siena, vissuta nel Trecento). Caterina era un fiume di visioni e tormenti profetici. Conservava un dito di Savonarola e il ritratto che del predicatore aveva fatto fra' Bartolomeo. Ogni settimana era presa da terribili sofferenze perché riviveva la Passione di Cristo. Era capace di apparire a chilometri di distanza da dove stava. Quando pregava sanguinava. Le venne una piaga sul costato e – dato che una consorella non era convinta del miracolo – le spinse per tre volte la faccia sulla ferita dicendo di essere Gesù. Le autorità ecclesiastiche erano sospettose, allora le colleghe di Caterina pregarono affinché i miracoli delle sue sofferenze fossero meno frequenti. Perlomeno non tutte le settimane! Furono esaudite. I rapimenti mistici si attenuarono. Ma la fama di Caterina de' Ricci ormai aveva preso il volo (qualche secolo dopo verrà proclamata santa davvero). Quando Plautilla seppe che anche Caterina leggeva le opere di Rosvita la sintonia raggiunse livelli celesti. Non poteva però raffigurarla come santa. E così prese a dipingere immagini di santa Caterina da Siena che erano in realtà – come ognuno poteva capire da certi dettagli – immagini di Caterina de' Ricci. E forse erano anche immagini di Savonarola, infatti la posa è la stessa di quella dei quadri in cui vediamo Savonarola di profilo. Raffigurare Savonarola era severamente vietato, dopo tutto quello che era successo. Nei quadri di Plautilla, Savonarola e le due Caterine erano la stessa persona. Questa pratica di raffigurare un santo antico con il volto di un'altra persona permetteva di aggirare molti ostacoli. Un magnifico strumento di disobbedienza. Ma anche un modo per superare l'illusione del tempo lineare e i labili confini tra gli individui. Così alla fine Plautilla divenne le due Caterine, Savonarola e anche la bambina sempre nuova di un tempo.

SOFONISBA ANGUISSOLA

In famiglia tutti le volevano bene e lei voleva bene a tutti. Per cui, quando Sofonisba si avvicinava, gli altri provavano una vaga preoccupazione. Amandoli molto, amava i loro punti deboli. Era una ragazzina sensibile, capace di ipnotizzarti, con quei magnifici occhi sporgenti. "Dai metti la mano nel cesto, prendi una bella fragola," disse al fratello piccolo, il povero Asdrubale, che tutto contento obbedì. Sofonisba aveva nascosto tra le fragole un gambero d'acqua dolce che punse l'ingordo, e giù pianti. Una cosa divertentissima. L'episodio le ispirò un disegno. Un'altra volta lei e la sorella Elena sorpresero una domestica che cercava di imparare a leggere e anche questo episodio buffissimo generò un disegno. "Senti cara," le disse il padre. "Perché non vai a stare per due anni dal grande pittore Bernardino Campi? Così perfezioni la tua arte. Verrà con te tua sorella Elena." La proposta era atipica, ma andarono. La famiglia di Sofonisba – un nobile casato cremonese – era diversa da tutte le altre. Chi suonava, chi scriveva, chi dipingeva, chi declamava in latino. Il padre, artista dilettante, incoraggiò in tutti i modi la vocazione artistica, letteraria e musicale delle sei figlie femmine. Un po' meno quella del povero Asdrubale. "Vorrei dipingere anche io," disse il bambino. "Zitto tu. Sei un uomo. Dovrai portare avanti gli affari di famiglia." Il bambino si ritirò, mesto e discriminato.

Dopo un po' che stava da Bernardino Campi, Elena decise di farsi suora. Sofonisba ne fu sconcertata, ma si riprese e la ritrasse con i vestiti da religiosa, lo sguardo lieto. Sofonisba stava imparando ad accettare gli altri. Non era più la ragazzina che ride del disegno del gambero, ma quella figura seria e austera che si può vedere nei suoi numerosi autoritratti. Divenne una grande ritrattista. Fece un bellissimo ritratto di famiglia, ammirato da Vasari quando fu ospite in casa Anguissola. Non vedeva l'ora di vendere il suo primo quadro. "Una persona nella tua posizione sociale non vende i quadri, li regala," le spiegò il padre. In compenso la sosteneva con tutte le sue forze. Mandava le opere della figlia agli uomini potenti, ma anche ai grandi artisti. Fece avere a Michelangelo il disegno di Asdrubale punto dal gambero e alcuni ritratti. Michelangelo in genere non apprezzava per niente i ritratti, preferiva figure titaniche e immortali, ma per Sofonisba fece un'eccezione e fu così, attraverso l'entusiasmo di Michelangelo, che Vasari la conobbe. Qualche anno prima il padre di Sofonisba aveva chiesto a Michelangelo dei disegni perché la figlia avesse da colorare qualcosa! Qualche anno dopo Tommaso de' Cavalieri, amato da Michelangelo ("luce del secolo", lo chiamava) regalò alcune opere di Sofonisba a Cosimo de' Medici chiamandola Sofonisba Angosciosa. Forse era geloso.

Sofonisba divenne una delle più importanti pittrici del suo tempo e fu chiamata dall'imperatore Filippo II a Madrid (Cremona era sotto la dominazione spagnola). Stette lì quattordici anni. Ritrasse la regina Isabella, ritrasse Filippo. L'Europa faceva la fila per farsi fare il ritratto. Il padre non le aveva insegnato solo a non farsi pagare, ma anche a non firmare. Così molte sue opere, nei secoli successivi, verranno attribuite ad altri artisti, per esempio Tiziano. A Madrid stava bene, però non era come nella sua famiglia, dove l'arte femminile era al centro di tutto. Si sentiva sempre più limitata dal ruolo di dama di compagnia di Isabella. Lottando per se stessa, lottò anche per i diritti artistici delle donne. In questo sforzo era aiutata da un esercito di servitori, uomini e donne, che obbedivano a un suo cenno. Questo da sempre. Ma in Spagna di più. Ogni tanto fanno capolino in un suo quadro. Ma in genere neanche li vedeva. A Madrid c'era una donna, praticamente una schiava, che veniva dal Nuovo Mondo. Un giorno, che Sofonisba aveva lasciato a metà una partita di scacchi, improvvisamente la vide, da lontano. La donna mosse un pezzo sulla scacchiera, poi lo rimise a posto. Era una buona mossa. Il fatto che sapesse giocare a scacchi le consentì di vederla. Se una persona non conosceva la musica e gli scacchi Sofonisba non riusciva a vederla. Parlò molto con la donna. Che le raccontava di storie di distruzione e sterminio nel suo paese lontano. Novelle terribili. La pittrice non disse niente a Filippo, che non ne voleva sapere di quelle storie, perché ne era in parte responsabile. Sofonisba credeva che fossero inventate. Però intanto era riuscita a vedere quella donna. Vide molte altre persone che prima erano invisibili.

Il successo di Sofonisba a corte crebbe. Diventò più comprensiva nei confronti degli altri. Alla morte della regina Isabella si prese cura delle sue due figlie. Poi Filippo decise di darle come marito un nobile spagnolo. Tutto si avviava verso una invidiabile vita a Madrid. Ma Sofonisba disse: "Mariti e buoi dei paesi tuoi." Una di quelle sterzate linguistiche per cui era famosa. Sposò Fabrizio Moncada, un nobile siciliano, e andò a vivere a Palermo. Fabrizio morì in mare, per un assalto dei pirati. Lei un anno dopo, viaggiando verso Genova, si fermò a Livorno. Il clima della città era talmente festoso (la chiamavano "bimba" anche se aveva una certa età) che lei si innamorò di Orazio Lomellini, un capitano di vascello scandalosamente più giovane di lei. E siccome tutti (compreso il granduca di Toscana, "si facesse i fatti suoi") le ripetevano che non era il caso, lo sposò. Andarono a vivere a Palermo dove lei sfruttando il tempo divenne vecchissima e quasi cieca. Non così cieca però da non vedere l'arrivo del famoso pittore fiammingo Antoon van Dyck, che viaggiava con un cavallo regalato da Rubens e un codazzo di servitori. Aveva drappi svolazzanti, penne colorate in testa, collane d'oro al collo. Difficile non notarlo. Si incontrarono. Lui la ritrasse. Lei si raccomandò che lasciasse perdere le rughe, "dopo i novant'anni cominciano a farsi notare". Gli spiegò quale fosse l'angolazione giusta. Lui disse: "Ho ricevuto maggiori lumi da una donna cieca che dallo studiare le opere dei più insigni maestri." Lei fece a Van Dyck lo scherzo del gambero tra le fragole che aveva fatto al fratellino Asdrubale, povero, e ripensò a quando tutto era iniziato, grazie a una famiglia memorabile.

TIZIANO

Tiziano diventò un vecchio leggendario perché aveva deciso così fin da piccolo. In quasi cento anni sperimentò molte vite. All'inizio fu quel bambino ai margini del bosco. Era nato a Pieve di Cadore, al cospetto delle montagne. Non si ammalava mai, i suoi genitori non si preoccupavano per lui. Poteva andarsene in giro fino al tramonto. Una sera stava lì, dove inizia lo scintillio tenebroso degli abeti, in compagnia del cane. E li vide. Era l'ora in cui i boscaioli tornano dal lavoro e gli parvero divinità piene di colori. Tra loro c'era un vecchio bellissimo e Tiziano decise che sarebbe diventato come lui.

Cominciò a dipingere come può dipingere un bambino a cui sono apparsi gli dèi. Si riempiva le mani di colori e accarezzava i muri. "Il bambino è impazzito," dissero. Comunque fosse, non era comodo averlo in casa. Fu mandato a Venezia dove diventò apprendista di Giovanni Bellini che non avendo studiato le cose antiche era poco moderno. Tuttavia gli rivelò l'esistenza dei pennelli e l'importanza della precisione. Poi lavorò con Giorgione, che non faceva disegni preparatori su carta e usava direttamente il colore. Come se questa fosse una prova di sincerità. Tiziano lo seguì a modo suo: prima di dipingere disegnava con la mente. Il maestro gli diceva: "Io sono un pittore di collina, tu sei un pittore di montagna." Tiziano non capiva se fosse un complimento o un'offesa. Il maestro aggiunse: "Hai cominciato a dipingere nel ventre di tua madre." Giorgione era anche musicista e gli fece sentire una musica che Tiziano rievocò in alcuni suoi quadri: se solo potessimo ascoltare le immagini. Giorgione morì giovane e anche per questo Tiziano preferì morire vecchio. Le sue opere sono infinite, impossibile elencarle in un testo finito, e non è sempre importante precisare quale è stata fatta prima e quale dopo. In molti suoi dipinti appare un cagnolino bianco e marrone che è proprio quel cane con cui oziava ai margini del bosco quando gli apparvero gli dèi. Scoprì le donne e ne fu entusiasta. Tratteggiò sante avvenenti al cui cospetto chiunque sarebbe disposto a pregare.

Fece una carriera veloce e travolgente: divenne il pittore più importante di Venezia. È stato, dicono, il pittore di maggior successo di tutti i tempi. Gli proponevano di lavorare a Roma, non andava perché non aveva tempo. Aveva successo anche in amore. Fece un quadro con una moltitudine di bambini nudi e alati (*Festa degli amori*) che si rotolano nel prato uno sull'altro, spinti dall'energia amorosa. Realizzò numerosi ritratti: riusciva a cogliere la concezione che i potenti avevano di se stessi e gliela restituiva, a volte con una certa rudezza. Da ragazzo aveva modificato la Venere di Giorgione per renderla più accattivante e gli era rimasta impressa la posizione sensuale della mano. Fece qualcosa di simile con la sua Venere (*Venere di Urbino*). Questa opera scandalizzerà Mark Twain e anche, incredibilmente, il marchese De Sade. Ma probabilmente scherzavano. Era attaccato al denaro, perché spesso i committenti erano così illustri che non lo pagavano. Si lanciò nel commercio degli abeti del Cadore. Dipinse un Cristo con la croce in spalla che faceva miracoli e che raccolse più soldi, con le elemosine, di quanto guadagnarono Tiziano e Giorgione messi insieme in tutta la vita.

Lavorò per un po' fuori Venezia e quando tornò non era più il preferito. Le persone che contano avevano deciso di dimenticarlo. Lui ci mise del suo: gli commissionarono una battaglia e lui la consegnò dopo venticinque anni. Forse un'astuzia commerciale (il ritardo come segno di valore) sfuggita di mano. Conobbe il sentimento della tristezza. Perse le illusioni che aveva su se stesso. Per fortuna arrivò a Venezia il poeta Pietro Aretino, che era una specie di vulcano. Si innamorò della sorella di Tiziano (che badava ai figli del pittore, rimasto vedovo). Componeva graziose poesie oscene sulle opere di Tiziano e questo rallegrava l'artista. Gli diceva anche cose molto serie. "Tu sposti il cielo con i pennelli." Gli scrisse: "I signori veneziani trattano male sia te che me. Di me dicono che so soltanto sparlare della gente. Di te dicono che sai fare soltanto ritratti." Decisero di darci dentro con lo sparlare e con i ritratti. Pietro Aretino divenne quasi il suo agente e gli trovò lavoro presso gli uomini più potenti del mondo conosciuto: per esempio Carlo V, imperatore. Poi a Venezia capitò Giorgio Vasari e anche questo risollevò l'animo di Tiziano, fa capire Vasari.

Nel 1546 fu invitato di nuovo a Roma e questa volta andò, visto che Venezia non era più il paradiso di un tempo. Qui ritrovò Vasari che prima lo fece riposare ben bene e poi lo portò in giro di qua e di là. Che giornate ragazzi! Vorrei che foste stati con noi, quando andavamo alla ricerca delle cose antiche per dipingere quelle del futuro. La tristezza di Tiziano svanì. Un giorno Michelangelo e Vasari lo andarono a trovare e dopo Michelangelo disse che Tiziano era bravissimo coi colori, però era un peccato che a Venezia non si imparasse a disegnare bene.

Tiziano tornò a Venezia e dipinse molte cose per Filippo II, figlio di Carlo V. Filippo per anni non lo pagò e Tiziano gli mandò una lettera chiedendo di essere pagato e aumentandosi l'età. Lo fece per impietosirlo e indurlo all'esborso, ma è anche vero che gli piaceva essere vecchio. Non si era mai ammalato. Stava diventando quel vecchio bellissimo e leggendario che aveva sognato da bambino. Dipinse un'*Ultima cena* con apostoli vecchi. Entrò nel bosco dei miti. Fece quadri mitologici che chiamò poesie e contenevano insegnamenti visionari. Raccontò quanto può essere bello e terribile incontrare la divinità. Perché gli dèi hanno una forza che può ucciderti o trasformarti.

Negli ultimi anni realizzò opere inaudite. Grossi colpi di pennello, macchie, che da vicino sono informi, sfatte, fuse, colanti, ma da lontano si ricompongono rivelandosi perfette. La distanza giusta è il segreto per vedere tutte le cose. Riprese a dipingere con le mani, come faceva da piccolo. Con gesti che ipnotizzavano. Riapparve, nei suoi quadri, il piccolo cane di un tempo. Ora Tiziano era al tempo stesso il bambino al margine del bosco e il vecchio leggendario che ne stava uscendo. I due si guardarono ed erano uno.

MICHELANGELO

L'anima di Michelangelo si affacciò dai regni celesti sul mondo terreno. Ascoltò la voce di Dio alle sue spalle. Fece cenno di aver capito. Valutò le possibilità e poi in un attimo, con un guizzo della volontà, scelse il proprio destino.

Tutte le vite tendono verso una direzione che abbiamo scelto prima di nascere. Nascendo ce ne scordiamo e spesso sbagliamo strada. Michelangelo non dimenticò mai il destino che si era scelto. Lo scolpì nelle circostanze informi, con una concentrazione impressionante. Andò sempre verso il compimento della propria esistenza che – e questo è uno dei suoi miracoli – dà il senso anche a quella degli altri. Facciamolo dunque vivere dentro di noi.

Scommetteva con la vita. Cercava lo scontro. Può darsi che a volte fosse insopportabile. Spostò l'intero edificio dell'arte occidentale, non una volta ma molte. Con una violenza terribile e benedetta, animata da un senso di giustizia che non ammetteva discussioni. Scelse di andare incontro a difficoltà sempre nuove. A costo di crearle.

Nacque in Casentino ma siccome aveva scelto l'inquietudine andò subito da un'altra parte. La sua famiglia si trasferì a Settignano. Fu affidato alla moglie di uno scalpellino, una balia di poche parole. Le colline erano piene di scalpellini, quegli uomini magri che da secoli scalpellavano le cave di pietra serena per costruire i palazzi di Firenze. Avevano certe facce antiche, una sensibilità alla pietra quasi sovrannaturale. Sapevano che la roccia è viva e ha una personalità complessa. La loro arte aveva radici remote nel tempo e nello spazio ma non era riconosciuta. Michelangelo bevve il latte con polvere di pietra e crebbe con loro. Erano spavaldi, ombrosi, difficili, ma lo accolsero svelandogli i loro segreti. Scommettevano su tutto. D'estate il battere degli scalpelli si univa al suono delle cicale e non avresti saputo dire quale era venuto prima nella storia del mondo. Gli scalpellini vivevano in bilico su un universo sempre uguale e percorrevano sempre gli stessi sentieri. Il ragazzino abbandonava continuamente il cammino comune. Certe cave erano una parete nella montagna, una specie di muro enorme, sfaccettato, scuro. Un enigma. Michelangelo provò il desiderio di distruggerlo, per vedere cosa c'era di là.

Michelangelo parlava da solo e si rispondeva male. I suoi occhi si riempivano di scintille azzurre. Fu messo a bottega da Domenico Ghirlandaio. Gli dicevano: "Cos'hai da borbottare?" Brontolava contro se stesso, ma gli altri non lo capivano e questo complicava i rapporti. Dal Ghirlandaio imparò molto ma non ebbe mai voglia di confessarlo. Da vecchio, parlava male dei suoi maestri o non ne parlava affatto. Fedele alla leggenda monolitica di artista solitario, si scontrava anche con i propri ricordi, che non erano privi di generosità e dolcezze. A forza di borbottare andò via dalla bottega del Ghirlandaio e si ritrovò nel giardino di San Marco, un paradiso di statue antiche che Lorenzo il Magnifico aveva creato per incoraggiare gli scultori moderni, che gli sembravano in ribasso.

Un famoso episodio narra che Michelangelo ragazzino aveva scolpito la testa di un vecchio fauno. Il Magnifico passò e disse: "Bella, ma i vecchi non hanno tutti i denti." Il Magnifico non faceva che passare e dire qualcosa a qualcuno, con una certa aria di superiorità. Del resto, se lo poteva permettere. Michelangelo reagì diversamente dagli altri. Lui era giovanissimo. Ma la sua anima no. E la sua anima non aspettava altro che scontri di personalità. Preso da uno di quei suoi tipici raptus di volontà creatrice, distrusse: ruppe un dente alla statua. In realtà aveva raffigurato un vecchio scalpellino – l'imperatore degli scalpellini – che aveva i denti perfetti perché era capace di mangiare la pietra. Ma Michelangelo non aveva voglia di contrariare Lorenzo il Magnifico. Che, affascinato dalla potenza della reazione più che dalla statua, lo accolse in casa sua facendogli frequentare le persone migliori di tutti i tempi. A Michelangelo piaceva essere brutto e sporco. "Mamma mia, ma cos'è quello?" disse qualcuno in casa Medici. Lo ripulirono: a forza di levare venne fuori una persona e a quel punto Poliziano, scrittore e umanista favoloso, lo avvicinò e gli suggerì di scolpire la battaglia dei Centauri con i Lapiti, che è una battaglia tra la parte bestiale e quella spirituale dell'anima. Il soggetto risvegliò l'interesse di Michelangelo. Poliziano lo studiò, capiva gli altri. "Non è vero che parli da solo," disse al ragazzo. Gli spiegò il mito di Er, narrato da Platone e confermato da Plotino. Ogni anima, prima di scendere sulla terra, sceglie la vita che vorrebbe vivere. Ma siccome quando uno nasce se ne scorda gli viene assegnato un compagno, un *daimon*, che cerca di ricordargli la direzione giusta e gli bisbiglia frasi del libro del destino. "Tu litighi col *daimon*," gli spiegò Poliziano. Michelangelo non era mica convinto. Stava diventando religioso e quella spiegazione non gli pareva del tutto cristiana. Ma era una storia troppo bella. Divenne la sua.

Lorenzo il Magnifico morì e Michelangelo si ritrovò senza fissa dimora. Tornò a vivere dal padre e si mise a dissezionare cadaveri. Venne una nevicata straordinaria e Piero de' Medici gli ordinò di realizzare una statua di neve. Michelangelo non si offese. Era un individuo imprevedibile. Per la prima volta dopo molto tempo, giocò, trasportato dalla leggerezza. Modellò il pupazzo di neve più bello di tutti i tempi. Ma, come si capisce dall'idea della statua di neve, Piero aveva un'idea limitata del futuro. Infatti sotto il suo malgoverno i Medici furono cacciati da Firenze. Michelangelo fuggì. Ora eccolo solo, errante, disperato. "La situazione ideale per ricominciare," disse la voce nella testa. Le schegge della sua vita volavano. Lui sorrise.

* * *

Quando tornò a Firenze accadde una cosa incredibile: nulla. Nessuno lo perseguitò per il suo passato mediceo. Michelangelo scolpì un Cupido dormiente che avrebbe fatto innamorare chiunque. Ma la città era pervasa dalla mentalità domenicana del Savonarola, i soggetti pagani non andavano. Sotterrò la statua in una vigna per un po' di tempo, fece qualche ritocco e la mandò a Roma per venderla come antica al cardinale Riario, che se ne accorse e si arrabbiò. Poi il cardinale lo invitò a Roma e lo ospitò per un anno in quella città colossale. Michelangelo era un tipo sobrio, ma ispirato dall'ambiente scolpì un Bacco ubriaco e barcollante che ha qualcosa del maschio e qualcosa della femmina. Scolpì una Madonna che tiene in braccio il Cristo morto (la *Pietà Vaticana*). Andò a scegliere il marmo nelle cave di Carrara. Tra i cavatori di quelle montagne ritrovò gli esseri sovrumani che aveva conosciuto da bambino frequentando gli scalpellini. Solo che lassù, sulle Alpi

Apuane, tutto era più grande, anche le gesta dei cavatori, capaci di imprese impossibili. Questo gli dette coraggio. Per nove mesi viaggiò con il blocco di marmo: lo sentì stridere lungo la discesa, poi furono insieme sul mare. Infine risalirono il fiume. In quei nove mesi gli parlò. Lui vedeva l'opera futura che era già dentro il marmo. Come l'anima quando sceglie il senso della vita. Da quel masso trasse la perfezione, un miracolo. Di fronte ai miracoli, c'è sempre qualcuno che non vuole capire. Dissero che la Madonna è troppo giovane. Forse Maria sta cullando Gesù Bambino e vede il Cristo Morto futuro che è già dentro di lui.

* * *

A Firenze c'era un altro masso che conteneva un segreto. Imperturbabile, conscio delle proprie possibilità, attendeva da quarant'anni. Un blocco enorme di marmo di Carrara, mezzo sprofondato nel terreno. Era stato sciupato da certi scultori che non avevano saputo ascoltarlo, lo avevano frainteso fino a renderlo un masso difficile. Non potendo perdonare la propria incapacità lo avevano abbandonato. Adesso il gonfaloniere Soderini si era messo in testa di farne qualcosa. Aveva proposto a Leonardo da Vinci di scolpirlo, ma Leonardo la faceva sempre lunga e preferiva non scolpire per paura di impolverarsi. Michelangelo partì per Firenze. Il *daimon*, la voce che gli parlava nell'anima ma a volte si serviva anche di amici reali, gli aveva consigliato di non perdere l'occasione: doveva andare dal masso problematico. Michelangelo lo misurò, gli parlò, lo ascoltò e decise che se ne sarebbe potuto ricavare qualcosa di ragionevole. È difficile stabilire cosa volesse dire l'aggettivo "ragionevole" in bocca a Michelangelo. A Roma aveva imparato il piacere del gigantesco, dalla vita aveva imparato il valore dell'imperfezione. Sulle Apuane aveva visto i cavatori orinare sul marmo che affiora dalla montagna per capirne il verso occulto e assecondarlo. Perché la sfida non è aggressione. Lui e il masso si nascosero alla vista degli altri e cominciarono. Per due anni dormirono poco. Michelangelo lavorava anche di notte, con una candela in testa. Faceva saltare le schegge a una velocità mai eguagliata, né prima né dopo. Liberando il gigante respirava meglio. Ci fu uno scambio di personalità. Due anni dopo emerse un David diverso da tutti gli altri. Inizialmente doveva stare sui contrafforti del duomo, lassù per aria per sempre. Ma l'individuo che uscì dal masso era così pronto ad affrontare le difficoltà del mondo reale, così disposto a non tirarsi indietro, che sembrava fatto per rappresentare le virtù eroiche della Firenze repubblicana e indipendente. Impossibile scontentarlo. Così fu portato in piazza della Signoria con un viaggio memorabile. Tutti videro un eroe attento, determinato a colpire nel punto giusto. Mentre Michelangelo dava gli ultimi ritocchi il gonfaloniere Soderini gli disse: "Sì, va bene, ma il naso è troppo grosso." Michelangelo salì sul ponteggio e con la destra finse di scalpellare il naso, mentre con la sinistra lasciò andare un po' di polvere di marmo. "Ora è perfetto," disse il gonfaloniere. È una storia simile a quella del fauno e di Lorenzo il Magnifico, ma il finale è diverso, perché Michelangelo era cambiato. Nella perfezione di quel corpo inserì un errore, un muscolo inesistente del polso, certo per significare qualcosa. Oggi il David è ancora tra noi, che di solito lo guardiamo senza sapere niente. Fissandolo a lungo in faccia scopri l'ira, un'ira trattenuta ma pronta a esplodere per un motivo giusto. L'ira come virtù. Ma la prima cosa che salta all'occhio è la concentrazione, indispensabile per affrontare un destino di difficoltà, o forse qualunque destino. Chiunque, se lo guarda, anche oggi, senza bisogno di sapere niente, riceve un riflesso di quella concentrazione e di quella forza.

* * *

L'anima di Michelangelo aveva scelto di nascere in Toscana al tempo di Leonardo da Vinci. Una scelta colossale. Un giorno Michelangelo salì sul monte Ceceri e, arrivato a un terrazzino naturale, che c'è ancora, vide una figura sul precipizio. Assomigliava al suo incubo. Si avvicinò, era proprio lui. Maestoso e tuttavia grazioso, elegante sul paesaggio. In piedi, naturalmente. Ma quell'uomo non si sedeva mai? Dai cespugli uscì una seconda persona, quel tipo che si faceva chiamare Zoroastro da Peretola. Leonardo era pieno di amici spacconi, volgari e anche blasfemi, il che la diceva lunga sulla sua effettiva personalità. Leonardo, pulitissimo, quasi librandosi nell'aria, gli spiegò che stavano cercando il posto giusto per volare. Michelangelo, sporco e sudato, quasi strisciante, non capì ma preferì non approfondire. Come capitava spesso, non era chiaro se Leonardo scherzasse o dicesse sul serio. Sembrava recitare. A Michelangelo, che era serio, questa ambiguità non piaceva. Non sapendo che dire rispose: "Il peso non dorme mai," una frase che ripetevano i cavatori delle Apuane. Leonardo sorrise come uno dei suoi quadri e chiese: "Piuttosto, tu che ci fai qui?" L'uomo di Vinci era noto per essere un perditempo formidabile, mentre di Michelangelo si diceva che lavorasse notte e giorno e che – immerso nell'immensità della figura umana – disprezzasse il paesaggio e chi lo raffigurava. Invece non era vero: era un discorso polemico che ripeteva in giro solo per contrapporsi a Leonardo. Era salito lassù perché aveva bisogno di ascoltare il suono degli scalpellini sulle colline tintinnanti. Aveva una memoria insonne che lo perseguitava. Solo il suono degli scalpellini riusciva a placarla. Leonardo, al contrario, annotava tutto su certi fogliacci disordinati perché non ricordava niente. Michelangelo non seppe cosa rispondere. In quel periodo si discuteva dove mettere il David, e Leonardo faceva parte della commissione che doveva deciderlo. "La tua statua è bellissima. Ma c'è una cosa che non ho capito. Lo chiamano il gigante. David è un ragazzino. Il gigante non dovrebbe essere quell'altro, Golia?" Leonardo cercava solo di essere gentile, ma Michelangelo si sentiva preso in giro da lui. Anche perché Zoroastro, mentre parlavano, faceva certe facce. Poco tempo dopo lavorarono nello stesso posto, il Salone dei Cinquecento, a Palazzo Vecchio, come fossero colleghi di ufficio. Sfidandosi con due dipinti enormi, uno di fronte all'altro, di cui non è rimasto niente. Il più bel disastro del mondo. Ma chi li ha visti lavorare non è stato più lo stesso. In pubblico litigavano, ma si influenzavano a vicenda. Michelangelo aveva già cominciato a non finire le statue. E alcune sue sculture, in cui le figure si dibattono per uscire dall'informe, hanno qualcosa a che vedere con l'abolizione del rigo nero e dei confini tra le creature nei dipinti di Leonardo. Durante gli anni della sfida i due si ritrovarono altre volte, in segreto, su quel terrazzino naturale. I giorni in cui non c'era Zoroastro a fare lo spaccone erano i migliori. Leonardo gli dava consigli su come comportarsi. Certe bizze di Michelangelo coi committenti (per esempio quella del *Tondo Doni*, in cui Michelangelo non faceva che chiedere soldi per essere rispettato) nascono dai consigli di Leonardo. Che poi magari erano scherzi, ma Michelangelo li prese sul serio. Leonardo gli dette anche suggerimenti su come vestirsi. "Sai, a volte dovresti togliere gli stivali di pelle di cane."

Michelangelo, indossava davvero stivali di pelle di cane. "Ma quest'uomo vede tutto," pensò. Titanicamente permaloso, sospettava che dietro quei consigli ci fosse una critica alle sue opere, ma poi li seguiva. Non lo disse mai a nessuno. Lui osava dare consigli artistici a Leonardo, che temeva fossero critiche alla gloria del suo aspetto fisico, ma poi ci pensava. Lassù stavano bene insieme. Poi scendevano in città e litigavano. Fu un periodo bellissimo, uno dei migliori. Tra di loro lo chiamarono sempre il periodo del terrazzino. "Ah sai," gli disse un giorno Leonardo. "La tua frase sul peso che non dorme mai mi è stata molto utile. Ieri abbiamo volato."

* * *

Ma la scelta decisiva della sua anima fu quella di prendere corpo nell'epoca di Giuliano della Rovere, che divenne papa col nome di Giulio II. Come quando due mari entrano in contatto, il loro fu lo scontro armonioso di due volontà terribili. Qui la parola "terribile" è da intendere in senso positivo, come la intende Vasari. Una grandiosità imperiosa, spiritualmente violenta. Il papa lo convocò a Roma. Accennò al *Tondo Doni* e alla *Pietà Vaticana*, anche se non li chiamava così. Disse che erano opere poetiche, commoventi. "Delicate," aggiunse. Michelangelo rimase interdetto. "Delicato" non glielo aveva mai detto nessuno. Ma dopo una notte con la candela in testa capì. Il papa intendeva quegli aggettivi negativamente. Voleva opere grandiose, eroiche, come e più del David. Desiderando fare della chiesa uno stato potente e aggressivo, non aveva bisogno di Madonne malinconiche. Allora Michelangelo indicò un muro poco significativo e disse: "Delicato quel muro." Il papa rise, perché Michelangelo aveva capito. Si creò tra loro un linguaggio segreto, ribaltato, dove parole come "poetico", "elegante", "delicato" e "commovente" significavano "da evitare". "Piacevole" poi rappresentava il culmine dell'orrore. Così potevano parlare in mezzo agli altri senza che nessuno li capisse. Giulio II gli commissionò la sua sepoltura, un'opera faraonica la cui realizzazione si protrasse per quarant'anni, ben oltre la morte del papa, e cambiò forma di continuo ("la tragedia della sepoltura", la definì Michelangelo). Lo scultore passò otto mesi sulle Alpi Apuane per scegliere marmi, progettò di scolpire il monte Sagro per ricavarne una testa nel cielo e ancora oggi, guardandone la cima, è possibile intuire quello che aveva immaginato. Il papa e Michelangelo vivevano di scontri e litigavano rabbiosamente, per la gioia segreta delle loro anime. A Michelangelo non mancava il coraggio ma fuggiva spesso. Una volta si innervosì e se ne andò da Roma, il papa lo fece seguire o inseguire, lo scultore pensò di fuggire a Costantinopoli dove il sultano gli voleva far realizzare un ponte sul Corno d'oro, poi però si riappacificarono mentre il papa riconquistava Bologna e Michelangelo riprese a lavorare per lui. Doveva fare una statua che lo ritraesse. "Santità, la raffiguro con un libro in mano?" "Libro? Che libro. Fammi con una spada." Bramante suggerì al papa di chiedere a Michelangelo di affrescare la volta della cappella Sistina, perché Michelangelo non aveva grande esperienza come pittore e in questo modo, pensava Bramante, si sarebbe trovato in difficoltà. Il papa chiese a Michelangelo di farlo. Lui rispose di no, perché non si sentiva un pittore. Questo rifiuto esaltò la volontà del papa, che desiderava incontrare ostacoli per rinnovare l'ebbrezza di prenderli a calci. Gli impose il lavoro. La rabbia e l'estrema difficoltà proiettarono la mente di Michelangelo nella sua dimensione ideale: una lunga tempesta. Lavorò solo, in posizioni strane, a testa all'insù, coi colori che colavano sulla faccia. Una volta cacciò via con la forza il Santo padre che voleva vedere ciò che ancora non doveva essere visto. Un'altra volta Giulio II minacciò di farlo buttare giù dalle impalcature. Talora lo colpì con una mazza. E il pittore – perché ora era un pittore – gli tirò dietro uno sgabello. Michelangelo nella sua vita litigò con molti papi, ma mai bene come con questo. Se non fosse vero che le loro anime avevano già deciso di incontrarsi prima di nascere, bisognerebbe dire che questi due uomini furono molto fortunati a trovarsi, perché trassero il meglio l'uno dall'altro. Michelangelo dipingendo separò la luce dalle tenebre. Nella *Creazione di Adamo* si capisce che non era vero che odiava il paesaggio: infatti Adamo giace su un profilo montuoso che è l'Uomo morto, il crinale che collega la Pania della Croce alla Pania Secca. Dopo quattro anni passati a testa in su non riusciva più a leggere o guardare disegni se non mettendosi in pose strane: aveva capovolto la posizione del mondo per vederlo meglio. Dicono che la cappella Sistina ricordi, nella forma, l'Arca di Noè. Alla fine dei quattro anni la cappella conteneva le storie più importanti, per la salvezza dell'umanità. "Terribile," disse il papa ammirato guardando la volta. "Però Raffaello, che mi ha fatto un bellissimo ritratto, è molto più gentile di te." Michelangelo lo fissò con occhi terribili, ma non riuscì a capire se quel "gentile" andasse inteso come una parola ribaltata del loro linguaggio segreto o come la normale parola degli uomini.

* * *

Quando Giulio II morì divenne papa Leone X, che era figlio di Lorenzo il Magnifico, conosceva Michelangelo fin dall'infanzia e aveva giocato con lui. Lo mandò a Firenze perché realizzasse la facciata di San Lorenzo. Michelangelo partì da Roma piangendo. A Firenze arrivarono altri artisti che dovevano lavorare alla facciata, tra cui Raffaello. Michelangelo trovò il modo di cacciarli tutti. Il papa voleva che i marmi non fossero presi dai soliti posti, ma dal monte Altissimo. "Santità, è un luogo impossibile, perderemo tempo." Ma il papa ordinò che frantumando e spianando si costruisse una strada nell'impossibile e Michelangelo, come aveva previsto, perse molti anni. Poi i soldi finirono, Leone X morì e la facciata rimase incompiuta. Una delle grandi delusioni di Michelangelo. Nel 1525 Vasari era un ragazzino e diventò apprendista di Michelangelo, che lo mandò a bottega da Andrea del Sarto. Il nuovo papa chiese a Michelangelo di finire la Sacrestia nuova di San Lorenzo. Nel 1527 ci fu il sacco di Roma, dopo il quale i Medici vennero cacciati da Firenze per la seconda volta e Michelangelo lavorò per la Repubblica, divenne commissario delle fortificazioni. Stette sei mesi a San Miniato per rafforzare la postazione. Intanto continuava a lavorare alla Sacrestia nuova e alla Libreria della biblioteca. Progettò una scala che ha la forma stilizzata di un torrente in piena quando straripa dall'alto, come aveva visto sul monte Altissimo. Capì che le cose si mettevano male: l'imperatore Carlo V avrebbe fatto tornare i Medici a Firenze. Fuggì. Titanicamente, ma fuggì. Si favoleggia che, durante la fuga, disegnasse il ponte di Rialto a Venezia. Poi cambiò idea e tornò indietro. Firenze era sotto assedio. Michelangelo riuscì a proteggere il campanile di San Miniato dai colpi dell'artiglieria, appendendoci balle di lana e materassi. Ma la Repubblica era perduta. I Medici tornarono e gliela avrebbero fatta pagare cara. Si nascose in una stanza segreta, sotterranea, senza finestre, sotto la Sacrestia nuova. Non lontano dalle statue di Cosma e Damiano, che erano i santi protettori dei Medici e curavano gli ammalati entrando nei sogni delle persone. Stette lì molto tempo, avvolto dalla pietra. Al buio. Il tempo e lo spazio cambiarono, e lui con loro. Era una forma nella roccia, in attesa di liberazione, come le sue statue. Gli sembrava di essere dietro la parete delle cave. Veniva colto da torsioni spaventose, nel corpo e nello spirito. Pensava alla morte, si scontrava con le proprie colpe. Sognò lungamente. Sognò di essere nel bel mezzo del giudizio universale. Poi sognò che il papa Clemente VII lo perdonava. Sognò di tornare dopo ventiquattro anni nella cappella Sistina e dipingere proprio il *Giudizio universale* che aveva sognato, e di raffigurare se stesso come una pelle vuota, era così che si sentiva, simile ai gusci vuoti di cicale che trovava da bambino. Sognò di scolpire un'altra *Deposizione*, di disporre le figure in modo mai visto e di avventarsi contro di loro per distruggerle. Sognò di vendicarsi di tutti coloro che lo calunniavano. Sognò di dedicare poesie d'amore a un altro uomo. Sognò che il papa gli chiedeva di diventare architetto e di cambiare l'aspetto di Roma. Sognò di chiudere gli occhi e che la memoria, finalmente, andava via. Di essere morto. Ma non era finita. Perché suo nipote rubò il suo corpo e da Roma lo riportò a Firenze, dove arrivò integro e profumato nonostante i molti giorni di viaggio nascosto in un carro tra la mercanzia. Finalmente tranquillo. Sognò che la sua vita fosse il culmine che dava un senso e una direzione alle vite di tutti gli artisti che l'avevano preceduto. Sognò di essere lo scalpello che si abbatte sull'umanità per vedere cosa c'è dentro. Non sognò poco, né con modestia. Non erano sogni piacevoli, delicati o eleganti. Fu un sognatore terribile. E non voleva svegliarsi. Poi un giorno la porta segreta si aprì, doveva uscire. Mosse i primi passi dopo molto tempo, in tutta quella luce. Emergendo dal nascondiglio senza tempo, l'anima di Michelangelo si affacciò dai regni celesti sul mondo terreno.

GIORGIO VASARI

Ci muoviamo in uno sterminato disegno. Ci sono delle linee che ci collegano agli altri, anche a quelli che non esistono più, o non ancora. Linee invisibili, finché non emergono alla coscienza, come figure che affiorano dall'acqua. Il disegno generale puoi non vederlo mai: è questa la condizione dei più. A volte è solo una sensazione, e diventa visibile quando circostanze particolari – ad esempio un amore fortissimo per qualcosa, protratto negli anni – scatenano nell'organismo stremato una condizione di felicità.

Disegnare vuol dire capire ma quando Giorgio Vasari cominciò a disegnare non l'aveva ancora capito. Nacque ad Arezzo. Fu un bambino fragile. Ma non quando tracciava linee. In famiglia gli ripetevano che disegnava bene. Diventò apprendista di Guglielmo di Marsiglia, maestro nel disegnare vetrate. "Giorgino, sei bravo ma ancora non riesci a vedere il disegno." La frase sgomentò Giorgino. Nello stesso periodo andava a lezione dal Pollastra, un umanista amico del Rosso Fiorentino. Il Pollastra sentita la storia dette ragione al maestro di vetrate: "Una cosa sono i singoli disegni, un'altra la visione generale." Chissà di cosa stavano parlando, sembrava importante. Alla ricerca del disegno generale, viaggiò molto e guardò tutto, divenne amico o nemico dei più grandi personaggi del suo tempo. In un mondo eccitante ma pericoloso, riuscì a non soccombere ai continui rivolgimenti politici, dimostrando un sottile sesto senso e un grande istinto di sopravvivenza. Non amava il tipo di artista che a noi piace finché ci sta lontano: insoddisfatto, emarginato e solo, perché l'emarginazione e la solitudine erano un lusso che non si poteva permettere. Però insoddisfatto lo fu a lungo. Non si vergognava di domandare a quelli che erano più esperti. Per un attimo fu allievo di Michelangelo. Poi di Andrea del Sarto. Lucrezia, moglie del maestro, non rispettava nessuno, aveva un carattere autoritario, pretendeva di decidere tutto e di togliere gli errori dal mondo personalmente. Giorgio cercando di sopportarla imparò a gestire la pressione delle personalità imperiose. Una dote che si sarebbe rivelata determinante nei suoi rapporti con i potenti: a volte generosi, sempre imprevedibili. Poi cautamente si allontanò.

Una volta, era ancora molto giovane, stava dipingendo un ritratto del duca Alessandro de' Medici e si disperava perché non riusciva a riprodurre lo splendore dell'armatura. Chiese consiglio a Pontormo che gli disse: "Fino a quando terrai accanto al quadro l'armatura vera, la tua non ti piacerà. Togli da lì l'armatura vera e guarda solo il dipinto. Sono due cose diverse." Questo discorso lo sconcertò e lo convinse. Sviluppò un eccezionale amore per le opere degli altri, reso piccante dalla malignità di cui era capace. Collezionava i disegni di grandi artisti, li raccolse in quello che chiamava "il mio libro dei disegni", oggi disperso e leggendario. Giorgio lo sfogliava e gli veniva fretta di fare. Conobbe la peste, vide morire molti suoi protettori, fu capace di ripartire. I nemici lo deridevano per la velocità di realizzazione che aveva qualcosa di famelico. Utilizzava numerosi collaboratori di cui poi fingeva di pentirsi.

Di colpo l'energia lo abbandonava e lui si addormentava quando avrebbe dovuto stare sveglio. Si svegliava e riprendeva il discorso come se niente fosse. Gli amici chiamavano questi episodi "i sonnellini del Vasari". La notte si spalmava gli occhi con olio di lucerna, per resistere al sonno e lavorare. Poi gli veniva la febbre e si inoltrava in un campo di colori, belli e confusi. Questa indeterminazione gli dava smarrimento. Sospettava di se stesso. Poi riprendeva il controllo e, rassicurato, tornava a vedere il contorno delle figure. Nel 1541 cavalcò da Venezia a Roma per assistere al disvelamento del *Giudizio universale* di Michelangelo, che disprezzava quasi tutto, anche i ritratti troppo somiglianti, e gli suggerì di dedicarsi all'architettura. In questo modo gli rivelò un lato decisivo di se stesso: la capacità di gestire gli altri. Divenne l'uomo che risolve problemi. Affrescò il salone d'onore del Palazzo della Cancelleria Apostolica, a Roma. Riteneva l'affresco la forma d'arte più virile. In quel periodo, finito il lavoro andava a cena dal cardinale Farnese. C'erano uomini straordinari, tra cui Paolo Giovio, che spesso forniva a Vasari simboli per i suoi dipinti. "I simboli non sono un artificio, sono dentro di noi," gli diceva. Una sera Giovio si mise a parlare della sua collezione di ritratti di uomini illustri. Giovio, infatti, aveva inventato il Museo. E ora aveva avuto una nuova idea, un'altra cosa mai fatta: un libro che raccontasse la vita dei grandi artisti. Giovio conversava mostrando una notevole competenza nelle faccende dell'arte. Ma faceva confusione. Il cardinale Farnese si girò verso Giorgio: "Che ne dite? Non vi pare una bella idea?" e Giorgio: "Bellissima, ma avrebbe bisogno di qualcuno che lo aiutasse a non fare confusione, per dire le cose come stanno veramente." Il giorno dopo Paolo Giovio gli disse: "Scrivetelo voi." Giorgio sfogliò i suoi ricordi e i suoi scritti: ecco perché prendeva tutti quegli appunti fin da ragazzino. Si stava preparando, da molti anni. Aprì ancora una volta il suo libro: i disegni lo guardarono. Erano pronti. Non restava che immergersi. L'immersione sarebbe durata ventidue anni e due edizioni. Ci fu un momento, all'inizio, in cui i fatti che lo avevano emozionato si presentarono tutti insieme e lo intimorirono. È possibile raccontare molti fatti senza riuscire a vedere la verità che li unisce. Finì l'affresco della *Sala della Cancelleria* e chiese a Michelangelo un parere. Era il suo artista preferito. Il culmine dell'età dell'oro. "Maestro, l'ho fatto in soli cento giorni!" gli disse entusiasta. Il maestro mugugnò qualcosa. Nei giorni successivi Michelangelo raccontò in giro che aveva risposto a Giorgio: "E si vede!" Non era vero. Non l'aveva detto. Vasari si abbatté, ma poi fu deliziato dall'insegnamento contenuto in quell'ingiuria. Non doveva raccontare tutto come era successo. Doveva documentarsi e poi inventare. Le due cose potevano fare rima tra loro. "Inventare viene dal latino e vuol dire trovare," gli disse Giovio. Un monaco di Camaldoli copiando il manoscritto inserì errori sapienti che Vasari lasciò.

Nel 1550 uscì la prima edizione delle *Vite.* Michelangelo non la trovò abbastanza elogiativa e fece scrivere a un suo allievo, Ascanio Condivi, una *Vita di Michelangelo*: per essere sicuro che fosse obiettiva gliela dettò lui stesso. Vasari a Roma dipinse molte cose per Bindo Altoviti, che quando gli fece il ritratto Raffaello era un ragazzo bello e delicato, ma col tempo i suoi lineamenti si erano confusi e lui si era trasformato in un signore di una certa età: a un dipinto di Michelangelo non sarebbe successo. A Firenze Cosimo I gli chiese di ristrutturare Palazzo Vecchio, un palazzo costruito senza un progetto, in più volte. Così Giorgio dovette pensare un progetto per un edificio che esisteva già. Era esperto in questo: dare un senso alle cose già accadute. Nel palazzo c'erano grandi saloni. Ma anche stanze nane e storte che gli mettevano malinconia. Aveva dei collaboratori che lo rinfrancavano. Possiamo incrociare lo sguardo di tre di loro in un affresco sospeso lassù, nel soffitto del Salone dei Cinquecento. Riuscì a cambiare tutto senza cambiare troppo. Affrescando le pareti del salone dipinse quasi tutto quello che può essere pensato. Coprì ciò che restava della *Battaglia di Anghiari* di Leonardo. Fece scivolare il dipinto nel buio, ne creò la leggenda. Si accorse di essere un grande copritore di opere altrui.

Era arrivata un'aria diversa dal Nord: il clima storico era cambiato. Periodicamente, sugli uomini, infuriano venti morali. Non c'è niente da fare. Su richiesta di Cosimo I, che seguiva le indicazioni del Concilio di Trento, modificò chiese e distrusse affreschi. Alcuni li salvò nascondendoli dietro qualcos'altro: come la *Trinità* di Masaccio in Santa Maria Novella. In questo caso, e in molti altri, fu un'opera di Vasari a nascondere l'opera da salvare. Giorgio dunque sperava che un giorno i suoi dipinti venissero rimossi o distrutti per far riemergere le opere più antiche. Cosimo gli diceva: "Ristruttura questa chiesa. Elimina questo affresco." E Vasari: "Sì sì, tranquillo," poi lo nascondeva per il futuro. A volte nascondeva le opere con le parole. Diceva: "Ma lasciatela perdere, non vale niente." Fece questo con certi dipinti del Pontormo. Altre volte, mentre descriveva un'opera nelle *Vite*, nella vita reale la distruggeva. Una strana condizione. Le sue descrizioni sono anche un lungo addio. Capì la fragilità delle opere immortali.

C'è un disegno di Federico Zuccari che ritrae Vasari vecchio che si appisola mentre discutono su come affrescare la cupola del duomo di Firenze. A quel tempo, aveva risolto molti problemi. Dalle macerie del diluvio del 1557 aveva fatto spuntare architetture leggiadre e veleggianti come gli Uffizi e quel Corridoio sopraelevato che non sapeva come chiamare. Non era più sicuro che i dipinti della giovinezza gli piacessero ancora. Ma amava quell'amore che ci aveva messo, gli amici che aveva aiutato, e finalmente, stremato, mentre la vista si affievoliva, in una condizione di felicità, riuscì a vedere il disegno generale: la forma visibile del pensiero. Oggi come pittore non è molto considerato. Ma le sue idee sono ancora fra noi, anche quando non lo sappiamo. Vediamo con i suoi occhi. Ha disegnato nella nostra testa. Le vite sono molte ma La Vita è una.

NUCCIO DA SORRETTOLE

Stefano imparò l'arte della pittura da Giotto, che l'amò per la concentrazione di cui era capace. Alla morte del maestro, Stefano lo superò nell'invenzione e nel disegno. Lavorò a Firenze, Pisa, Milano e Assisi. Nel cercare nuove immagini fu accorto e saggio. Non è che sperimentare sia un valore fine a se stesso. È inutile cercare se poi non trovi. Lo chiamarono scimmia della natura, perché imitava qualsiasi cosa col pennello, come le scimmie imitano i gesti di chi gli sta simpatico per capirlo meglio. Fu considerato il più grande. Noi oggi stentiamo a immaginarlo perché le sue opere sono quasi scomparse e allora fingiamo che non sia mai esistito. Parliamo sempre degli stessi autori perché abbiamo una memoria monotona.

A Milano iniziò molte cose e non ne finì neanche una. L'aria di quella città gli faceva male. Tornò a Firenze, dove riprese i contatti con i suoi allievi di un tempo. Tutti tranne uno. Nuccio da Sorrettole. "Dove è andato? In quale città?" chiese Stefano. Gli altri scossero la testa. "Nessuna città." Una notizia inaudita. Nuccio era impazzito. Vagava per le campagne selvagge. Dipingeva su superfici impensabili: sul dorso dei cinghiali, in fondo a un lago, in qualche caverna o nel cavo di un albero. Parlavano di un grande santo disegnato dietro una cascata.

Allontanarsi troppo dalla città era pericoloso per chiunque, ma soprattutto non aveva senso per un pittore. Non trovi committenti nei boschi. Nuccio però era il suo allievo preferito. Per cui non poteva essere pazzo. Giotto non aveva forse cominciato guardando le pecore in un campo? Così almeno diceva la leggenda. Quando Stefano gli aveva posto domande in proposito, Giotto si era limitato a sorridere defilandosi. A primavera, qualcuno avvistò Nuccio sulle colline e Stefano, reso fiducioso dalle giornate lunghe, andò a cercarlo. Lo trovò che dipingeva un piccolo altare nella casa di un contadino. Si abbracciarono. "Ma allora non dipingi solo nelle grotte," gli disse. Nuccio rise quando seppe che dicevano che dipingeva sui cinghiali o sul fondo dei laghi. Riguardo ad altri dettagli, c'era qualcosa di vero. Raccontò la sua storia. Era diventato un pittore errante. Camminava nei luoghi solitari. Quasi invisibili. Bellissimi se riuscivi a vederli. Dipingeva per i poveri, per un povero compenso. Quasi sempre gli davano solo il cibo e un luogo per passare la notte nel periodo del lavoro.

Era stato sulle Apuane e nell'Appennino, dormendo negli alpeggi, tracciando segni tra strapiombi e boscaglie impenetrabili. Aveva dipinto una *Madonna che insegna a leggere al Bambino* in un paesino di analfabeti. Una donna che insegna a leggere! Aveva dipinto un santo umilissimo su un isolotto roccioso in mezzo al letame, perché il giorno prima l'aveva visto. Aveva seguito le migrazioni dei pastori e per loro aveva fatto piccole immagini portatili, che li confortavano davanti al fuoco la notte. Aveva lasciato opere in Garfagnana, al confine con l'Emilia. Ai margini delle alte faggete verso la Romagna. Accanto alle fonti. Erano pitture nascoste su alture ventose, che per lunghi periodi dell'anno dormivano nella neve e al risveglio erano più belle. Figure sognanti in gole segrete, in tabernacoli sperduti o nelle case di gente tenuta sveglia dalla fame. Che però aveva desiderato un'immagine sacra per vivere diversamente i propri giorni e l'aveva avuta. Se non ci fosse stato Nuccio da Sorrettole non se la sarebbero potuta permettere. "Ma se non ci fossero loro io non potrei vivere così. Sono tutto quello che ho."

Una *Madonna che allatta il Bambino* ora stava in una stalla, davanti allo sguardo delle mucche. Perché ogni tipo di latte è sacro. Gli piacevano i crinali e le forre. Ogni tanto dipingeva qualcosa di santo sotto una pietra, così che chiunque ribaltasse quella pietra, in cerca di un serpente o di un insetto, trovasse un miracolo. "E i pericoli?" gli chiese il maestro. "I pericoli ci sono," rispose Nuccio. Ma erano più comuni i santi dei malfattori. "Questi posti sono pieni di santi. Non c'è giorno che non ne incontri uno. E il mondo è il Paradiso terrestre. Solo che non riusciamo più a vederlo." Stefano gli chiese se poteva guardare il dipinto a cui stava lavorando. "È una Madonna," rispose Nuccio. Stefano si preparò a una visione soave, una di quelle figure che Nuccio faceva un tempo. Si trovò davanti un viso duro, dai tratti irregolari. Il viso della gente che abitava quelle colline. Forse proprio quello della donna di poche parole che li aveva accolti. La faccia di una vita difficile, ma anche forte. Al tempo stesso, Nuccio era tornato allo sfondo dorato. "Vieni a Firenze con me," disse Stefano. "Non posso," rispose Nuccio. Aveva ragione. In città si sentiva soffocare. E qualcuno avrebbe visto qualcosa di sacrilego nelle sue preghiere: la Madonna tra le mucche, il santo nel letame, i miracoli sotto le pietre. Tornato a Firenze, Stefano ripensò molte volte a quella Madonna contadina, spigolosa, dal naso considerevole, così diversa dalle figure piene e rotonde di Giotto. Alla fine vide che era bella.

Stefano aveva un figlio, Giottino, alcuni pensavano fosse figlio di Giotto. Era molto malinconico e solitario. Forse perché intuiva che il soprannome lo avrebbe penalizzato nei secoli, nonostante fosse un grande pittore anche lui. Quando il padre gli raccontò di Nuccio, Giottino chiese di andarlo a trovare. Con loro andò anche Ugolino di Nerio, pittore senese. Un tipo caparbio: pensava che i tempi sbagliassero a voler cambiare e continuava a dipingere come i bizantini, non ne voleva sapere di Giotto, quel sopravvalutato, preferiva Cimabue. Ma nonostante le differenze lui e Stefano erano molto amici, perché il mondo non è rigido. In quel periodo Nuccio stava dipingendo dalle parti dell'Impruneta, in una grotticella segreta tra una torre e una quercia. Quando non dipingeva camminava. Propose agli amici di camminare la notte. Lo guardarono perplessi. "Ci troviamo nel Paradiso terrestre. Non abbiate paura" spiegò lui. E mostrò loro la via giusta e sicura camminando nel buio. Attraversarono il Sorrettole, un torrentello carezzevole da cui poi Nuccio prese il nome. Ognuno vedeva lo sfondo dietro le cose come preferiva: chi dorato, chi pieno di colori. Questa esperienza esaltò Giottino, che quando stava con Nuccio non si sentiva più malinconico.

Nuccio aveva smesso di portare scarpe. Aveva piedi lunghi e sicuri. Nella *Pietà* di Giottino oggi agli Uffizi, osservando i piedi insanguinati di Cristo, è possibile vedere quelli di Nuccio da Sorrettole. Che un giorno partì verso certe montagne lontane. Di lui rimangono molte opere nascoste sotto le pietre, dietro le cascate, nella memoria delle mucche, in forre e crinali, in case diroccate, tabernacoli, cavità degli alberi, caverne. Sono ancora tutte da scoprire.

RINGRAZIAMENTI

Devo ringraziare molte persone. E mi fa anche piacere.

Qualche anno fa mi sono imbattuto nella vita di Filippo Lippi. La prima cosa che ho fatto dopo averla letta è stata rileggerla. Era troppo bella. Pensavo fosse falsa, invece era vera. Ci ripensavo spesso. Ho letto altre vite. Non era solo un'immersione nella bellezza, che già non sarebbe male. Mi sembrava che queste storie contenessero un segreto. Qualcosa di prezioso per chi vuole vivere bene. Allora Domitilla ha avuto l'idea: "Perché non proponi al *Corriere Fiorentino* una serie di racconti ispirati alle *Vite* del Vasari?"

Paolo Ermini, direttore del *Corriere Fiorentino* (il dorso toscano del *Corriere della Sera*) ha accettato. Così le *Vite* sono uscite più o meno regolarmente negli anni. Questo stimolo è stato fondamentale. All'inizio dovevano essere solo dieci vite quattrocentesche, partendo da Brunelleschi. Poi il progetto ha prosperato oltre ogni speranza, estendendosi anche al Trecento e al Cinquecento. Nel corso del tempo è aumentata anche l'invenzione, sempre frutto di meditazione, cercando ogni volta di portare alla luce quel segreto prezioso.

Lorella Romagnoli ha curato le pagine del giornale e ha avuto molta pazienza.

Chiara Dino ha pensato: "Perché non leggiamo queste vite a Casa Vasari a Firenze? Un luogo bellissimo e sconosciuto." Ha proposto l'iniziativa a Elisabetta Nardinocchi, direttrice del Museo Horne (che gestisce Casa Vasari). Giovanni Pruneti, della Compagnia dell'Ora Nona, ha dato voce alle storie durante sei incontri, in un ambiente indimenticabile.

Nel frattempo Liza Schiavi, senza alcuna ricompensa materiale, di sua iniziativa, posseduta dall'arte, illustrava molte di queste vite. Ci voleva un bel coraggio per illustrare personaggi come Giotto o Leonardo. Ma lei, compita e visionaria, l'ha fatto. Spero che prima o poi la ricompensa materiale arrivi.

Lorenzo Cinatti, sovrintendente della Scuola di musica di Fiesole, è venuto agli incontri a Casa Vasari. Non so se lo sa, ma ho un legame sentimentale indissolubile con la Scuola di musica di Fiesole, perché Piero Farulli, il fondatore, mi accolse generosamente quando pensavo di voler fare il compositore. Lorenzo Cinatti ha avuto l'idea di portare le vite alla Casa della Musica di Arezzo, nel Palazzo della Fraternita, che cinque secoli fa aiutò Vasari quando era un ragazzo bisognoso. E qui, grazie ad Alda dalle Lucche e Giulia Fidenti (il duo Meissa), la voce di Giovanni Pruneti si è combinata con la musica. Ne è nato uno spettacolo (anzi tre spettacoli) con musica del Cinquecento trasfigurata oggi e suonata da due sassofoni.

Sergio Risaliti, critico d'arte, mi ha incoraggiato ad andare avanti senza badare ai falsi problemi.

Giulia Ichino quando ti offre qualcosa di bello lo fa come se tu le facessi un favore. Ha permesso che tutto questo diventasse un libro. Un passo fondamentale. Anche perché, credo, questo labirinto di esistenze acquista una forza diversa quando riesci ad abbracciarlo con un solo sguardo.

Cecilia Martelli mi ha fatto conoscere Bartolomeo della Gatta.

Devo e voglio ringraziare ancora Andrea Di Lorenzo, che giorno e notte, con la pioggia e con il sole, ha risposto al diluvio delle mie domande, anche le più stravaganti, senza battere ciglio e aprendo sempre nuovi orizzonti.

INDICE

MISTO
Carta da fonti gestite
in maniera responsabile
FSC® C023419
FSC
www.fsc.org

Finito di stampare nel mese di maggio 2021 presso
L.E.G.O. S.p.A.
Stabilimento di Lavis (TN)

Printed in Italy